I0827669

NOS BLESSURES

SOUTERRAINES

Tome 1

*

Victoire Sentenac est romancière. Après des études de droit, elle a choisi de changer de voie pour la pédiatrie, un univers passionnant qui continue d'inspirer ses romans et ses personnages profondément humains. Elle se consacre désormais entièrement à l'écriture et vit dans le sud de la France, avec son mari et leurs trois enfants.

Retrouvez l'actualité de l'auteure :
Victoire Sentenac – Le site officiel
Compte Instagram @*victoiresentenac*

De la même autrice :

SAGAS HISTORIQUES
NOS BLESSURES SOUTERRAINES (2026)
L'ÉTOILE DU NORD (2 tomes, 2019)

SAGAS À SUSPENSE
QUAND LES MURS TREMBLENT (trilogie, 2025)

SAGAS FAMILIALES
JUSTE APRÈS L'ORAGE (6 tomes, 2024)
À FAIRE VOLER NOS ÂMES (trilogie, 2018)

ROMANS
L'ARBRE DE ROSE (2024)
PARTONS VIVRE EN THÉORIE (2021)
LES PETITS CAILLOUX (2020)
LE MUR EN PARTAGE (2019)
LA NUIT SUR LES TOITS (2018)

Victoire Sentenac

NOS BLESSURES
SOUTERRAINES

Tome 1

*

ISBN : 9791098364112
Photographie libre de droits

Pour mes grands-parents chéris,
Gustave et Anne-Marie

À mon oncle Jean

« Il y a quelque chose de plus fort que la mort, c'est la présence des absents dans la mémoire des vivants. »

Jean d'Ormesson

Trajet indicatif de l'exode
de la famille Delaunay (1940)

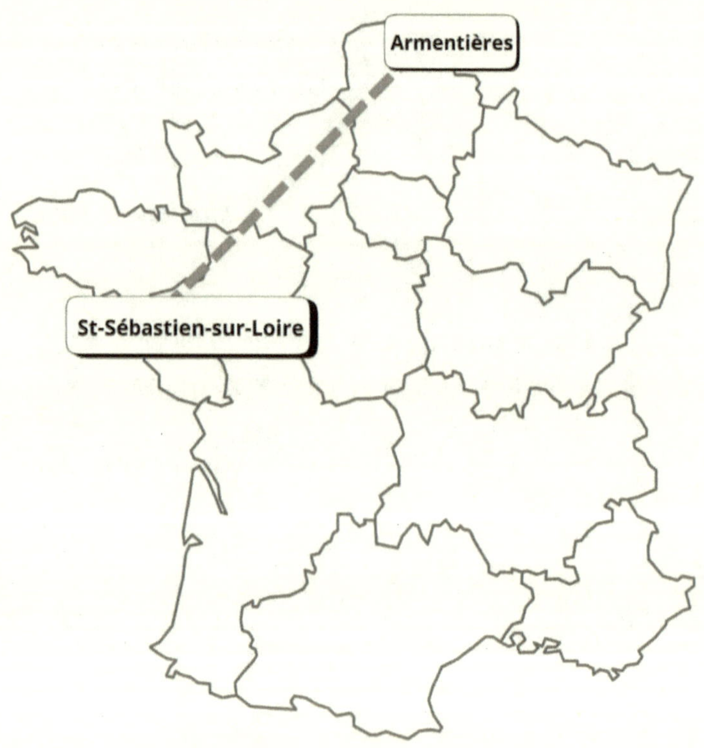

PREMIÈRE PARTIE

UN CIEL DE TROP

1

Armentières, 18 mai 1940

Jeanne tremble en découpant les parts de gâteau.

Elle veille à ce qu'elles soient bien égales pour ne pas déclencher un concert de protestations entre ses enfants, même si Gaspard, le roi de la fête, estime que la plus grosse devrait lui revenir. Cinq ans, ce n'est pas rien !

Il se sent très fier à cette idée et, quand on lui demande son âge, il tend la main devant lui en écartant bien fort tous ses doigts pour appuyer ce chiffre magique, cinq ! Comme les cinq doigts de la main, et il est très habile de ses mains, le petit Gaspard. Lorsqu'il joue aux osselets avec sa sœur Apolline, qui a pourtant atteint l'âge de raison, c'est presque toujours lui qui gagne.

Assis en tailleur sur le carrelage froid de la cuisine, genoux repliés, sourcils froncés, ils se défient en lançant en l'air les petits os de métal polis par le temps, dont le cliquetis sec les rassure autant qu'il les amuse. Gaspard s'entraîne seul, aussi, ce qui lui a permis ce matin de remporter la partie contre Apolline, une fois de plus, sur une « triple » : il a ramassé trois osselets d'un coup tout en rattrapant le quatrième de la main gauche. La moue dépitée de sa sœur l'a bien fait rire. Il n'y peut rien si elle est si maladroite !

Soudain, Gaspard bondit.

— Maman, tu as oublié mes bougies !

Jeanne sursaute, le couteau en l'air. Elle prend un air faussement contrit. Ses pensées actuelles sont si éloignées des bougies d'anniversaire de son fils ! Pourtant, pour les enfants, il faut donner le change, ne surtout pas leur laisser croire que leur univers entier est susceptible de basculer d'un instant à l'autre. C'est son rôle de mère. Les protéger, les préserver du pire, quoi qu'il en coûte.

— Non, mon chéri, je n'ai rien oublié. Je n'en avais que trois, alors j'ai préféré ne pas en mettre. Tu ne voudrais tout de même pas retourner à l'âge de trois ans ?

Apolline ricane.

— Bébé ! Tu as trois ans !

Gaspard lui tire la langue et fait mine de saisir l'une de ses nattes. La fillette se met à crier.

— Allons ! Ça suffit ! Votre mère a réussi à vous préparer un bon gâteau, c'est déjà un miracle par les temps qui courent, je ne veux pas d'histoires.

La grosse voix de leur père les ramène à la raison. Un silence plane au-dessus de la table, tandis que Jeanne et Henri échangent un regard lourd de sous-entendus. La main de Jeanne se remet à trembler. Elle essaie de ne pas penser aux énormes valises dans l'entrée, pleines de toutes ces choses qu'elle accumule depuis quelques jours, « au cas où ». Ni aux vrombissements soudains des avions dans le ciel, de plus en plus nombreux. Ni aux rumeurs affolantes qui la tiennent éveillée, des heures durant, chaque nuit.

Durant tout l'hiver, ils se sont pourtant crus à l'abri. Quelques dîners familiaux ont bien été troublés par les récits des anciens, que l'ordre de mobilisation générale replongeait dans l'horreur des tranchées, mais, jusqu'ici, leur quotidien est resté relativement préservé. À part la diffusion de circulaires détaillant les consignes de défense passive et un exercice de black-out grandeur nature, rien de notable n'est venu perturber la vie des Armentiérois dans les mois qui ont suivi la déclaration de guerre à l'Allemagne, après l'invasion de la Pologne. Rien, sinon la présence de troupes anglaises et de canons dans la ville, et surtout l'absence des hommes qui, pour la plupart, avaient rejoint leur régiment dès la fin août 1939.

Henri Delaunay a pu y échapper grâce à ses fonctions administratives locales. Étant commis de mairie à Armentières, sa présence a été jugée indispensable au bon fonctionnement de la ville, ce qui n'est pas au goût de certaines voisines jalouses, dont le mari, lui, a dû partir à la guerre. La première visite des gendarmes après la réception de lettres de dénonciations anonymes a fait frémir Jeanne, mais le livret militaire d'Henri étant en ordre, ils n'avaient rien à craindre. À la seconde visite, elle s'est contentée de hausser les épaules. On s'habitue à tout, ou presque.

Non, ce n'est pas vrai. On ne s'habitue pas à tout, encore moins à cette peur qui s'installe, insidieuse, dans leur petite ville. D'abord, il y a eu les échanges inquiets dans les files d'attente, toujours plus longues, pour le pain ou les légumes. Puis, depuis quelque temps, Henri lui-même entend parler d'ordres inhabituels et de transferts de civils à la mairie. La censure a beau minimiser les revers « pour le moral de la population », ils sentent qu'un danger sournois plane désormais sans répit au-dessus d'eux.

Henri n'en a pas parlé tout de suite à Jeanne, non parce qu'il ne lui faisait pas confiance – son épouse est assez raisonnable pour ne pas s'affoler à la moindre mauvaise nouvelle, Dieu merci –, mais plutôt parce que lui-même ne savait qu'en penser. Néanmoins, leurs voisins directs étant équipés d'un poste de radio TSF, il leur arrive souvent maintenant, une fois les enfants couchés, de coller une oreille contre leur cloison mitoyenne et d'écouter les annonces militaires captées par les ondes, ainsi que les rares bulletins d'information clandestins. Il faut bien admettre que ceux-ci sont de plus en plus alarmistes.

Devant toutes ces incertitudes, c'est Jeanne elle-même, le mois dernier, qui a provoqué la tenue d'une sorte de conseil de famille. À l'issue de celui-ci, ils ont décidé qu'Henri passerait son permis de conduire et qu'ils utiliseraient leurs économies pour acheter une voiture d'occasion, toujours « au cas où »… Depuis, une vieille Peugeot 201 noire a fait irruption dans leur petit jardin, au grand dam des enfants qui, excités par cette présence incongrue, ont vu leur espace de jeu réduit au minimum.

Malgré tout, la confusion persiste. Les commérages enflent, nourris par la peur et les informations contradictoires, alors que les lettres des soldats venues de la ligne Maginot se veulent plutôt rassurantes : on lit, on joue aux cartes, on prépare des examens… Le front est si calme qu'on s'y ennuie presque.

Cette guerre sans combats visibles déroute tout le monde. Où est l'ennemi ? Que prépare-t-il ? Jeanne et Henri le pressentent : il se cache dans l'ombre pour mieux les surprendre le moment venu. Les généraux français ont sans doute surestimé l'efficacité de leur ligne de défense, que les Allemands sont en train de contourner aisément. En passant par les Ardennes et la Belgique, ils prennent le Nord à revers, de sorte que les Armentiérois se retrouvent maintenant en première ligne !

Malgré un manque cruel de nouvelles officielles, la famille Delaunay prend peu à peu conscience de cette réalité. Pas plus tard que dimanche dernier, les tirs de DCA[1] et les alertes ont été incessants. Les habitants ont dû dormir tout habillés, prêts à se réfugier dans les abris au moindre signal.

Et maintenant, les premières files de réfugiés belges et hollandais traversent la frontière et commencent à affluer dans les rues d'Armentières, propageant des récits effroyables sur une avancée allemande fulgurante et la destruction massive des infrastructures françaises.

Il faut se rendre à l'évidence : les Boches arrivent.

---

[1] Défense antiaérienne

2

Les yeux brillants de gourmandise, Gaspard tend ses petites mains vers la part de gâteau qu'il convoite, celle qu'il estime être garnie de la plus belle tranche de pomme. Il salive d'avance à l'idée de planter ses dents de lait dans cette chair tendre et sucrée. Miam !

Ignorant le regard suspicieux d'Apolline, qui semble vouloir comparer le nombre de grains de cassonade entre leurs deux parts, il lève déjà sa fourchette quand la voix douce de sa mère l'arrête net.

— Gaspard ! C'est peut-être ton anniversaire, mais n'en oublie pas tes bonnes manières, s'il te plaît. Attends que tout le monde soit servi avant de commencer.

Boudeur, le petit garçon se retient de tirer les cheveux d'Apolline, qui pouffe bêtement à côté de lui. Elle peut être si agaçante, parfois ! Si seulement il avait eu un grand frère, au lieu de cette encombrante sœur en robe à plis, qui préfère admirer le nœud de ses nattes dans son dos plutôt que gagner la course !

Ses parents louent sans cesse sa sagesse, mais c'est parce qu'ils la connaissent moins bien que lui. Dès qu'ils ont le dos tourné, elle ne se prive pas de leur désobéir et de lui répéter les gros mots entendus dans la cour, quand le voisin s'emporte contre sa femme. Au lieu de l'inciter à se boucher les oreilles, comme leur mère le leur recommande, elle lui fait : « Chut ! » en fronçant les sourcils, cherchant à savoir pourquoi ils se disputent. Qu'est-ce que ça peut bien lui faire ? Gaspard ne comprend pas cette curiosité qui le met mal à l'aise, mais, puisqu'Apolline est la plus grande, il obtempère. Pour ça, au moins. Et puis, il n'est pas un cafteur.

Jeanne découpe pour elle la dernière part, la plus petite, et hoche enfin la tête vers son fils, qui tient toujours sa fourchette en l'air, au garde-à-vous, prêt à se jeter sur ce petit morceau de paradis. Voilà au moins deux mois qu'elle ne leur a pas servi une « petite douceur », comme elle dit. Pour une famille de gourmands comme la leur, les premières privations sont rudes. Elle parvient encore, de temps en temps, à leur confectionner des Ponts de la Deûle avec la crème du lait qu'elle fait bouillir, et qu'ils trempent dans leur bol de chicorée pour les faire ramollir. Mais bientôt, même ces petits biscuits dont ils raffolent ne seront plus qu'un lointain souvenir. Les œufs, le beurre et le sucre sont devenus si chers, et leur approvisionnement si incertain, que Jeanne préfère les réserver aux grandes occasions. Comme aujourd'hui, pour les cinq ans de son petit garçon. Déjà !

Elle se souvient du jour de sa naissance comme si c'était hier. Les premières douleurs étaient venues à l'aube, dans la blancheur d'un petit matin annonciateur de promesses, du moins voulait-elle y croire pour conjurer le sort. Deux ans avant la naissance d'Apolline, Jeanne avait perdu son premier enfant. C'était une petite fille, malheureusement atteinte de la « maladie bleue »[2], qui n'avait vécu que trois jours.

---

[2] La *maladie bleue* désignait autrefois certaines malformations cardiaques congénitales provoquant une cyanose. Aujourd'hui, elles sont bien connues et peuvent être opérées avec succès.

Jeanne ne s'en est jamais vraiment remise. Dix ans après, elle revoit encore le visage grave de la sage-femme penché sur le petit corps de Marguerite comme si c'était hier, son stéthoscope en bois serré entre ses doigts, ses mains douces aux paumes larges qui sentaient le savon de Marseille. Elle s'était tout de suite inquiétée de la coloration de l'enfant. Jeanne elle-même l'avait remarquée quand on lui avait posé la petite sur la poitrine, mais, comme c'était son premier bébé, elle s'était dit que c'était peut-être normal, ces lèvres blanches, ce teint si pâle qu'il tirait sur le gris. Marguerite venait tout juste de naître et avait fourni un gros effort, il fallait attendre un peu. Une fois qu'elle arriverait à prendre le sein, elle aussi allait se mettre à rosir et à grossir comme les autres. Mais la petite fille n'y était jamais parvenue.

La sage-femme l'avait pourtant mise en garde dès les premières heures après la naissance, mais Jeanne avait voulu y croire jusqu'au bout. Elle revoit les yeux inquiets de la professionnelle, elle sent encore ses mains sur les siennes, elle entend ses paroles prononcées d'une voix douce, mais sans appel. « Jeanne… il faut que je vous parle de la petite. » Elle avait redressé la tête sur ses oreillers, inquiète. « Elle va bien, n'est-ce pas ? Je l'ai entendue crier… » « Elle respire, mais pas comme il faudrait. Vous avez vu le bleu autour de sa bouche ? » Jeanne avait hoché la tête en tremblant. Elle ne se sentait pas prête à écouter la suite, mais avait-elle le choix ? La sage-femme avait poursuivi ses explications en chuchotant, comme si cela pouvait atténuer la violence de ses propos. Elle savait d'expérience qu'il valait mieux prévenir tout de suite la jeune accouchée, ne pas lui laisser le temps de trop s'attacher à son bébé… « C'est un défaut du cœur. La maladie bleue. Certains tiennent plus longtemps que d'autres, mais… » Jeanne avait pâli et porté la main à sa bouche. « On peut certainement faire quelque chose ? Pourquoi n'appelez-vous pas un médecin ? » La sage-femme avait planté son regard bleu dans le sien. « Je vais le faire. Mais il ne pourra pas la sauver. Il faut vous préparer. »

À partir de là, Jeanne avait basculé de l'autre côté du miroir, dans un monde où le plus beau jour de sa vie pouvait aussi devenir le pire. Un monde terrifiant, empli d'ombres et de la peur viscérale, inhumaine, de perdre l'être auquel elle tenait pourtant plus qu'à sa propre vie. Comment était-ce possible ?

Henri était apparu à ses côtés, la mine désolée. Il s'était assis sur le rebord du lit et Jeanne avait détourné la tête pour fuir l'expression de ses grands yeux tristes. Son chagrin à elle prenait déjà toute la place, elle ne pouvait pas s'encombrer en plus du sien. Elle avait prétexté des douleurs et la nécessité d'accomplir des soins intimes pour qu'il reflue vers le salon et tienne le rôle qui deviendrait le sien pour de longues semaines : faire barrage entre elle et le reste du monde. Elle ne voulait plus voir personne. Pouvait-on lui rendre sa petite Marguerite ? Non. Plus rien d'autre ne l'intéressait.

Cette période terrible marqua le premier éloignement visible entre elle et Henri, du moins, le premier dont elle eut pleinement conscience. Leur bébé étant né et décédé dans cette même chambre où il avait été conçu, Jeanne associait le lit conjugal à un endroit sacré, sinon maudit, et refusait d'y dormir à nouveau avec son mari. Compréhensif, Henri avait accepté de migrer dans la pièce voisine, celle que les enfants occupent désormais, et avait patienté de longs mois avant de pouvoir réintégrer la chambre parentale. Néanmoins, même si, en apparence, il avait retrouvé sa femme, plus rien n'était comme avant.

Deux ans plus tard, lorsque Jeanne était tombée enceinte d'Apolline, elle avait tout fait pour ne pas reporter sur ce bébé les angoisses de mort qu'elle reliait forcément à une nouvelle naissance, mais ce n'est qu'aux trois mois d'Apolline qu'elle avait commencé à souffler. Sa petite fille était bien rose et tétait goulûment au point que de nombreux petits plis se formaient dans son cou et sur ses cuisses… Ils en plaisantaient avec Henri, ce qui leur permettait de masquer le désarroi qui s'emparait d'eux lorsqu'ils comparaient l'insolente santé de cette enfant à celle de leur fille aînée aux joues grises et aux lèvres bleues, âgée de trois jours pour l'éternité.

Ensuite, le joyeux petit Gaspard était arrivé dans leur vie, sans tambour ni trompette. Prise dans le tourbillon de sa première maternité, Jeanne s'était rendu compte de sa grossesse assez tardivement, aussi n'a-t-elle presque pas eu le temps d'avoir peur. Et puis, Apolline était la preuve vivante qu'ils étaient capables de fabriquer un beau nouveau-né en pleine forme. Le miracle se reproduisit donc, et le petit fantôme de Marguerite, s'il continuait de les hanter, devint un peu moins obsédant, en apparence tout au moins.

Jeanne et Henri n'en parlaient jamais. Cela faisait partie des grands chagrins silencieux, de ceux qui prennent toute la place sans qu'il soit besoin de les nommer. Comme une évidence. Une blessure souterraine qui creusait son lit en toute discrétion.

Pourtant, encore aujourd'hui, pas un jour ne passe sans que Jeanne imagine le visage qu'aurait maintenant sa petite Marguerite, les éclats de sa voix, de son rire, de son caractère…

Elle aurait dû fêter ses neuf ans cette année. Nul doute qu'elle l'aurait aidée à préparer le gâteau de Gaspard et qu'elle aurait houspillé son frère et sa sœur pour qu'ils cessent de se disputer. Il faut dire que ces deux-là sont vraiment comme chien et chat…

Un voile passe dans les yeux de Jeanne. Elle contemple les cheveux blonds de ses enfants, leurs mines gourmandes et espiègles, et remercie le Ciel en son for intérieur de lui avoir accordé ces deux-là. S'il le fallait, elle donnerait sa vie pour eux, sans hésiter.

— Joyeux anniversaire, mon cher petit garçon, murmure-t-elle.

Henri lève son verre pour trinquer à son tour à la santé de leur fils, quand un fracas sur la porte d'entrée les fait tous sursauter. Les mains de Jeanne se remettent aussitôt à trembler.

Qui peut bien tambouriner ainsi ?

3

Henri se lève le premier en ordonnant à Jeanne et aux enfants de ne pas bouger.

— Restez ici. Je vais voir.

Les coups continuent de pleuvoir sur la porte. Apolline et Gaspard écarquillent les yeux, cherchant une explication sur le visage de leur mère, mais celle-ci semble s'être figée en une statue de sel. Apolline chuchote.

— Tu crois que c'est les Allemands, maman ?

À ces mots, Jeanne sort de sa torpeur et jette sa serviette sur la table en foudroyant sa fille du regard.

— Ne dis pas de bêtises ! Tais-toi donc !

Les yeux d'Apolline se remplissent de larmes. La dernière fois que sa mère lui a parlé aussi durement, c'était parce qu'elle avait transformé les draps propres en capes de princesse et les avait maculés de boue en allant jouer dehors. Oui, cette engueulade-là, elle ne l'avait pas volée.

Mais, cette fois-ci, qu'a-t-elle bien dit de mal ? C'est pourtant la vérité. Hier encore, à l'école, son amie Colette lui a soufflé : « Mon papa dit que les Boches arrivent ! » D'ailleurs, depuis quelque temps, ils font des tas de nouveaux exercices à l'école. Mademoiselle Irène tente d'en faire un jeu quand elle leur explique comment fermer les volets de la classe et descendre à la cave sans se bousculer, mais les enfants sentent bien que rien de tout cela n'est normal.

La première fois que le concierge a agité la cloche en pleine matinée, ils se sont tous regardés, effarés : avait-il perdu la tête ? La maîtresse a aussitôt frappé dans ses mains pour les mettre en rang, deux par deux, comme si de rien n'était. Ils ont traversé le couloir jusqu'à la porte de la cave, où aucun d'eux n'était encore jamais descendu, puis ont dévalé les marches, le cœur battant, vers une grande pièce voûtée qui sentait la terre humide et la poussière de charbon.

Tandis que des petits malins profitaient de la semi-obscurité pour effrayer leurs camarades, Mademoiselle Irène a de nouveau tapé dans ses mains. « Asseyez-vous sur les bancs, les enfants ! En silence ! » Dociles et habitués à obtempérer sans poser de questions, ils se sont exécutés. Apolline a aussitôt détesté cet endroit. Contrairement à la cave de sa propre maison, rassurante avec son odeur d'épices, ses cageots de pommes de terre et ses sacs de farine, celle-ci ressemblait juste à un vieux cachot oublié.

Cela dit, après ce premier exercice étrange, les élèves ont fini par s'habituer aux interruptions de leurs leçons par la cloche du concierge. Lorsqu'elle retentit, Colette et Apolline veillent à bien rester ensemble pour ne pas être séparées en descendant. Au bout de quelques minutes à peine, de petites voix impatientes s'élèvent dans la pénombre : « C'est bientôt fini, maîtresse ? » Mademoiselle Irène leur fait alors réciter une comptine, et le temps passe plus vite. Ils en finissent souvent par oublier pourquoi ils se retrouvent entassés là et s'amusent des traces de charbon laissées par les murs noircis sur leurs bras ou sur leurs vêtements, au grand dam de leurs mères.

À la maison aussi, l'atmosphère a changé. Apolline entend ses parents parler à voix basse entre eux, et capte des mots nouveaux et mystérieux, tels que « invasion », « combat », « évacuation »… Une fois qu'elle et Gaspard sont couchés, le soir, elle prétexte un besoin d'aller aux toilettes ou une soif soudaine pour descendre l'escalier de bois en catimini et surprendre leurs conversations inquiètes qui cessent dès qu'elle apparait dans leur champ de vision.

Cependant, au-delà de tous ces signaux d'alerte, le plus fort de tous reste cette angoisse sourde que la fillette pressent chez sa mère sans pouvoir la nommer.

Car Jeanne a peur. Pas pour elle, non. Mais elle connaît le prix de la perte. Et la perspective de vivre ce risque encore une fois la terrasse.

Interloqué par la réaction de sa mère, Gaspard en oublie de porter sa fourchette à sa bouche, et tend l'oreille vers l'entrée. Les coups sur la porte ont cessé, remplacés par des éclats de voix qu'ils perçoivent nettement entre Alphonse, leur voisin colérique, et leur père.

— Faut partir ! Restez pas là, nom d'un chien, c'est dangereux !

Gaspard a beau avoir l'ouïe fine, il n'entend pas la réponse de son père. Après quelques secondes, la grosse voix d'Alphonse leur parvient à nouveau, rocailleuse et pressante.

— Ils arrivent, j'vous dis ! Avec Yvonne on prend la charrette et on fout l'camp ! Puisque vous avez une voiture, emmenez donc vot' dame et vos gamins loin d'ici ! Y sont tout près, bon sang ! Paraît qu'leurs blindés viennent tout juste de franchir la Sambre !

Apolline et Gaspard échangent un regard inquiet, plus perturbés par la terreur qu'ils lisent dans les yeux de leur mère que par les mots du vieil Alphonse. De toute façon, il crie tout le temps celui-là, alors un peu plus ou un peu moins…

— C'est qui qu'arrive, m'man ? murmure Gaspard.

— On dit : « Qui est-ce qui arrive ? », le reprend Apolline.

Elle adore jouer à l'institutrice avec ses trois poupées et sa baguette en merisier en imitant le ton de Mademoiselle Irène. Son petit frère ferait un élève idéal, mais elle n'a jamais réussi à le convaincre d'assister à ses leçons, qu'il trouve bien trop enquiquinantes. Tant pis pour lui ! Cette fois-ci pourtant, au lieu de lui tirer la langue ou de hausser les épaules, il répète sagement après elle : « Qui est-ce qui arrive, maman ? »

Mais leur mère ne semble pas les entendre. Pétrifiée, elle essuie ses mains sur son tablier et se lève si précipitamment qu'elle en fait tomber sa chaise à la renverse. Leur petit Mitsou, qui patientait sous la table en espérant un reste de crème à laper, s'enfuit en courant, les oreilles en arrière.

Au même moment, Henri surgit dans la cuisine, la mine grave, le souffle court.

— On doit partir. Maintenant !

Puis, il repart dans l'entrée à grands pas, enfile sa veste et attrape les deux grosses valises auxquelles Gaspard et Apolline avaient fini par ne plus prêter attention.

— Allez chercher vos manteaux, les enfants, claironne Jeanne sur une voix qu'elle voudrait assurée, mais qui tremble encore plus fort que ses mains.

— Mais… et mon gâteau ? proteste Gaspard. Mon anniversaire ?

— On le fêtera plus tard, mon chéri. Je te le promets. Allez, dépêchez-vous !

Les yeux du petit garçon s'embuent. Ce gâteau aux pommes dont il rêvait, on ne peut pas l'en priver comme ça, au tout dernier moment, alors que les effluves sucrés de la cuisson flottent encore dans la maison ! Mais sans lui laisser le temps de protester, sa mère ramasse les quatre assiettes et en verse le contenu dans le seau à ordures. Son précieux quartier de pomme ! Il avait eu la plus grosse part, en plus ! Des larmes silencieuses inondent ses joues tandis qu'autour de lui, c'est l'effervescence. Peu importe. En cet instant précis, alors que sa sœur court dans leur chambre pour récupérer sa poupée préférée et que ses parents s'affolent en fermant la maison à la hâte, rien ne compte plus au monde pour Gaspard que son gâteau d'anniversaire perdu. Et Mitsou.

Il cesse alors de pleurer pour se mettre à crier.

— Maman ! Papa ! Où est Mitsou ? On peut pas partir sans lui !

Ce chat noir et blanc fait partie de la famille. Gaspard l'a toujours connu, il est hors de question de l'abandonner ! Mais ses parents ne l'écoutent pas. Ils passent et repassent devant lui, les bras chargés d'affaires, comme si Apolline et lui étaient devenus transparents. Ce n'est qu'au moment de les faire monter dans la voiture qu'ils semblent enfin l'entendre.

Gaspard hurle, s'arcboute, refuse de partir sans son petit chat chéri, ce compagnon qui les suit jusqu'à l'école le matin et guette leur retour le soir, bien droit en haut du mur de briques rouges d'Alphonse et Yvonne.

— Non ! Non ! Je partirai pas sans lui !

— Ça suffit ! Ce n'est qu'un chat. Il chassera les souris du quartier en nous attendant. Tu verras comme il sera gros quand on reviendra !

Les paroles de son père glissent sur lui sans l'atteindre. Mitsou n'a jamais chassé la moindre souris, il devrait pourtant le savoir ! C'est le plus gentil des petits chats que Gaspard connaisse, et ce départ-là, même si ses parents n'en disent pas grand-chose, n'a rien à voir avec leurs rares visites aux grands-parents ou leurs escapades en Belgique, au retour desquelles Mitsou leur fait toujours la fête. Qui sait, même, s'ils reviendront un jour ? À voir la mine catastrophée de maman, rien n'est moins sûr.

Gaspard se dégage des mains dures de son père, qui tente de le hisser dans la voiture, et se faufile comme une anguille jusqu'au portail. Il grimpe sur le mur à l'aide de l'encoche qu'il connaît par cœur pour embrasser du regard le jardin et la rue en criant le nom de son chat. Mais, une fois en haut, les mots se bloquent dans sa gorge.

— Mits…

Le petit garçon contemple, effaré, le spectacle désordonné qui s'offre à lui. La rue, habituellement si calme, est littéralement envahie par une foule dense et hétéroclite, à pied, à cheval, en vélo… Comme si leur petite ville tranquille avait soudain basculé dans le chaos. Gaspard n'a jamais vu autant de monde rassemblé au même endroit au même moment, à part peut-être à Lille les jours de marché, ou pendant la ducasse[3] d'Armentières, quand sa mère les emmène, sa sœur et lui, manger des gaufres en admirant les stands de tir au son des fanfares et des accordéons.

Abasourdi, il redescend du mur en prenant garde de ne pas déchirer la jolie chemisette blanche que sa mère réserve aux grandes occasions, et comprend vaguement que ce qui leur arrive est peut-être encore plus grave que l'abandon de Mitsou.

---

[3] Fête foraine traditionnelle du Nord de la France, organisée chaque année sur la place d'un village ou d'un quartier.

4

Les mains serrées sur ses genoux, le regard perdu au-delà de la foule, Jeanne tente de rassembler ses esprits. Depuis qu'ils ont quitté la maison, son cerveau tourne à vide, comme si ses pensées s'enfuyaient loin devant elle. Elle est choquée, sidérée par ce départ si brutal qu'une partie d'elle refuse encore à y croire. Cela ne peut pas être vrai. Ils vont faire le tour du quartier, à la limite sortir de la ville et revenir avant la nuit tombée. Elle tente de se persuader qu'il s'agit là d'un simple exercice, comme ceux que les enfants font à l'école tous les matins à la demande de la défense passive, pour simuler la conduite à tenir en cas d'attaque aérienne. Tout comme les recommandations de ne pas allumer les lumières la nuit ou d'obscurcir les fenêtres, il ne s'agit certainement que de précautions, de mesures prises « au cas où »…

Tout cela, au fond, personne ne veut vraiment y croire, et encore moins les anciens. Eux, qui ont vécu l'horreur absolue pendant quatre années d'enfer sous le feu ennemi, ne peuvent pas concevoir que des événements similaires à ceux qui ont décimé leur jeunesse se reproduisent aujourd'hui. L'homme peut-il être devenu fou à ce point ?

Jeanne avait huit ans quand son père est revenu de la Grande Guerre, en 1918. Appelé dans un régiment d'infanterie du côté d'Ypres dès août 1914, ses brèves permissions étaient trop rares pour lui permettre de tisser avec sa fille des liens dignes de ce nom. Ce père lointain et éreinté, dont sa mère parlait avec des accents d'angoisse dans la voix entre deux apparitions fugaces dans sa vie d'enfant, Jeanne ne l'a vraiment découvert qu'après son retour, en novembre 1918. Avec le recul, elle se souvient surtout d'une ombre apathique et silencieuse, maigre à faire peur, qui la croisait sans la voir dans les couloirs de sa maison d'enfance.

Il ne fallait pas crier ni rire, ni même parler, tout juste chuchoter. Et respirer ? Oui, ça, on pouvait, mais pas trop fort. *On avait à peine le droit de vivre*, soupire Jeanne en repensant à ces tristes années. Alors, elle jouait en cachette avec sa sœur, et lisait jusqu'à l'écœurement. C'est dans ces années-là qu'elle a découvert les collections de la Bibliothèque rose et de la Bibliothèque verte, La Comtesse de Ségur, Jules Verne, ou encore les revues de La Semaine de Suzette avec Bécassine, dont les mésaventures la faisaient pleurer de rire… en silence.

« Chut ! Ton père se repose, il ne faut pas faire de bruit ! » Combien de fois sa mère l'a-t-elle réprimandée, un doigt posé sur la bouche, lui intimant de rester aussi discrète qu'une petite souris. Elle a intégré cet impératif au point parfois de se faire oublier. Aujourd'hui encore, elle reste marquée par cette injonction de respect, de déférence, presque de sacrifice de son propre bonheur pour ne pas déranger l'ordre établi, alors représenté par ce père miraculeusement revenu d'une guerre effroyable, mais fracassé par ce qu'il y avait vu et vécu.

Petite, Jeanne savait que son papa n'avait pas toujours été ce fantôme taciturne qu'il ne fallait pas déranger. Grâce à des hommes moins taiseux que lui, elle avait compris qu'il avait vécu des choses terribles, des choses qui le faisaient crier en pleine nuit et qu'elle essayait de ne pas entendre en enfouissant la tête au creux de son oreiller. Elle enviait alors sa sœur, qui ronflait comme une bienheureuse à côté d'elle, et priait pour que son papa se rendorme vite. Le lendemain, elle évitait de le regarder dans les yeux en effleurant sa joue râpeuse du bout des lèvres, pour ne pas voir ce regard vide et triste qui lui faisait si peur.

Oui, à seulement huit ans, Jeanne avait déjà compris que ceux qu'on appelait alors « les gueules cassées », autrement dit les hommes défigurés au combat, n'étaient pas les seuls à avoir souffert à mort de cette guerre. D'autres blessures, plus sournoises, rampantes, invisibles à l'œil nu, pouvaient aussi détruire les foyers.

Alors, aujourd'hui, envisager de vivre une fois encore cet enfer, exposer les hommes aimés, les maris, les fils chéris, les frères à cette machine à broyer les âmes semble tout simplement inconcevable.

Bien à l'abri dans l'habitacle de la vieille Peugeot qui sent l'essence et le cuir fatigué, Jeanne ne se formule pas clairement son aversion pour la guerre et ses enjeux qui la dépassent, et, lorsqu'Henri engage la voiture dans leur rue transformée en marée humaine, elle ne pense pas non plus aux anciens traumatismes de son père. Mais la panique qu'elle ressent à l'idée de quitter sa maison, son abri, le refuge où ses enfants ont grandi la prend à la gorge aussi sûrement que si un Boche la menaçait de son arme, là, juste devant elle.

Un instant distraite par les reniflements de Gaspard, elle essaie de ne pas penser à leur petit Mitsou. Comment peut-elle se préoccuper d'un chat alors que la ville entière est sens dessus dessous ? Elle aimerait qu'Henri la rassure, l'aide à remettre de l'ordre dans ses idées, mais il est concentré sur la route, les sourcils froncés, l'œil dur et lointain. Venant tout juste d'obtenir son permis, il aurait sûrement préféré s'exercer à la conduite en d'autres circonstances, mais elle l'envie presque de pouvoir canaliser son stress sur ses gestes. Rapidement, cependant, sa propre attention est happée par ce qui se passe à l'extérieur. Tout comme les enfants, elle colle son nez à la vitre et tente de reconnaître des gens de son entourage, à défaut de pouvoir mettre du sens sur tout cela.

Peine perdue. Il lui semble qu'une horde d'étrangers vient de se déverser dans la rue, *sa* rue, et que les familles ont entassé à la va-vite, sans aucun sens pratique, tout ce qui leur tombait sous la main au moment du départ. Les voitures sont rares, et, en cela, Jeanne sait qu'ils sont privilégiés. Hormis les difficultés d'approvisionnement en essence, ce véhicule confortable leur permettra de s'éloigner bien plus rapidement des sites dangereux que tous ces gens en charrette, à vélo ou à pied. Ce pauvre vieux, là, qui pousse devant lui une brouette chargée jusqu'à la gueule, arrivera-t-il seulement à sortir de la ville ?

— Oh ! Regarde, maman !

La voix claire d'Apolline attire son attention vers un attelage étonnant : deux petits ânes, si chargés qu'ils zigzaguent, trottinent à côté des chevaux. Gaspard en oublie de chouiner. Il traque avec sa sœur les poules, chiens, cages à oiseaux et autres casseroles qui dégringolent des charrettes où s'entasse la vie des gens. Eux-mêmes ont été jusqu'à sangler un matelas sur le toit de leur voiture, comme des bohémiens ! Mais qui sait où ils dormiront ce soir, et les suivants ? Jeanne frémit. Ne pas y penser. Un jour à la fois. L'urgence, pour l'heure, est de mettre leur famille à l'abri.

Les plus jeunes pédalent comme des damnés sur leur vélo, et Jeanne se demande bien ce qui leur prend à vouloir dépasser tout le monde comme s'ils avaient le diable à leurs trousses ! Cela dit, eux, au moins, ils avancent. C'est loin d'être leur cas. Par la vitre entrouverte, ils perçoivent le bruit étouffé des pas, le cliquetis d'objets mal attachés, les roues qui grincent, les pleurs d'enfants, les cris de tous ces gens qui ont l'air aussi perdus qu'eux.

C'est la débâcle. Une forme de fin du monde, d'arrachement. De fuite en avant vers un univers informe et inconnu, dangereux. Incertain.

La dernière fois que Jeanne a connu pareille angoisse, c'était après l'annonce de la sage-femme qui l'avait aidée à mettre au monde Marguerite. La petite était encore bien vivante, mais une menace sourde et terrible s'était alors mise à peser sur elle, comme si une mauvaise fée s'était penchée sur son berceau, la condamnant à jamais.

Cette fois-ci, c'est un mauvais génie en forme de croix gammée qui s'apprête à dévaster leur univers. Comment s'en préserver ? Jeanne veut bien donner tout ce qu'elle a pour protéger la vie des siens, mais elle n'a rien pu faire pour Marguerite, alors quel Dieu pourra bien les défendre contre ce qui est en train d'arriver ?

5

— Henri, on ne sait même pas où on va !

— Pour l'instant, il faut juste essayer de sortir de la ville, tu vois bien qu'on est coincés ! Regarde-moi cette foire, faudrait pas qu'ils aient la bonne idée de balancer une bombe maintenant au milieu de la foule. Ça ferait un beau carnage…

— Ils ne tireraient quand même pas sur des civils ! Et puis, mesure tes paroles, s'il te plaît…

Jeanne lance un coup d'œil furtif vers la banquette arrière. Leurs enfants, habituellement si prompts à se chamailler, sont mutiques depuis qu'ils ont quitté la maison. Entre l'expérience insolite de circuler en voiture et le spectacle indescriptible des rues d'Armentières sens dessus dessous, sans compter l'abandon traumatisant de leur petit chat, Apolline et Gaspard se font oublier. Leur mère n'est pas dupe pour autant : même s'ils n'en montrent rien, elle sait qu'ils ne manquent pas une occasion d'écouter aux portes pour tenter de comprendre le chaos qui bouleverse le monde des « grands » en ce moment. Suivant le modèle de sa propre mère, qui faisait tout pour la tenir à l'écart des nouvelles de la guerre quand elle était petite, Jeanne essaie tant bien que mal de rassurer ses enfants.

— Nous reviendrons vite à la maison, et tout rentrera dans l'ordre.

Henri hausse les épaules. Il ne comprendra jamais cette obstination de sa femme à faire comme si tout allait bien dans le meilleur des mondes, même quand tout s'effondre autour d'elle. Il connaît pourtant son intelligence et sa lucidité, mais, dès lors qu'il s'agit des enfants, on dirait que ce n'est plus la même personne. Si elle pouvait les mettre sous cloche pour être sûre qu'il ne leur arrive rien, elle le ferait… Ce n'est pourtant pas ainsi qu'on élève des gosses ! Lui-même, à quatorze ans, a bien dû renoncer à ses études pour travailler et ramener de l'argent à sa mère. Depuis le décès du père, survenu lors de la bataille du Chemin des Dames en 1917, elle ne s'en sortait pas avec ses quatre enfants, et Henri étant l'aîné, elle l'a vite poussé dehors, malgré ses aptitudes à l'école et son rêve de devenir pilote. Dans une autre vie, peut-être… Cela dit, heureusement que ses parents ne sont plus de ce monde pour voir tout ce qui arrive en ce moment… Ils doivent se retourner dans leur tombe, à coup sûr.

Henri s'est bien gardé de le dire à Jeanne, mais ce midi, quand il est rentré déjeuner à la maison pour fêter l'anniversaire de Gaspard – quelle idée, ça aussi, franchement ! comme si c'était le moment ! –, il a échangé quelques mots sur la route avec des évacués belges qui, la peur agrandissant leurs yeux, lui ont raconté comment les avions mitraillaient les routes et abattaient sans pitié les colonnes de réfugiés à pied ou en charrette, tuant sans distinction les hommes, les femmes, les enfants et les vieillards. « Même les bébés ! » a sangloté une jeune fille aux yeux sombres, et ils avaient tracé leur route en lui conseillant de fuir au plus vite.

Quand il a franchi le pas de la porte et senti les odeurs de gâteau dans la maison, Henri n'a pas eu le cœur de jouer les trouble-fêtes. Il a juste prévenu Jeanne que les rues grouillaient de monde et que le réservoir à essence était plein, « au cas où ».

Mais l'intrusion d'Alphonse a fini de le décider, tout comme le spectacle désolant de la foule qui s'amassait jusque devant chez eux, sans compter la cohue qui régnait à la gare, où se déversaient sans discontinuer des trains bondés en provenance de Lille. La panique était contagieuse.

Lorsqu'il a donné le signal du départ, contraint et forcé, il s'est senti acculé, poussé en avant par une force indescriptible, un engrenage aussi massif et inéluctable qu'un fleuve en crue. C'est encore l'impression qu'il ressent en ce moment même, au volant de cette Peugeot qu'il maîtrise si mal. Il a appris à conduire sur des routes de campagne isolées, et voilà qu'il se retrouve pris dans une nasse brouillonne et informe, la peur au ventre à l'idée de caler au mauvais moment ou de renverser un enfant. Il sent ses pieds glisser sur les pédales dures et imprécises de la vieille voiture, ses mains se crisper sur ce grand volant fin, et il redoute plus que tout de ne pas avoir les bons réflexes au bon moment. Que se passera-t-il si les prédictions de ces réfugiés belges s'avèrent exactes ? Saura-t-il protéger les siens de tirs venus du ciel, lui qui n'a même pas été foutu d'aller au front ?

Il sait que Jeanne se réjouit de ce qu'il n'ait pas été appelé et, pendant un temps, lui aussi s'est senti soulagé à cette idée. Tout valait mieux plutôt que crever comme son père sous le feu ennemi, non ? Pour ce qu'on y gagnait… Mais, voilà. Les mois passant, il avait de plus en plus de mal à supporter les regards en coin des voisines, des promeneurs, des employés et parfois même des enfants qui semblaient tous se demander ce qu'il fichait encore là, lui, jeune et en pleine possession de ses moyens, pendant que d'autres risquaient de se faire trouer la peau pour défendre les intérêts de la nation. S'agissait-il d'un planqué ? D'un pleutre, ou pire, d'un traître ?

Peut-être imaginait-il ces jugements, ces remises en question de son rôle d'homme et de père dans la société, mais toutes ces lettres anonymes, bon sang, il ne les inventait pas ! Il en rêvait parfois, la nuit. Tout ça le mettait profondément mal à l'aise, surtout quand il croisait des soldats anglais dans les quartiers d'Armentières, fiers de parader en uniforme devant les jeunes filles françaises. Il se sentait minable, alors, dans son sage costume gris, son porte-documents sous le bras, pour aller tamponner des certificats de naissance et enregistrer des demandes d'allocations pour les familles mobilisées.

La tentation était grande de s'en prendre aux enfants quand il rentrait le soir, mais il résistait. Même si leurs cris et leurs chamailleries lui portaient sur les nerfs, il devait reconnaître qu'ils n'y étaient pour rien dans sa situation ambiguë. Les autres pères de famille étaient bien partis, eux. Non, c'était plutôt Jeanne à qui il en voulait. Cela n'était pas forcément plus juste, mais puisqu'elle était si heureuse de le savoir en sécurité et de profiter de sa présence parmi eux au lieu de devoir faire face toute seule aux aléas de la guerre, comme les autres femmes de son entourage, il la rendait un peu responsable de son mal-être.

Qui sait si, sans cela, il n'aurait pas insisté pour partir malgré tout ? Et puis, il avait tant souffert de son rejet au décès de leur petite Marguerite, lorsqu'il avait dû affronter tout seul sa douleur dans ce lit aux draps glacés pendant que Jeanne se morfondait de son côté… Même s'il ne lui reproche pas consciemment ces mois de désert affectif à un moment de sa vie où il se sentait aussi désemparé qu'elle, ils ont existé. Et Henri ne peut pas s'empêcher de penser qu'en cas de coup dur, vraiment dur, il se retrouvera seul, encore une fois.

Pourtant, il n'avait pas réfléchi très longtemps avant de la demander en mariage. Il était tombé tout de suite sous le charme de cette jeune brune aux yeux clairs, dans une région où la plupart des filles sont blondes, et il avait été particulièrement séduit, outre sa nuque gracile et ses épaules bien droites, par la profondeur de son regard. Oui, Jeanne respirait l'intelligence, et, pour Henri, qui avait été privé d'école, ça comptait. Dès leurs premières paroles échangées, il avait su que cette fille était « la bonne », celle qu'il pouvait envisager d'épouser.

Il a encore du mal à se l'expliquer, surtout après tout ce qu'ils ont traversé, mais quelque chose en elle l'a bouleversé. Aujourd'hui, il a la nostalgie de ces jours bénis où seules comptaient les heures qu'il passait auprès d'elle, où il rêvait de l'embrasser, de défaire son chignon et les premiers boutons de son corsage… Ces heures où tout était encore possible, où leur vie était à inventer.

Leurs premières étreintes n'ont pas été aussi magiques que ce qu'il espérait. De cela non plus, ils n'ont jamais parlé. Est-ce que ça vient de leur éducation, de la pudeur de Jeanne, de la sienne ? Toujours est-il qu'il n'a quasiment jamais vu sa femme nue « en entier », seulement par petits bouts, et que leurs câlins dans le noir ont toujours été si rapides, presque chastes, qu'Henri a fini par se dire que cela devait se passer ainsi entre tous les maris et femmes… Pourtant, il aurait rêvé de la voir s'abandonner à ses caresses et y prendre du plaisir, mais, depuis le décès de Marguerite, il s'estime juste heureux de pouvoir encore approcher Jeanne de temps en temps.

Aussi loin qu'il s'en souvienne, elle n'a jamais manifesté d'intérêt pour l'amour physique. Au moment de leurs premiers rapprochements, elle se contentait de se laisser embrasser, toucher, désirer, mais sans initier le moindre geste envers lui, comme si les sphères du désir lui demeuraient inconnues. Il a eu beau prendre sa main, l'inciter à découvrir son anatomie, la laisser venir… Jeanne se contentait de sourire, rougissante, avant d'éteindre la lumière en baissant pudiquement les paupières. Il en a pris son parti, et, avec les années, il n'imagine même plus que les choses pourraient se passer autrement.

De son côté, il a nourri quelques fantasmes avant de rencontrer sa femme, qui reviennent le hanter lors de leurs longues périodes chastes, mais il ne lui a jamais été infidèle. À la fin de son adolescence, quand il était garçon de salle à la Brasserie Breuvard, la serveuse Berthe, bien plus âgée que lui, le laissait parfois toucher sa poitrine dans l'arrière-salle, entre deux fûts de bière… Elle le trouvait mignon, le taquinait, lui donnait des petits surnoms. Il n'était pas amoureux d'elle, mais ces contacts furtifs avec sa chair blanche et moite le fascinaient. Il avait fini par coucher avec elle, une seule fois, ce qui lui avait permis de ne pas arriver puceau à son service militaire, et de suivre les autres sans trop d'appréhension quand ils avaient voulu l'entraîner dans une maison close à la première permission. Il n'avait pas aimé ces rapports tarifés, sans amour, et, hormis quelques images obsédantes qui persistaient dans ses rêveries nocturnes, il avait décidé d'attendre de rencontrer *la* bonne personne avant de retenter l'expérience.

À son retour dans la vie civile, lorsqu'il avait obtenu le poste qu'il occupe encore à la mairie d'Armentières, les grands yeux clairs de Jeanne avaient alors croisé sa route, et, pour la première fois de sa vie, il s'était autorisé à être romantique. C'était elle, et pas une autre. Il devait l'épouser. Pourtant, leur premier contact n'avait pas été très prometteur. Elle accompagnait alors sa mère pour une histoire d'acte à retirer, et, lorsqu'il lui avait annoncé le délai d'attente pour obtenir ce papier, elle s'était mise en colère, comme s'il en était personnellement responsable.

Loin de l'agacer, ce petit coup d'éclat l'avait amusé, et il avait retourné la situation en sa faveur en soulignant que cela lui donnerait l'occasion de la revoir. Lorsqu'elle était revenue – sans sa mère – huit jours plus tard, il lui avait proposé une limonade pour se faire pardonner de cette longue attente, et leur histoire était née. Les joues de Jeanne n'avaient plus rosi de colère, mais du plaisir de le revoir uniquement.

Il retrouve parfois cette jeune femme qu'il a connue, innocente et sensible, au détour de certaines conversations, de certains gestes et attentions qu'ils ont encore de temps en temps l'un pour l'autre, mais ils parlent si peu de ce qui les anime *vraiment*, au fond… Il ignore s'il s'agit de pudeur, d'une éducation religieuse trop rigide ou encore d'autre chose, mais avec Jeanne, il se sent *empêché.*

Et il sait au fond de lui que cet empêchement est réciproque. Son épouse est courageuse, déterminée, aimante et attentionnée avec leurs enfants, et cela devrait lui suffire pour savoir qu'il a fait le bon choix en l'épousant.

Mais pour *elle* ? S'agissait-il vraiment d'un choix ? Ou d'un renoncement ? Il se pose encore la question.

6

— C’est Colette ! C’est mon amie Colette !

La voix aigüe d’Apolline perce les tympans de ses parents, mais ils n’ont pas le cœur de lui demander de se taire. Leur petite fille est bouleversée. Eux aussi viennent d’apercevoir la famille de son amie dans la cohue généralisée, hélas ils sont à pied. Colette et son frère portent chacun l’extrémité d’un bâton chargé de sacs. Leurs petits bras tendus témoignent de la lourdeur de leur fardeau, et Apolline trouve cela injuste. Elle a l’habitude de tout partager avec Colette, les bons points comme les punitions, il n’y a pas de raison pour qu’elle se retrouve confortablement installée dans une voiture – bon, ils sont un peu à l’étroit, avec Gaspard, parmi toutes ces affaires, mais enfin, ils sont assis – alors que sa chère petite Colette peine comme un mulet dans la poussière et le désordre ambiant !

Apolline fait de grands gestes à travers la vitre dans l’espoir d’attirer l’attention de son amie, mais l’habitacle est tellement bourré de sacs et d’objets qui y ont été fourrés à la hâte au dernier moment, que son angle de vue se restreint vite. Un mouvement de foule achève de faire disparaître la fine silhouette de Colette derrière une charrette de paysans qui semblent avoir emmené leur ferme entière avec eux. Deux petites chèvres affolées, une ficelle autour du cou, sautent sur un monticule d’affaires disparate tandis que des poules se chicanent pour des miettes en haut d’un tas de vieilles couvertures…

Gaspard continue d'écarquiller les yeux devant toutes ces bizarreries. Il ne sait pas s'il doit consoler sa sœur, qui se met à geindre doucement – de peur ? de la frustration d'avoir perdu de vue sa chère Colette ? – ou bien pleurer lui-même pour la perte de Mitsou et de son gâteau d'anniversaire. Tout lui paraît si étrange et inquiétant depuis qu'ils ont quitté la maison en catastrophe qu'il n'arrive pas à croire sa mère lorsqu'elle affirme qu'ils rentreront bientôt. Peut-être parce qu'elle ne semble pas y croire elle-même ?

Les yeux de maman sont souvent tristes, mais Gaspard y est habitué, alors il pense que c'est normal, que ce sont des yeux de maman, tout simplement. Il s'étonne parfois de la bonne humeur de tante Suzanne, des plaisanteries de la vieille Yvonne – alors que son mari lui crie tout le temps dessus ! – ou encore du rire sonore de la boulangère. Ce sont des femmes, comme sa mère, mais elles n'ont pas l'air tristes. Peu importe, Gaspard aime sa mère et ne voudrait l'échanger pour rien au monde, surtout lorsqu'il parvient à déclencher son rire, car ça n'arrive pas très souvent, malgré tous les efforts qu'il déploie en ce sens. Il lui semble alors qu'une cascade d'eau fraîche dévale le long de sa poitrine, il a envie de courir, de chanter, de serrer sa maman fort dans ses bras pour qu'elle continue de rire, encore et encore, comme si elle était une petite fille et que rien n'était grave, pas même ces « saletés de Boches » qui viennent les envahir.

Gaspard ne sait pas trop ce que c'est, « un Boche ». La première fois qu'il a entendu ce mot, il a cru qu'il s'agissait d'un homme avec une grosse bosse sur la tête, qui devait forcément être affreux, avec un crâne énorme, une sorte de croque-mitaine qui faisait peur aussi aux grands. Car c'est peut-être ce qui l'effraie le plus, dans ce mot, finalement : la peur qu'il cause chez les adultes. Ils ont beau crâner et tenter de cacher ce qu'ils ressentent à chaque fois qu'ils en parlent, Gaspard n'est pas dupe. Même si cela reste un peu compliqué pour lui, il perçoit le mélange de haine pure et de terreur qui accompagne le qualificatif de « Boche » dans la bouche des adultes. Et quand on a cinq ans, on n'aime pas se dire que ses parents ont peur de quelqu'un ou de quelque chose. Son papa, surtout. Il est censé être le plus fort du monde, non ? Alors pourquoi est-ce qu'il aurait peur de ces Boches en uniforme, lui aussi ?

Lorsqu'il a compris que cet ennemi vague et informe était en fait un soldat, Gaspard a imaginé un grand bonhomme avec un casque à la place de la tête et des bottes bruyantes aux pieds, un genre de géant maléfique capable de chasser tous les habitants d'une ville en une seule journée ou presque… Il ignore d'où ils viennent exactement, ces Boches, ces Fritz, les Allemands… À son niveau, il sait juste que ses parents en ont peur et que la menace vient principalement du ciel.

Dès qu'une sirène retentit ou qu'un bruit de moteur suspect emplit l'espace, les grands lèvent le nez en l'air en fronçant les sourcils, la main au-dessus des yeux, et ordonnent aux enfants d'aller se cacher dans les abris. Il ne s'y passe jamais rien, dans ces vieilles caves qui puent le moisi et le charbon humide, et Gaspard s'y ennuie comme un rat mort en attendant la fin des alertes, mais il a bien intégré ce danger qui plane tout là-haut, au-dessus des nuages. Pourtant, au catéchisme, on lui a appris que c'était Dieu qui se trouvait dans les nuages, alors Gaspard n'y comprend plus grand-chose, au Ciel, aux avions des Boches, à toutes ces sirènes et à ces gens qui s'enfuient en emportant leur maison sur leur dos, comme de gros escargots maladroits.

Lui, tout ce qu'il voudrait, c'est retrouver son petit Mitsou avec ses pattes blanches en forme de chaussons, et le caler bien fort contre sa poitrine pour oublier les peurs des grands. Est-ce qu'ils ont pensé à emmener ses osselets, au moins ? Il ne s'agirait pas qu'il perde la main, en plus de tout ça ! Gaspard regarde à nouveau à travers la vitre, et lorsqu'il aperçoit un chat dans un panier, son cœur fait un bond. En voilà une bonne idée ! Il demande à son père s'ils peuvent faire demi-tour pour retourner chercher Mitsou, il promet d'être le plus sage du monde et… Son père soupire. « Non, Gaspard. Tu vois bien le temps qu'il nous a fallu juste pour rejoindre la rue de Lille… On ne reviendra pas en arrière. » Le ton est sans appel. Gaspard et Apolline pleurent, chacun pour des raisons différentes.

Jeanne est au supplice. Elle n'a pas les moyens de contrôler ce qui arrive, alors elle ne trouve aucune parole réconfortante pour apaiser ses enfants. Elle ne peut ni rattraper la petite Colette dans la foule ni aller chercher le chat de son fils. Elle ne peut pas non plus leur garantir qu'ils seront en sécurité une fois hors de la ville. Ils ne savent même pas où ils vont dormir ce soir, alors…

La voiture roule au pas. Cet axe majeur de la ville est saturé par le flot de réfugiés venant d'Armentières et des environs, sans parler des Belges et des Hollandais jetés hors de leurs frontières. Quelle folie s'est donc emparée du monde pour qu'ils se retrouvent tous là, entassés comme des animaux à l'abattoir, prêts à se faire descendre sans pouvoir riposter ? Décidément, elle n'a rien de glorieux, cette fuite !

Tout en contemplant la masse compacte de charrettes, de bicyclettes surchargées et de silhouettes encombrées de paquets qui se faufilent entre les véhicules, Jeanne sent monter en elle une colère diffuse. Comment a-t-on pu en arriver là ? Pourquoi tout s'effondre aussi vite, pourquoi leur vie entière semble-t-elle soudain suspendue à un fil ? Est-il possible de tout perdre en un claquement de doigts, ou presque ? Le labeur d'une vie, un foyer uni, sa maison ?

Quel pays laisse ainsi partir à la dérive ses habitants, sans aucune protection, sans instruction ni aucun autre recours que ses jambes pour marcher et son dos pour porter ses enfants ? Le vieil Alphonse a dit à Henri que le maire en personne était sur la route en même temps qu'eux. Que fabriquent donc les chefs des armées, le gouvernement, toutes ces huiles qui leur assuraient quelques mois auparavant qu'ils n'avaient rien à craindre de la menace allemande, que les fronts de défense étaient solides, que c'était une histoire de quelques mois à peine ? Si elle les avait devant elle en ce moment même, Jeanne leur cracherait à la figure, à tous ceux qui mettent sa famille en danger, tous ces gens de l'ombre qui prennent les mauvaises décisions et s'avèrent incapables de protéger les civils. C'est bien à ça que doivent servir les soldats, non ?

Henri frappe le volant avec ses mains, comme si cela pouvait faire redémarrer la voiture. Ils sont à l'arrêt, maintenant. Sans même échanger une parole avec lui, Jeanne ressent l'impuissance de son mari en écho à la sienne.

— On nous a abandonnés, finit-elle par lâcher. Regarde-moi toutes ces femmes, ces vieux, ces enfants… Qui va nous défendre, maintenant ?

Henri serre les mâchoires. Alors, en plus d'être un planqué, il sera un fuyard ? Une fois de plus, malgré le chaos ambiant, il regrette de ne pas être au front pour repousser l'ennemi avec ses compatriotes. Il se sent tellement inutile, dans cette bagnole qui n'avance plus, au milieu des femmes et des gosses ! Qu'est-ce qu'il fout là ? Au fond, c'est peut-être bien la faute de gars comme lui s'ils sont en train de perdre la guerre avant même qu'elle ait commencé, des embusqués dans les bureaux qui feraient mieux d'aller embrocher du Boche plutôt que de perdre leur temps à tamponner des certificats de décès !

Dans le silence relatif de l'habitacle à l'arrêt, les reniflements de son fils lui deviennent soudain insupportables. Il se retourne brusquement, la main levée.

— Tu vas te reprendre, oui ou non ? Un garçon, ça ne pleure pas, surtout pas pour un vulgaire chat !

Gaspard émet un hoquet surpris. Les yeux de sa mère lancent des flammes, mais c'est son père qu'elle regarde, pas lui. Apolline lui tend discrètement son mouchoir, et il s'efforce de chasser les petits chaussons blancs de ses pensées en tendant sa main devant lui. Il compte et recompte ses cinq doigts écartés jusqu'à ce qu'il n'ait plus du tout envie de pleurer. Il les replie alors en serrant le poing si fort que ses jointures en deviennent toutes blanches.

Dire qu'il attendait tant cet anniversaire… Avoir cinq ans dans un pays en guerre n'a décidément rien de drôle.

7

La Chapelle-d'Armentières, 18 mai 1940

Le changement se produit si lentement que Jeanne ne s'en rend pas compte tout de suite. Entre la foule hétéroclite et le trajet en voiture dans des rues qu'elle a l'habitude de parcourir à pied, sans compter l'affolement général et les pleurs des enfants, elle ne prête pas vraiment attention à leur parcours, encore moins à leur destination, puisque celle-ci est inconnue. Tout ce qu'elle sait, c'est qu'il faut se mettre à l'abri, fuir, quitter au plus vite cette ville que les Allemands menacent d'envahir d'ici quelques heures à peine si l'on en croit les récits des réfugiés.

Et puis, d'un seul coup, la route s'éclaircit, la voiture prend enfin un peu de vitesse. Après avoir été longtemps coincés dans la rue de Lille, ils ont fini par s'en extraire en roulant au pas, jusqu'à franchir la Lys et se retrouver dans les faubourgs plus clairsemés de la Chapelle-d'Armentières. Ici, les maisons sont plus basses, les jardinets plus espacés. Sans quitter tout à fait la ville, il y règne un petit air de campagne, et, lorsqu'ils dépassent les dernières habitations aux portes et aux volets clos, Jeanne frémit.

Devant eux, la route ondule désormais à travers les champs comme un long serpent fatigué, symbolisant à la fois leur départ et leur débâcle, cette fuite désordonnée devant l'ennemi à qui ils abandonnent leur foyer, leurs animaux, leur vie entière. Que signifie donc tout cela ? Jeanne retient ses larmes pour ne pas affoler plus encore ses enfants. Elle serre ses mains fort l'une contre l'autre et finit par replier ses doigts en un geste qu'elle gardera toute sa vie : le poing serré, son pouce rentré à l'intérieur, comme pour contenir tout ce qu'elle ne peut pas exprimer. Tout ce qu'elle se sent *empêchée* de crier.

Le ciel est gris, presque noir, à l'image de son monde intérieur qui s'effondre en silence. Alors, c'est vrai ? Ils sont vraiment partis de chez eux, ils ne dormiront pas sous leur toit ce soir ? Cette route presque dégagée fait brutalement prendre conscience à Jeanne de la réalité de ce voyage improvisé, peut-être sans retour, qui sait ? *Au moins, on est tous les quatre*, pense-t-elle. Elle songe à ses petites habitudes, à ses repères rassurants qui viennent de voler en éclat. Cette routine qu'il lui arrivait de maudire, comme elle aimerait la retrouver, là, tout de suite ! Les jours de linge, ceux qu'elle exècre par-dessus tout lui paraissent doux, soudain, face à l'immensité grise et informe de cette plaine inconnue, de toutes ces heures froides et dangereuses qui les attendent.

Des images sans queue ni tête surgissent devant ses yeux, comme les fragments brisés d'un miroir, lorsqu'elle pense à leur maison qu'ils viennent d'abandonner. Ses hortensias rose et violet commençaient tout juste à fleurir, donnant à la cour un petit air de fête. C'est dommage, ils n'en profiteront pas. Et ses torchons ? Ne les avait-elle pas mis à tremper, ce matin ? Entre les préparatifs du repas d'anniversaire de Gaspard et les rumeurs effrayantes colportées par le voisinage, il lui semble avoir agi comme une automate, sans réfléchir à ce qu'elle faisait. Elle ne se rappelle plus de rien. Si ça se trouve, tout son linge est en train de s'abîmer, tout comme les provisions qu'ils n'ont pas pu emmener. Est-ce qu'il restait de la viande dans le garde-manger ? Si c'est le cas, elle va pourrir, attirer les mouches… Et ce pauvre Mitsou ! Gaspard a raison, il n'est pas dégourdi pour deux sous, ce petit chat, si personne ne le nourrit, il va se laisser mourir de faim…

Ses pensées sautent d'une idée à une autre sans s'accrocher à rien. Concentré sur la route, Henri ne dit toujours pas un mot. Il profite de l'espace qui s'ouvre devant eux pour accélérer un peu, avant de ralentir à nouveau à cause des charrettes et des chevaux qui bloquent le passage. L'embellie a été de courte durée. Après avoir cru un instant que la sortie de la ville leur permettrait de se dégager de la foule, force est de constater que le cortège encombrant les rues d'Armentières s'est à peine dilué. Mus par le même instinct de fuite, qu'ils soient à pied, à cheval, en vélo ou en voiture, les réfugiés empruntent un circuit identique, vers le sud-ouest.

La vraie différence avec le mouvement de panique initiale, et ce qui frappe Jeanne, outre l'effroi peint sur tous les visages, c'est l'espèce de résignation qui semble désormais s'abattre sur certains attelages. Gaspard, qui ne renifle plus, pointe du doigt de pauvres gens assis sur le rebord des talus.

— Qu'est-ce qu'ils font ?

— Ils sont fatigués de porter toutes leurs affaires, alors ils se reposent.

— Mais ils doivent pas rester là ! Ils vont se faire attraper !

— Ils vont repartir, ne t'inquiète pas pour eux, tranche Henri.

De fait, force est de constater que plus ils avancent, plus des objets insolites abandonnés par leurs propriétaires jonchent les bas-côtés de la route. Des machines à coudre, des miroirs, des casseroles ou des armoires démontées qui feraient le bonheur des brocanteurs fleurissent çà et là, comme autant d'échantillons poignants de l'intérieur de foyers ouverts à tous les vents, figés par la brutalité d'un départ que nul ne semble avoir anticipé.

Et puis, d'un seul coup, c'est la panique absolue.

C'est d'abord venu comme une sensation, l'écho d'une vibration plutôt qu'un bruit : quelque chose de sourd, à peine perceptible, un genre de grondement lointain, un peu comme le bourdonnement d'une ruche en haut d'un arbre. Personne n'a réagi tout de suite. Les gens ont continué de marcher, de conduire, de pédaler… Mais le son s'est précisé. Les plus anxieux se sont alors arrêtés net, levant le nez en l'air, la main sur les yeux, dans une posture désormais familière. Le ronronnement régulier s'est affirmé, et une onde mouvante a hérissé la cohorte des réfugiés sur la route. D'un seul coup, tout le monde a compris. Les Boches. Les avions allemands.

Ils arrivent.

Une terreur au goût de bile envahit la bouche de Jeanne. Elle a le réflexe de chercher un abri des yeux. Elle pose sa main sur la portière de la voiture, comme si elle allait l'ouvrir, mais ils sont en rase campagne, sans cave ni sacs de sable, sans aucun endroit où se cacher, à part des fossés boueux et quelques arbres derrière lesquels s'abriter !

Mes enfants, mes enfants, pas mes enfants, mon Dieu, je vous en supplie…

Le ciel vibre, transpercé par une mécanique aveugle et mortelle dont le grondement enfle de seconde en seconde. Les oiseaux de morts aux ailes d'acier en forme de « W » envahissent le ciel en produisant un bruit strident. Gaspard et Apolline se mettent à hurler dans la voiture en se bouchant les oreilles, les yeux agrandis par la peur.

Les réfugiés s'éparpillent dans les champs, se précipitant au hasard dans les fossés. Certains s'accroupissent et s'immobilisent au milieu du chemin, terrorisés, tandis que les plus avisés se planquent sous les charrettes en priant pour que les chevaux ne ruent pas dans les brancards.

Jeanne ose un regard vers le ciel, juste à temps pour voir le premier avion piquer d'un seul coup vers la route. Elle ferme les yeux, pensant sa dernière heure arrivée, jusqu'à ce que le Stuka passe au-dessus d'eux dans un grand sifflement. Une dizaine de secondes plus tard, un fracas épouvantable fait vibrer le plancher de la voiture. Henri lui-même sursaute, puis bondit hors de l'habitacle. Quelques rafales sèches crépitent alors, semant une seconde vague de terreur.

— Rentre ! crie Jeanne.

— Ils ont bombardé le carrefour ! répond-il, abasourdi. L'embranchement qu'on vient tout juste de prendre…

Les avions s'éloignent. Tout autour d'eux, les réfugiés rejoignent la route et sortent de leur cachette, sidérés par la brutalité de l'attaque. Pour la plupart d'entre eux, c'est la toute première fois qu'ils sont confrontés à la réalité de la guerre, à sa violence aveugle, à cette injustice sans nom qui a bien failli les emporter. Un cri déchirant monte alors vers le ciel. Un corps au sol, loin derrière, peut-être deux. Peut-être plus.

Jeanne et Henri échangent un regard paniqué avant de refermer les portières de leur voiture. Ils en ont réchappé, pour cette fois-ci. Tout le monde n'a pas eu cette chance. À quelques mètres près, c'est leur famille qui aurait pu être la cible des rafales de mitraillette.

L'exode a commencé. Et pour Jeanne, c'est comme si les portes de l'Enfer venaient de s'ouvrir devant elle.

8

Route de la Chapelle-d'Armentières, 18 mai 1940

Il fait nuit. Henri gare la voiture au bord d'un talus, juste assez à l'écart pour laisser passer d'éventuels véhicules, même si la route est désormais déserte. Garder les phares allumés serait trop dangereux : ils seraient repérés en un rien de temps.

Depuis l'attaque mortelle des deux Stukas, ils ont roulé longtemps, à pas comptés, s'arrêtant sans cesse. Henri ne sait plus exactement où ils se trouvent, seulement qu'ils ne sont pas encore assez loin des zones à risque. Il est tard, pourtant, au moins vingt-deux heures. Et ils ont parcouru si peu de kilomètres… C'en est rageant.

— J'ai faim, maman.

— Il fait tout noir. On est où ?

Les voix plaintives des enfants sortent Jeanne et Henri de leur hébétude. Sans eux, Jeanne se demande où elle puiserait le courage de faire face à ce cauchemar. Après le bombardement de la route par ces avions sifflants sortis d'on ne sait où, elle sait que rien n'arrêtera l'escalade de violence qu'ils redoutent depuis le début. Si les Allemands sont capables de mitrailler des colonnes de réfugiés sans défense, alors ce n'est pas seulement en ville qu'ils sont en danger, c'est dans la région tout entière. Jusqu'ici, Jeanne pensait naïvement que la zone urbaine était plus exposée parce qu'elle concentrait des points stratégiques que l'ennemi chercherait à détruire, tels que les gares, les ponts ou les usines. Mais, en réalité, au-delà des infrastructures, les civils aussi sont pris pour cibles.

Cette prise de conscience est terrifiante. Une fois le moteur de la Peugeot éteint, une odeur d'essence et d'huile chaude achève de lui couper l'appétit. Tant mieux, elle pourra donner sa part aux enfants. La nuit opaque environnante renforce encore le sentiment de solitude et d'abandon qu'elle a ressenti dans les rues d'Armentières au cours de l'après-midi. Ils ne sont pas seuls, pourtant. Çà et là, de petits feux apparaissent en bord de route ou dans les champs, révélant des profils inquiets, des silhouettes mouvantes dans l'ombre de charrettes ou de voitures arrêtées, comme la leur. Où vont dormir tous ces gens ? Et eux ? *Heureusement qu'il ne pleut pas...*

Gaspard et Apolline frissonnent malgré leurs petits manteaux. Eux aussi sont hébétés, voire épouvantés par l'étrangeté de la situation. Une voiture, non loin, tarde à éteindre ses phares. Gaspard la regarde pendant quelques instants. « On dirait les yeux de la nuit », murmure-t-il à l'oreille de sa sœur, qui se met à trembler.

Maman sort quatre serviettes à carreaux rouges et blancs, comme si on s'apprêtait à faire un banal pique-nique un dimanche après-midi au bord de la Lys, mais ils ne savent pas où s'assoir. Papa dit qu'il aimerait allumer un petit feu, et le cœur de Gaspard se gonfle de joie à cette idée. Il a tellement hâte de faire partie des scouts, comme son cousin Michel, qui lui raconte ses aventures lors des repas de famille ! Michel est très grand, il aura bientôt quatorze ans, mais il a promis à Gaspard qu'à l'âge de huit ans, il pourra être un louveteau, ce qui n'est déjà pas si mal. « À mon premier camp, un soir, par une nuit sans lune, on a allumé un feu très tard. J'avais un peu peur du noir, tu vois, j'étais petit, et puis c'était la première fois que je ne dormais pas chez moi… Mais quand les flammes ont pris, on aurait dit qu'elles faisaient un cercle tout autour de nous, comme pour nous protéger des bruits et des bêtes de la forêt. On a fait griller du pain sur des bâtons, et chacun a raconté une histoire. C'était trop bien. Je me suis endormi sans m'en rendre compte, et, quand je me suis réveillé, j'étais juste à côté des braises encore rouges qui me tenaient bien chaud. J'avais l'impression qu'elles me protégeaient. Je n'avais plus peur. »

Tandis que son père cherche des allumettes dans le bazar de leurs affaires, Gaspard lui demande s'ils peuvent faire un rond magique avec le feu pour faire peur aux vilains Boches.

— Un rond magique ? Qu'est-ce que tu racontes, encore ? Va plutôt ramasser du petit bois sous le peuplier, là-bas, avant que les autres aient tout pris.

— Mais il fait noir !

— Et alors ? T'as peur du croque-mitaine ? Tu veux être un homme, oui ou non ?

— Viens, chuchote Apolline en le prenant par la main. On y va tous les deux.

Pour une fois, il est bien content de faire quelque chose avec sa sœur. En temps normal, ils se seraient sûrement disputés pour savoir qui trouverait le plus de brindilles à brûler, mais là, ils restent collés l'un à l'autre en se tenant bien fort par la main, et Gaspard sent que celle d'Apolline tremble comme la sienne. Un autre feu, autour duquel se blottissent des silhouettes inconnues non loin d'une voiture qui ressemble à la leur, les éclaire faiblement. Ils en profitent pour prendre leurs repères et se penchent à intervalles réguliers, le nez sur leurs chaussures et les mains farfouillant dans les feuilles, jusqu'à ce qu'une voix goguenarde les fasse sursauter de concert.

— Vous cherchez des champignons ?

Les deux enfants se redressent aussitôt en se rapprochant l'un de l'autre.

— Ben non ! répond Apolline. On cherche du bois pour faire du feu. T'es bête ou quoi ?

Gaspard ressent une soudaine bouffée d'admiration pour cette sœur inconnue, capable de tenir tête à un étranger dans le noir sur une route dangereuse. Certes, papa et maman ne sont pas loin, mais tout de même, l'assurance d'Apolline, du haut de ses sept ans, force le respect. La voix reprend, plus avenante.

— Alors, faut aller plus loin, vous trouverez rien par ici, on a déjà tout ratiboisé.

— Comment tu peux le savoir ? Y fait nuit.

— Ben, quand on est arrivés, il faisait jour, bécasse !

Le propriétaire de la voix moqueuse s'avance vers eux. Il doit faire environ une tête de plus qu'Apolline, mais son timbre est assez aigu, pas comme celui de Michel. Gaspard en déduit que ce garçon doit avoir une dizaine d'années. C'est donc un grand, mais ça reste un enfant, et cette constatation est plutôt rassurante.

— Toi-même ! rétorque Apolline en lui tirant la langue. Tu ferais mieux de nous dire où on peut trouver du petit bois, puisque t'es si malin.

— Suivez-moi.

Ils contournent tous trois le grand peuplier et s'avancent dans le champ à pas prudents, quand la voix de Jeanne retentit dans la nuit.

— Les enfants ! Où êtes-vous ?

— On est là, maman ! T'inquiète pas ! crie Apolline.

— Ne vous éloignez pas, surtout !

— Elle a peur, vot'mère, constate leur nouvel ami en leur indiquant un petit amas de branchages à ses pieds.

— Ben oui ! Pas la tienne ?

— La mienne, elle est morte.

— Oh ! s'exclame Apolline. C'est très triste.

— J'étais tout petit, j'me rappelle même pas d'elle. Je sais juste qu'elle était très jolie.

— Comment tu sais, si tu t'en rappelles pas ?

— J'ai une photo. Tu veux que j'te la montre ?

— Oh oui !

Gaspard ne dit rien, mais il ne perd pas une miette de cet échange mystérieux. Il se penche par-dessus l'épaule de sa sœur, mais, dans l'obscurité, il distingue à peine les contours d'une petite photo dentelée de blanc.

— Elle est très jolie, affirme pourtant Apolline.

— Merci.

— Tu t'appelles comment ?

— Léon. Et toi ?

— Apolline.

— Moi, c'est Gaspard.

— Vous venez d'où ?

— Ben, d'Armentières, d'où tu veux qu'on vienne ?

— Armentières ? Mais c'est juste à côté ! C'est pour ça que vous êtes encore si empotés !

— N'importe quoi ! se vexe Apolline.

— Nous, ça fait déjà trois jours qu'on est partis !

— T'habites où ?

— Ypres. C'est en Belgique.

— Je sais.

La voix de Jeanne s'impatiente à nouveau.

— Les enfants, revenez !

— Bon, faut qu'on y aille !

— On s'verra demain, répond Léon. D'toute manière, on est tous sur la même route.

Et il s'éloigne, aussi simplement que s'ils venaient d'échanger un sac de billes dans la cour de récréation.

— Avec qui parliez-vous ?

Gaspard retrouve sa langue aussitôt.

— Avec Léon ! Il a au moins dix ans et… et sa maman, elle est morte !

— Oh, mon Dieu ! Pauvre petit !

— C'était il y a longtemps, intervient Apolline. Même que j'ai vu sa photo.

— Menteuse ! Dans le noir, on voyait rien du tout !

— Toi, t'es qu'un froussard ! Bébé Gaspard !

— Bon, taisez-vous, maintenant. Heureusement que papa ne vous a pas attendus pour faire le feu. Installez-vous par terre, sur la couverture. Il faut manger. Il est très tard.

Ils s'assoient tous les quatre autour du petit feu qu'Henri a réussi à allumer malgré l'humidité ambiante. Gaspard tend ses mains vers les étincelles orange et rêve de flammes puissantes qui monteraient jusqu'au ciel, dans un cercle de feu qui formerait un rempart contre les avions des Boches et leurs sirènes épouvantables. Il mâchonne un bout de pain et de jambon sec tandis que ses yeux papillonnent. Les images se mélangent dans sa tête. La route poussiéreuse, les chevaux, les poules, les paysans en charrette, les femmes poussant des landaus remplis d'objets improbables, les enfants qui pleurent... Et puis, ces avions qui ont tant effrayé ses parents, ce sifflement terrifiant suivi d'une explosion incompréhensible... Papa et maman en ont parlé longtemps à voix basse, et Gaspard a compris que c'était vraiment très grave.

Ses yeux se ferment enfin. Pourvu que Léon soit encore là demain matin, peut-être acceptera-t-il de faire la course ou bien une partie d'osselets avec lui ? Il est sûrement beaucoup plus fort qu'Apolline.

Peut-être aussi que, demain, la guerre sera finie et qu'on pourra rentrer à la maison.

Et retrouver Mitsou.

9

Route de la Chapelle-d'Armentières, 19 mai 1940

Jeanne s'étire. Pendant une ou deux secondes, elle se demande pourquoi elle se réveille en position assise, le dos endolori et des fourmis dans les jambes, puis elle prend brutalement conscience de l'endroit où elle se trouve. Si on lui avait dit qu'un jour, elle dormirait dans une voiture… Elle soupire. Ce n'était pas un cauchemar, alors. Ils ont réellement passé la nuit ici, au bord d'une route inconnue, recroquevillés comme des malheureux sur cette banquette inconfortable…

Comment a donc bien pu tenir Henri, avec ses grandes jambes ? … Henri ! Le cœur de Jeanne manque un battement en découvrant la place vide à côté d'elle. Il n'est plus dans la voiture. Les enfants dorment tête-bêche sur la banquette arrière, leurs cheveux blonds dépassant à peine de la grosse couverture en laine que Jeanne a déposée sur eux hier soir. Elle ouvre la portière en essayant de ne pas les réveiller tout en jetant un œil à l'extérieur. Pas de Henri à l'horizon. Où peut-il bien être ? La gorge serrée par l'angoisse, Jeanne continue de scruter la campagne environnante. Elle claque des dents malgré les couches de vêtements qu'elle a superposées. Elle ignore si c'est à cause du froid insidieux qui remonte du sol – en dépit de températures plutôt clémentes dans la journée – ou de cette peur sourde qui ne la quitte plus depuis hier.

L'aube se lève à peine, découvrant un ciel laiteux sur les champs et une route grise poussiéreuse, aussi désespérément triste que la veille. Des nappes de brume flottent au-dessus des creux naturels de la plaine, donnant un aspect irréel à cette fin de nuit fantomatique. Jeanne réalise alors la présence de silhouettes immobiles tout autour d'elle, pour la plupart encore endormies, si nombreuses qu'elle en a le tournis. Ayant roulé jusqu'à la tombée de la nuit, l'obscurité leur avait dissimulé tous ces réfugiés qui, comme eux, avaient été contraints de s'arrêter quand le jour avait décliné. Alors, ils s'étaient posés là où ils avaient pu, sans s'installer vraiment. Ils avaient sans doute tous mal dormi. Les plus chanceux étaient allongés sur des matelas perchés au sommet de grandes charrettes paysannes, enfouis sous d'épaisses couvertures, tandis que la plupart émergeaient doucement des voitures ou d'installations de fortune à même le sol, près de misérables tas de cendres qui ne produisaient plus la moindre chaleur depuis de longues heures.

Tout comme Jeanne, les réfugiés sortent de leur engourdissement nocturne en s'étirant, en toussant, en se redressant en silence. Quel spectacle désolant ! L'odeur de la terre humide se mélange à celle du bois refroidi, si loin des senteurs familières et réconfortantes des matins douillets de sa maison… Le café fraîchement moulu, le pain grillé, les œufs frits, le savon… Après une nuit passée dans les mêmes vêtements que la veille, Jeanne donnerait n'importe quoi pour pouvoir au moins se rafraîchir le visage et changer son linge de corps. Elle a eu si peur hier que sa transpiration a imprimé une odeur âcre au tissu de son chemisier. Elle se sent poisseuse, sale, perdue.

Où est Henri, bon sang ? Elle espérait qu'il était simplement allé se soulager derrière un arbre, tout comme elle aimerait pouvoir le faire à son tour, mais non. Tandis que les convois se remettent en route l'un après l'autre, rompant l'immobilisme de la plaine, Jeanne essaie de ne pas céder à la panique. Allons, il ne les a pas abandonnés ! Un homme digne de ce nom ne s'enfuit pas en laissant derrière lui sa femme et ses enfants en pareille situation, cela n'aurait aucun sens. Cette déconvenue matinale achève cependant de la décourager. Ils ne sont pas trop de deux pour affronter les difficultés sans nom qui se présentent à eux ! Déjà que la nuit a été rude, pour ne pas dire abominable…

Jeanne n'a presque pas dormi. Henri a entretenu le feu jusqu'à ce que les enfants sombrent dans un profond sommeil, puis, aux alentours de minuit, ils ont décidé de se reposer quelques heures avec eux, en attendant l'aube. Les halos des feux de camp improvisés tout autour d'eux clignotaient, puis s'éteignaient les uns après les autres. Jeanne avait l'impression qu'ils étaient seuls au monde dans le silence de cette nuit noire et profonde, à peine troublé par une toux lointaine intermittente. Elle a alors ressenti un élan vers Henri, un besoin intense de réconfort. Elle s'est rapprochée de lui à la lueur des flammes qui commençaient à faiblir, puis elle a posé la tête sur son épaule. Henri n'a pas bougé. Depuis qu'ils ont franchi la Chapelle-d'Armentières, il est nerveux, irascible, s'emporte à la moindre contrariété. Peut-être est-ce sa manière à lui de manifester son anxiété ?

Jeanne aurait aimé lui parler de ses propres angoisses, pourtant, de la terreur qu'elle a ressentie l'après-midi même lors de l'attaque des Stukas, mais une forme de pudeur mêlée d'appréhension l'a retenue de lui ouvrir son cœur, comme lorsqu'elle faisait son deuil de Marguerite et qu'elle avait l'impression que personne ne pourrait jamais comprendre ni partager sa détresse. Était-ce à cause de la froideur soudaine d'Henri ? Ou bien parce qu'il ne lui posait pas de questions ?

Pendant l'enfance de Jeanne, il fallait aussi se taire, ne pas faire de bruit, ne pas déranger. Seul son père, revenu des pires abominations qu'un être humain peut endurer, avait le droit de se plaindre. Et il s'en privait. Au fond, Jeanne ne s'autorise pas à exprimer ce qu'elle ressent, car personne ne lui a appris à le faire. Alors, elle « fait avec », comme on dit dans sa famille. « Faire avec », ça veut dire quoi ? Courber l'échine face aux coups de l'adversité, accepter son destin parce qu'on n'a pas le choix de faire autrement ? Est-ce que ça ne signifie pas plutôt « faire sans », finalement, comme un grand renoncement, un effacement de ses propres besoins devant ceux des autres ? N'est-ce pas la condition de toutes les femmes de sa génération, ou presque ?

Devant son visage fermé, Jeanne a renoncé à parler à Henri. Encore une fois. Elle s'est contentée de lui trouver un plaid pour qu'il puisse caler son cou sur la banquette avant de la voiture, et s'est installée en se recroquevillant tant bien que mal de son côté. Malgré une fatigue écrasante, son esprit refusait de lâcher prise. Dès qu'elle fermait les yeux, des images terrifiantes assaillaient son cerveau. Elle revoyait les corps allongés au loin, elle entendait à nouveau le sifflement lugubre des Stukas plongeant sur la route et le cri de désespoir des familles touchées après leur départ. Et, surtout, elle guettait le moindre bruit, le moindre vrombissement dans le ciel, même si une attaque nocturne était bien improbable.

Son état d'hypervigilance a duré plusieurs heures. Ce n'est qu'en fin de nuit, lorsque l'horizon a commencé à s'éclaircir, qu'un épuisement lourd a enfin court-circuité ses pensées et lui a permis de dormir un peu. Deux malheureuses petites heures, dont elle émerge le corps endolori et l'âme en peine, son angoisse intacte, avec cette inquiétude sourde de ne plus avoir son mari à ses côtés.

La plupart des réfugiés sont bien réveillés, maintenant. Les visages sont pâles, cernés, résignés. Hormis quelques pleurs d'enfant, le silence règne. Tous ont l'air accablés par cette nouvelle journée qui commence sous les mêmes auspices que la veille. Une main sur les reins, ils lèvent craintivement le nez en l'air avant de se remettre en route. L'attaque aérienne du carrefour de la Chapelle-d'Armentières est dans tous les esprits. Il faut repartir. Vite. Se mettre à l'abri, le plus loin possible d'ici.

Les charrettes grincent, les paquetages sont remballés à la va-vite, quelques moteurs se mettent à ronfler. La colonne des malheureux redémarre maladroitement, sans élan, épuisée par les efforts des jours précédents et de ces nuits inconfortables.

— Maman, on est où ?

— J'ai faim. Je suis fatigué. Quand est-ce qu'on rentre à la maison ?

— Il est où, papa ?

— Et Mitsou ? Il doit avoir peur, tout seul. Je veux aller le chercher.

Jeanne soupire en caressant la petite médaille autour de son cou, comme un talisman.

— Je vais vous donner le reste de pain d'hier avec un peu de tomme. Ça va aller, mes chéris. On va bientôt rentrer à la maison. Tout va bien se passer.

Oui. Faites qu'il en soit ainsi.

10

L'angoisse de Jeanne monte encore d'un cran lorsqu'elle réalise qu'ils sont les seuls, désormais, à n'être pas repartis avec le lever du jour. L'humidité de la plaine la fait frissonner, tandis qu'elle scrute la route et ses rangs clairsemés de réfugiés. Gaspard et Apolline, le visage chiffonné par un sommeil peu réparateur, terminent en silence leur quignon de pain dans la voiture. Une voiture que Jeanne est bien incapable de conduire… Si Henri ne revenait pas, elle n'aurait plus qu'à l'abandonner ici, au bord de la route, avec toutes leurs affaires dedans, et s'en aller à pied comme les autres. Elle en pleurerait de rage.

— Léon est parti, constate Gaspard d'une petite voix triste. J'aurais bien voulu jouer avec lui.

Jeanne ne lui répond pas. Comme elle aimerait avoir cette faculté de penser à jouer dans un moment pareil ! Les enfants ont de telles ressources pour affronter l'instant présent… C'est ce que ne comprend pas Henri, quand il lui reproche de trop les « couver », comme il dit, alors qu'elle ne fait que préserver du mieux qu'elle le peut cette magie, cette force propre à l'enfance de s'extraire du monde angoissant des adultes pour lequel ils ne sont pas encore armés… Henri et elle n'ont pas été gâtés, à ce niveau-là. Est-ce une raison pour imposer la même chose à leurs enfants ?

— On le retrouvera, finit-elle par concéder devant la moue boudeuse de son petit garçon. Sa famille est à pied, et il n'y a qu'une seule route.

Enfin, pour le moment. Quels embranchements vont-ils prendre, en réalité ? Si tous les réfugiés ont la même obsession de descendre vers le sud, de s'éloigner d'Armentières et de la frontière belge, ils ignorent aussi où ils vont. Personne ou presque ne suit un itinéraire tracé à l'avance. Malheureusement, tant qu'ils seront tous attroupés comme des moutons, ils constituent sans aucun doute une cible idéale pour ces maudits avions…

— Papa !

Le cri en chœur de ses enfants fait sursauter Jeanne, qui accueille son mari avec un soulagement indicible.

— Où étais-tu ? Quelle idée de nous laisser seuls, sans m'avertir en plus ! J'ai eu si peur !

— Tout va bien. Comme je n'arrivais pas à dormir, j'ai marché un peu et j'ai trouvé une grange bien confortable où j'ai pu m'étendre au sec.

— Tu aurais pu me le dire, je me suis fait du souci.

— Bon, je suis là, maintenant. Remontez dans la voiture, on y va.

Jeanne pince les lèvres. Paradoxalement, son sentiment de solitude et d'abandon s'accentue lorsqu'elle s'installe à côté d'Henri, dont le visage s'est à nouveau fermé. Il se concentre en réglant l'allumage, ouvre l'arrivée d'essence, mais la vieille Peugeot ne bronche pas. Sans un mot, il sort de la voiture et se penche en avant pour décrocher la manivelle qu'il insère aussitôt dans l'axe du radiateur, puis donne un coup sec vers le haut.

Rien ne se passe. Le cœur serré, Jeanne observe en direct la tension monter sur le visage d'Henri. La mâchoire contractée, il réitère son geste. Une fois. Deux fois. À la troisième, il lâche un juron sonore et Apolline émet un petit oh ! indigné tandis que Gaspard pouffe de rire. Si cette fichue voiture ne veut pas redémarrer, le pétrin dans lequel ils se trouvent ne sera pourtant rien à côté de celui qui les attend. Ils n'auront plus que leurs jambes pour marcher… et leurs yeux pour pleurer. Apolline, encore troublée par la vision de Colette et son frère, harassés sous le poids de leurs sacs la veille, en est bien consciente.

— Espèce d'idiot ! C'est pas drôle ! Si la voiture est cassée, on va devoir marcher toute la journée !

— Mais c'est chouette ! Je m'ennuie, moi. Et puis, comme ça, on retrouvera Léon !

Apolline hausse les épaules, partagée entre l'envie de rester confortablement assise dans cette voiture incroyable, et celle d'échanger d'autres secrets avec son nouvel ami. Elle aimerait bien savoir ce que ça fait d'être un orphelin, de ne plus avoir de maman. À cette pensée, ses yeux se brouillent de larmes faciles. Elle s'attendrit sur cette hypothèse improbable et s'imagine en princesse pauvre et abandonnée de tous, comme les héroïnes de ses livres d'images. Elle serait forte, belle et courageuse ! Elle se cacherait pour pleurer sa maman, qui lui manquerait, bien sûr, mais…

— Apo ! À quoi tu penses ? Pourquoi tu me réponds pas ? râle Gaspard.

— Quoi ?

— Tu crois que Léon est fort à la course ?

— Plus fort que toi, en tout cas. Et je m'en fiche.

Mécontente d'être tirée de sa rêverie par les questions stupides de son frère, la fillette se retient d'interroger sa mère sur leur prochain retour à la maison. Elle aimerait bien retrouver ses affaires, maintenant, et puis, même si elle n'en parle pas, elle aussi s'inquiète pour leur petit Mitsou. Mais maman est si imprévisible, depuis hier, qu'elle appréhende de la déranger. Alors, elle continue de rêvasser et tente d'oublier les gesticulations de Gaspard à ses côtés, qui se contorsionne pour espionner leur père en guettant de nouveaux gros mots. Lesquels ne manquent pas d'arriver.

— Nom de Dieu de nom de Dieu… Saleté de bagnole, démarre, bon sang ! Tu vas pas me lâcher maintenant…

Enfin, après un dernier « Merde ! » retentissant qui ravit le cœur de son fils, le moteur se met à crachoter. Tandis qu'une écœurante odeur d'essence envahit la voiture, Henri se précipite derrière le volant et enclenche la première vitesse sans prendre le temps de vérifier si la route est libre. Un concert de protestations retentit alors et Jeanne pousse un cri. Pour éviter de se faire écraser, deux hommes à bicyclette, chargés de paquets, font une embardée qui les jette dans le fossé.

— Je peux pas m'arrêter ! se justifie Henri. On risque de ne jamais repartir ! Ils s'en remettront.

Effectivement, les deux cyclistes se relèvent tant bien que mal tout en maudissant le conducteur de cette guimbarde, et Gaspard n'en perd pas une miette. En quelques minutes, il aura appris plus de jurons qu'en une année entière, ce qui le réjouit grandement. Tout compte fait, en mettant de côté la perte de son gâteau et l'abandon de leur petit chat, il est plutôt amusant, ce voyage. C'est bien la première fois qu'il dort dehors, « à la belle étoile », comme chez les scouts qu'il admire tant. C'est aussi la première fois qu'il voyage en voiture, même si, secrètement, il préfèrerait courir et marcher sur la route plutôt que de rester assis durant de longues heures sur cette banquette, coincé avec Apolline qui lui tire la langue en douce pour ne pas se faire gronder.

Au fond, si les yeux de maman n'étaient pas encore plus tristes et inquiets que d'habitude, ce serait même une aventure formidable ! Et puis, papa est bien plus fort que tous ces Boches, non ? La preuve, hier, quand leurs avions ont piqué droit sur eux et qu'ils ont eu si peur à cause de ce sifflement qui leur faisait mal aux oreilles, il ne leur est rien arrivé du tout ! Et papa est sorti tout de suite de la voiture, comme pour leur montrer qu'il ne craignait rien.

Quand il sera grand, Gaspard sera un pilote d'avion qui combattra les méchants dans le ciel. Et ensuite, il se reposera dans les nuages en fumant un cigare, comme papa les jours de fête. Il mime alors son geste tout en s'affalant sur la banquette.

La voiture roule si doucement qu'il peut presque compter les brins d'herbe sur le bord de la route. Quel ennui ! En se redressant, il réalise que la foule est revenue. Il répète dans sa tête les gros mots entendus quelques minutes plus tôt, pour être sûr de ne pas les oublier. Comme ça, s'ils retrouvent Léon, il pourra lui en mettre plein les yeux, et lui prouver qu'il n'est pas un empoté.

Gaspard scrute la route durant si longtemps, dans l'espoir d'apercevoir la silhouette malingre de son nouveau copain, qu'il finit par se rendormir sans même s'en rendre compte.

11

Route de Fleurbaix, 19 mai 1940

Le soleil commence sa lente ascension dans un ciel bleu pâle de printemps. Habituellement, à cette heure-ci, Jeanne a déjà accompli une grande partie de sa routine quotidienne. Après avoir emmené les enfants à l'école, elle remet la maison en ordre, secoue les draps, refait les lits, ramasse le linge, passe un coup de balai dans la cuisine, donne les restes du petit déjeuner au chat, aère les pièces après la nuit…

Ensuite, elle prépare la soupe du midi et attaque ses travaux de couture. C'est son moment à elle, celui où elle se sent vraiment utile. Grâce aux commandes du voisinage, de plus en plus nombreuses, elle apporte une petite contribution à leurs revenus plutôt modestes, et, certains jours, elle s'autorise même à rêver à de vrais contrats avec les magasins de la ville. Cela lui changerait du raccommodage de vêtements usagés et des ourlets à ajuster, même s'il lui arrive parfois de coudre une robe ou un manteau sur mesure.

Sa plus belle création reste celle de la fille Vermeulen, qui a fait appel à ses services pour sa robe de mariée l'année dernière. C'était juste avant la déclaration de guerre, et Jeanne avait reçu de nombreuses commandes à la suite du mariage, toutes annulées à l'annonce de la mobilisation, malheureusement. Les gens ont eu peur, à juste titre : il fallait garder son argent, toujours « au cas où »... Et leurs pires craintes à ce sujet semblent bien être en train de se réaliser.

Jeanne serre les poings sur ses genoux, les pouces rentrés en dedans. Cela fait au moins trois heures qu'ils se sont remis en route, mais le paysage n'a quasiment pas changé. Ils roulent si lentement ! Coincé derrière les autres véhicules, eux-mêmes empêchés d'avancer par les cohortes de piétons, de vélos et de chevaux, Henri peste sur l'essence brûlée pour rien. À ce compte-là, ils auraient aussi bien fait de partir sur la charrette d'Alphonse et Yvonne ! « Ah non, si c'est pour les entendre se disputer à longueur de journée ! » rétorque Jeanne. « On aurait bien rigolé, au moins », marmonne Gaspard entre ses dents. Et il aurait encore appris des tas d'expressions amusantes.

Soudain, la respiration de Jeanne se fige. Voilà un moment qu'elle observe, à quelques centaines de mètres devant eux, un léger mouvement dans la colonne de réfugiés : une ondulation presque imperceptible, comme si la foule s'écartait alors que la route, elle, demeure parfaitement droite. Plus ils se rapprochent de la zone concernée, plus ses craintes se confirment. Henri lui lance un bref coup d'œil. Lui aussi a compris. Comment détourner l'attention des enfants ? On roule si doucement, ils vont forcément voir ce qui se passe.

Un manteau a été tiré grossièrement sur un corps allongé. Les pieds qui dépassent, chaussés de souliers usés enduits de poussière sèche, ne laissent pas le moindre doute possible sur la nature de ce qui se cache en dessous. Même un gosse de cinq ans, comme Gaspard, est capable de s'en rendre compte.

Jeanne détourne les yeux, priant pour que ses enfants en fassent autant. Son estomac se noue lorsqu'un autre corps apparaît, un peu plus loin. Elle ne l'avait pas vu, celui-là. Comme le premier, il est à moitié recouvert, repoussé contre un fossé, presque caché par les herbes hautes, mais pas suffisamment pour pouvoir ignorer sa présence. Il lui semble distinguer de larges taches sombres sur le sol. Une petite voix brise alors le silence de l'habitacle.

— Maman ?

Que faire ? Durant une seconde, Jeanne est tentée de raconter à ses enfants que ces gens sont si fatigués qu'ils ont besoin de se reposer… Peut-être qu'Apolline ferait semblant d'y croire, pour protéger son petit frère… Mais la voix d'Henri tranche.

— Ne regardez pas en arrière. On ne peut plus rien faire pour eux.

Jeanne se met à trembler. La dernière fois qu'elle a vu un mort, il s'agissait de sa petite Marguerite, il y a neuf ans. Son tout petit bébé au cœur malformé qui avait pourtant un si joli visage. Tout était parfait, chez elle, à l'exception de la coloration de sa peau, qui bleuissait d'heure en heure. Est-ce que la peau de ces pauvres gens est bleue, elle aussi ? Probablement. Ils ont dû être tués hier, peut-être par les mêmes avions qui les ont attaqués au niveau des faubourgs de la Chapelle-d'Armentières. Un étau d'acier enserre maintenant la gorge de Jeanne. La vision de ces corps étendus, seuls, abandonnés, souillés de boue et de sang séché, s'imprègne durablement en elle. Pour une fois, elle se sent incapable de rassurer ses enfants.

C'est Henri qui prend le relais. Ressentant la détresse intense de sa femme, il met au défi Apolline et Gaspard de lui citer tous les animaux de la ferme. « Le premier qui arrête a perdu ! » Il préfère encore les forcer à penser à autre chose plutôt que de devoir leur expliquer la présence de ces cadavres au bord de la route, avec laquelle lui-même ne se sent pas à l'aise. Déjà qu'il culpabilisait à la simple idée de fuir comme un lâche au lieu de combattre en direct l'avancée des Allemands, si, en plus, il commence à se laisser attendrir par les premières victimes qu'ils croisent… Ces deux morts le choquent, bien entendu, mais, comme il le répète à son fils : « Un homme, ça ne pleure pas. » Et ce n'est pas son propre père, mort pour la France, qui lui dirait le contraire. C'est difficile, d'avoir grandi dans l'ombre d'un homme aussi courageux. C'est écrasant, même.

Lorsqu'il accorde enfin un peu d'attention à sa femme, Henri s'aperçoit qu'elle a toujours les larmes aux yeux. Il voudrait la réconforter, mais les enfants ont si bien mordu à son hameçon qu'il préfère rester concentré sur eux. Avec Jeanne, ils auront l'occasion de se parler plus tard. C'est ce qu'il se dit pour se rassurer, quand ils passent de longs moments sans échanger véritablement. Et puis, le temps s'écoule, d'autres priorités apparaissent, et la parole devient moins impérieuse. Avec les années, il est vrai qu'ils communiquent de moins en moins.

Mais Jeanne en a-t-elle vraiment envie ? Elle ne manifeste rien, ne lui fait jamais de reproches à ce sujet. Comment pourrait-il savoir ce dont elle a réellement besoin ? Elle est si mystérieuse, parfois, si secrète. *Trop compliquée*, lui reproche-t-il quand elle se ferme sans qu'il sache pourquoi. Alors, il renonce. Certes, il est heureux et fier d'avoir épousé une femme intelligente, mais, par moments, il envie la simplicité d'une Yvonne qui ne se vexe jamais, qui rit à l'emporte-pièce et ne fait pas tant d'histoires pour rien.

Henri sait bien que le décès de Marguerite, ça n'est pas « rien ». Loin de là. Mais tous ces mois, toutes ces années passées à se morfondre, est-ce que ça en valait vraiment la peine, pour un bébé qui n'avait vécu que… trois jours ? Lui aussi avait été profondément marqué, triste, dépressif même, durant quelques semaines, mais une fois ce deuil surmonté, il avait eu besoin d'aller de l'avant. À quoi bon ressasser sans fin une douleur dont on ne pouvait pas réparer la cause ?

Parfois, Henri craint que la petite Apolline n'ait hérité de la sensibilité de sa mère. Elle aussi passe déjà de longs moments à rêvasser malgré son jeune âge, et elle peut bouder sans raison pour une parole malheureuse qu'il ne se souvient même pas lui avoir dite. Alors, quand il surprend Gaspard en plein délit de mièvrerie, comme ce caprice à propos de son chat qu'il ne voulait pas abandonner, Henri sait qu'il doit y mettre le holà. Il n'est pas question que son fils se laisse contaminer par cette tendance doucereuse, indigne d'un petit garçon.

Quand il était enfant, les seuls chats qu'Henri croisait étaient ceux de la ferme voisine et ils servaient avant tout à chasser les rats et les souris ! Le vieux fermier n'hésitait pas non plus à noyer les portées surnuméraires en les balançant au fond de la rivière dans un sac lesté de cailloux, et ça ne dérangeait personne. Quelle idée d'en faire des compagnons à qui l'on s'adresse comme si c'était des humains ! Non, vraiment, il faut que le petit Gaspard s'endurcisse. Il y veillera.

12

Gaspard boude, le nez collé contre la vitre. Apolline a trouvé les trois derniers animaux, elle a gagné le jeu de papa. Mais aussi, comment aurait-il pu lutter contre le *jars* ? Il ne savait même pas qu'un tel mot existait. Comme il est plus petit qu'elle, « un vrai bébé » selon sa sœur, leur père lui a laissé un train d'avance, mais si c'est lui qui court le plus vite, elle reste la plus forte à l'école, où elle gagne toujours des tas de bons points, et même une fois un livre de prix relié avec le titre écrit en lettres dorées. Apolline en est très fière, tout comme elle aime passer de longs moments à lui faire la lecture. Gaspard commence à peine à déchiffrer son prénom, alors il ne peut qu'admirer cette sœur si brillante, même si elle reste prodigieusement agaçante.

Papa aussi s'est lassé de jouer avec eux. Il ne parle plus, tout comme maman. Comme tous ces gens au profil triste qui marchent à côté de leur voiture et qui ont l'air de plus en plus exténués au fur et à mesure qu'ils progressent vers le sud. Les vieux, surtout, font peine à voir. Courbés sur un bâton ou appuyés sur une canne, ployant sous le fardeau de sacs ou de valises bien trop lourds pour eux, ils semblent marcher de plus en plus lentement. Certains s'arrêtent, plient un genou avant de s'effondrer dans la poussière. Ceux-là, au moins, on les ramasse, on ne les laisse pas pourrir sur le bord de la route comme ces deux malheureux fauchés par les mitraillettes. Malgré leurs protestations, ils sont alors installés vaille que vaille sur une charrette ou le dos d'un mulet, et c'est reparti. « On avance, on avance ! Faut y aller, faut pas traîner, les Boches arrivent ! » Ces phrases cent fois rebattues agissent comme un aiguillon, une piqûre douloureuse, mais nécessaire pour trouver le courage de continuer cette fuite en avant sans espoir de retour, ou presque.

Tout en observant chez les autres les premiers signes de la faim et de la soif, Jeanne s'inquiète. Ils ont emmené un peu de nourriture et d'eau, mais pas non plus de quoi tenir un siège, c'est le cas de le dire… Dès demain, la question de l'approvisionnement risque de se poser. Ces routes sont si désertiques, sans aucun village ou hameau à proximité ! Certes, ils évitent les axes principaux par peur de croiser des soldats allemands, mais en rase campagne, ils diminuent aussi leurs chances de trouver de quoi refaire leurs maigres réserves. Quand elle pense à tout ce qu'elle avait amassé à la cave, malgré les recommandations officielles… Peut-être que ces précieuses provisions serviront juste à engraisser l'ennemi, finalement ! Jeanne préfère ne pas y penser. Des hommes, des inconnus dans sa maison, dans sa chambre, là où sont nés ses enfants, là où est décédée Marguerite… C'est inimaginable.

La voiture ralentit encore. Henri se tourne vers Jeanne, le front soucieux.

— Il est plus de midi. On n'avance plus du tout, je ferais bien une halte.

— Tu crois que la voiture repartira ?

— C'est ce qui m'inquiète. Mais je pense qu'on a tous besoin de se dégourdir les pattes. Hein, les enfants ?

— Oh oui !

— Oui, papa ! Je veux courir un peu ! Arrête la voiture, s'il te plaît !

Joignant le geste à la parole, Henri profite d'un léger élargissement de la route pour y ranger la voiture. Jeanne remarque alors un pont de pierre non loin. Elle sait pourquoi il s'est arrêté là. En cas de nouvelle attaque, ils pourront se réfugier en dessous. Elle fait semblant de ne pas s'en être rendu compte et frappe dans ses mains d'un air faussement joyeux.

— Les enfants ! Asseyez-vous sur la couverture, il est temps de venir manger !

Elle leur distribue les serviettes, modeste vestige de leurs repas à la maison, et installe leurs maigres victuailles devant eux comme s'il s'agissait d'un festin : un reste de tomme emballé dans un torchon, un bout de saucisson, le pain rassis de la veille et une gourde d'eau.

— C'est tout ? grommelle Gaspard. J'ai faim, moi !

— Estime-toi surtout heureux d'avoir à manger, le réprimande son père.

Effectivement, ils font des envieux. Leur installation sommaire attire les regards des autres réfugiés, notamment ceux qui ont quitté leur maison depuis plusieurs jours et qui n'ont plus rien de solide à se mettre sous la dent. La charcuterie en fait saliver plus d'un.

— Dépêchez-vous de terminer, confirme Jeanne. La prochaine fois, on restera dans la voiture.

— J'espère surtout qu'on aura un toit au-dessus de notre tête ! rétorque Henri. On ne peut pas errer sur les routes à l'infini, à un moment donné, il va bien falloir que la population locale nous accueille…

— Nous sommes si nombreux. Regarde autour de toi, il n'y a pas l'ombre d'une habitation à des kilomètres à la ronde !

— Je le sais bien.

Les enfants écoutent religieusement cette conversation entre leurs parents, espérant un miracle, une solution magique comme seuls les adultes sont capables d'en trouver. Qui sait ? Peut-être que ce soir, ils dormiront dans leur chambre, au milieu de leurs affaires... Apolline couve son baigneur comme s'il s'agissait d'un véritable bébé. C'est le seul jouet que sa mère l'a autorisée à emmener, celui qui a le plus de valeur et que Colette lui envie beaucoup, car elle, de son côté, n'a que des poupées de chiffon, comme la plupart des petites filles de leur âge. De plus, maman a cousu tout un trousseau de petits vêtements adaptés, ce qui permet à Apolline de changer sa tenue autant de fois qu'elle le souhaite, mais ils sont restés à Armentières. Si elle avait su que ce voyage durerait aussi longtemps, elle en aurait au moins emmené quelques-uns avec elle... Gaspard, quant à lui, regrette beaucoup ses soldats de plomb et ses toupies. Il a bien apporté un petit sac de billes, mais il ne peut pas y jouer dans la voiture. Si seulement il avait un copain, plutôt que cette bêcheuse d'Apolline !

Et là, le miracle se produit. Au moment où il se lève pour permettre à sa mère de secouer la couverture, Léon surgit devant lui ! Gaspard reconnaît aussitôt son grand sourire et ses oreilles décollées, avant que sa voix gouailleuse ne vienne lui confirmer qu'il s'agit bien de leur nouvel ami.

— Eh ! Les têtes de pioche ! Vous êtes là ? Comme on se retrouve ! B'jour, m'sieur dame.

Jeanne et Henri lui rendent son salut, surpris. Qui est donc ce jeune garçon a l'air déluré et sympathique ?

— C'est lui, m'man ! C'est Léon ! s'écrie Gaspard, ravi. On peut aller jouer avec lui ? S'te plaît !

— D'accord, mais ne vous éloignez pas.

— Oh, vous faites pas d'souci, m'dame ! On bouge plus d'un poil, la colonne est comme qui dirait à l'arrêt !

Les trois silhouettes enfantines filent en sautillant.

— C'est qui, ce grand dadais ? marmonne Henri.

— Un pauvre gamin qu'ils ont rencontré hier soir en ramassant du bois. Il a perdu sa maman, tu te rends compte ? Si jeune…

Henri hausse les épaules. Ils en verront d'autres.

Tandis que Jeanne se tord le cou pour garder ses enfants en visuel, un murmure parcourt la foule. Il tend l'oreille, hérissé de crainte. Les avions ? Mais il a beau scruter le ciel, il ne voit ni ne perçoit rien d'inquiétant. De fait, les gens n'ont pas peur, ils ont juste l'air surpris.

Et soudain, Henri comprend. Tout comme les autres, il fixe alors le symbole de leur défaite : trois soldats français cheminent en sens inverse de la colonne, l'air harassé. Leurs uniformes kaki sont grisâtres, sans éclat, tandis que leurs casques inutiles pendent mollement sur leur barda. Ils progressent sans un mot, sans un regard pour les réfugiés qu'ils croisent, dont ils sont pourtant censés protéger la retraite. Henri ressent aussitôt une forte empathie pour ces hommes. Il comprend leur abattement et se sent presque réconforté de les voir si découragés. Cela lui ôte une infime part de cette odieuse culpabilité qu'il ne peut s'empêcher d'éprouver depuis le début de la mobilisation générale, à laquelle il a échappé sans le vouloir, à sa grande honte. Oui, il n'a plus peur de le reconnaître, maintenant, au moins vis-à-vis de lui-même : il se sent misérable aux côtés des vieillards, des femmes et des enfants, pour ne pas dire minable. S'il n'est pas trop tard, une fois que Jeanne et les petits seront installés en lieu sûr, il se jure de se présenter à la gendarmerie pour se faire recruter, lui aussi, en première ligne… Ainsi, son père pourra être fier de lui. Paix à son âme.

Le regard baissé des soldats, leur démarche abattue et leur visage fermé n'incitent personne à venir leur parler. Pourtant, Henri n'hésite pas une seconde. Il doit savoir. Il fait en sorte de se trouver sur leur chemin au moment où ils parviennent à son niveau.

— Pardon, messieurs…

Les trois soldats ralentissent, mais ne s'arrêtent pas. Ils le regardent à peine. Henri ne se démonte pas.

— Savez-vous si la route de Béthune est libre ? Ça passe, un peu plus loin ?

Le plus grand des trois le dévisage alors, semblant se demander pourquoi cet homme aussi jeune qu'eux n'est pas en uniforme. Henri serre les dents. L'autre soupire.

— Continuez de descendre, c'est tout ce qu'on peut vous dire. Faut pas rester là.

Ils lui ont à peine tourné le dos qu'un léger vrombissement se fait entendre. Loin. Diffus. Suffisant cependant pour déclencher une vague de panique dans la foule statique.

Les enfants ! Où sont les enfants ?

13

— Gaspard ! Apolline ! Où êtes-vous ?

Les époux Delaunay hurlent le prénom de leurs enfants en se cognant aux réfugiés qui se dispersent soudain comme une colonie de fourmis dont un géant aurait dérangé la fourmilière. L'apathie et le découragement ambiants ne sont plus qu'un lointain souvenir. À mesure que le bourdonnement enfle dans le ciel, les mouvements de la foule deviennent de plus en plus désordonnés, voire affolés quand ils ne trouvent pas un lieu sûr où se caler. Le vieux pont est pris d'assaut.

Jeanne est terrorisée. Ses enfants doivent se mettre à l'abri, vite ! *Mon Dieu, aidez-nous, s'il vous plaît, je vous en supplie…* Ses jambes la portent à peine, ses allées et venues erratiques la conduisent d'un groupe à l'autre, d'un enfant à un autre, et ce ne sont jamais les siens ! Où sont-ils, bon sang ? Ils sont si petits ! C'est ce Léon qui les a entraînés avec lui, elle n'aurait jamais dû accepter qu'ils s'éloignent d'elle ! Henri, de son côté, a été distrait par la vue des soldats français en déroute et ne sait pas non plus où les chercher. Elle le perd de vue à son tour.

Les bombardiers se rapprochent dangereusement de la route. Ils ne vont tout de même pas recommencer comme hier ! Elle distingue bien leurs silhouettes menaçantes dans le ciel clair, à présent. Selon certains réfugiés, ils les canardent pour désencombrer les axes routiers. Qu'espèrent-ils donc ? Que les civils s'en aillent à travers champs, comme des animaux ? Où cette dégringolade s'arrêtera-t-elle ?

Dans son désarroi, Jeanne note que les gens sont plus rapides qu'hier à se planquer. On apprend vite, surtout lorsque l'on vit des expériences extrêmes. La plupart des adultes se sont jetés dans les fossés à leur portée, les voitures et les charrettes ont été abandonnées sur place avec leurs chevaux, placides, qui pointent leurs oreilles en arrière au son strident des Stukas. Les bêtes ne réalisent pas qu'un danger mortel se rapproche à grande vitesse, mais elles perçoivent l'agitation et le stress ambiant. Leurs renâclements nerveux rajoutent une tension à l'effroi de l'instant.

— Apolline !

Jeanne hurle. Il lui a semblé apercevoir une gamine avec les mêmes nattes que sa fille, cachée derrière un arbre, mais elle n'en est pas sûre. La petite silhouette ne bronche pas, ce n'est pas elle. Des larmes d'impuissance roulent sur les joues de Jeanne. À part quelques vieillards trop épuisés pour détaler, presque tout le monde a déserté la route, maintenant. Elle est la seule à courir à découvert, débordée par une émotion sans âge qu'elle ne parvient pas même à identifier. Une mère prête à sacrifier sa vie pour protéger celle de ses enfants. Si seulement cela pouvait suffire…

Un goût d'acier dans la bouche, elle sursaute quand Henri la saisit brutalement par la taille.

— Dépêche-toi de te mettre à l'abri ! Qu'est-ce que tu fais ? Tu veux nous faire tuer ?

— Les enfants ! Où est-ce qu'ils sont ? Laisse-moi !

Aveuglée par les larmes, elle se bouche les oreilles quand les premières rafales crépitent deux virages plus loin.

— Ils sont sous le pont avec leur ami ! C'est toi qui nous mets en danger ! Allez, vite !

Sans lui laisser le temps de répliquer, Henri la pousse sur le bas-côté de la route, dans les fourrés où ils s'aplatissent face contre terre, comme Mitsou lorsqu'il espère disparaître en se cachant derrière un brin d'herbe… À ce stade, seule la chance leur permettra de rester en vie.

Jeanne n'oubliera jamais l'odeur d'humus et de terre humide qui emplissent ses narines à ce moment-là. Elle la reliera pour toujours à la peur primaire de mourir. D'un instant à l'autre, elle sait qu'une pluie de fer peut s'abattre sur elle et son mari, et rendre leurs enfants orphelins. Elle guette le moment où leurs dos s'ouvriront en deux sous la mitraille, et où ils finiront comme ces deux corps abandonnés au bord du fossé, leurs chaussures pointant vers le ciel dans un dernier appel. Est-ce la fin ? *Est-ce ainsi que ma vie doit se terminer ?*

Pourvu que les enfants ne bougent pas, qu'ils ne cherchent pas à les rejoindre… Jeanne les imagine blottis l'un contre l'autre au milieu d'inconnus, transis de peur… Depuis qu'Henri lui a reproché de les mettre en danger, elle n'ose plus faire un geste, pas même relever la tête pour tenter de les apercevoir. Il lui a certifié qu'ils étaient en lieu sûr. Pourquoi continuer à s'inquiéter ? Ce sont eux deux qui sont en mauvaise posture, maintenant, à découvert ou presque au milieu des feuilles et des ronces qui leur piquent les mains. Henri respire bruyamment. Est-il essoufflé à force de lui courir après, ou bien est-ce l'effet du stress ? Jeanne, de son côté, se sent comme anesthésiée, dissociée de son corps. Ses sens en alerte continuent de guetter le fracas d'une bombe, le blast épouvantable qui réduira leurs corps en cendres, la grêle de balles qui se rapproche d'eux…

Elle ferme les yeux.

Est-ce un effet de son imagination ? Le sinistre sifflement des avions semble plutôt s'éloigner. Au bout d'un temps qui lui paraît infini, elle s'autorise enfin à relever la tête. Deux points noirs disparaissent au loin. Les oiseaux de mort s'en vont.

Un à un, les réfugiés s'ébrouent, se redressent, sortent de leur cachette, crient un prénom, un ordre vain… La cohue se reforme, la route se noircit de monde à nouveau. Hébétés et silencieux, les gens s'observent un moment, n'osant croire à leur chance. Ils sont passés à travers, une fois de plus. Combien d'entre eux arriveront-ils sains et saufs à destination ?

Mais quelle destination ? se désole Jeanne en son for intérieur. *On ne sait même pas où on va, on n'a plus de maison, plus de foyer, personne ne nous attend nulle part…* Elle comprend mieux, maintenant, ce regard vide et cette fatigue sans nom qu'elle lit sur les visages depuis hier, surtout chez ceux qui sont partis depuis déjà plusieurs jours. On peut supporter le froid, la faim, l'inconfort ou la saleté lorsque l'on sait à quel moment ils cesseront, mais comment lutter contre ce flou, cette incertitude, ce danger sournois et permanent qui peut fondre sur vous au moment où vous vous y attendez le moins ?

— Maman !

Une tête blonde ébouriffée se jette contre son ventre. Gaspard ! Puis une deuxième, aux nattes dansantes, qui s'accroche à sa taille et la serre si fort qu'elle en a le souffle coupé. *Mes chéris... Mes amours... Vous êtes là, sains et saufs... Merci, mon Dieu...*

Elle se retient de les gronder. Ils se sont éloignés d'elle pour jouer, ils ne lui ont pas désobéi. Rien n'est leur faute dans tout ce qui arrive. Henri, en revanche, semble lui en vouloir. Depuis qu'ils se sont relevés et ont épousseté leurs vêtements, au lieu de la prendre dans ses bras comme elle s'y attendait, il s'est contenté de lui adresser un regard lourd de reproches. Elle reconnaît qu'elle a pris de gros risques, et qu'elle lui en a fait prendre aussi. Si les avions avaient poursuivi leur attaque au lieu de rebrousser chemin, ils n'en seraient peut-être pas réchappés. Jeanne frémit. Même dans ce cas de figure, elle pense plus à la détresse de ses enfants qu'à sa propre mort. Les imaginer tout seuls, perdus sur cette route inconnue, sans personne pour prendre soin d'eux...

Le menton tremblant, elle s'accroupit pour permettre à ses enfants de l'embrasser. Se rendent-ils compte, à leur âge, de la gravité de la situation ? De l'horreur qu'ils sont en train de vivre ? Jeanne espère que non, mais elle ne se fait guère d'illusions. Même s'ils ne l'expriment pas comme les adultes, Apolline et Gaspard ressentent profondément la détresse de leurs parents, qui s'imprime en eux pour les années à venir.

Dans ce monde devenu fou, ils voient bien que les grands sont aussi perdus que les enfants.

14

La mauvaise humeur d'Henri persiste. Malgré les efforts de Jeanne, il demeure hermétique à ses approches timides. Une main frôlée, un sourire, une question restée sans réponse… Elle finit par le laisser tranquille, lui donnant presque raison de lui battre froid. Elle a été si imprudente ! Quelle idiote de se mettre à courir dans tous les sens pile au moment où il fallait se faire le plus discret possible. Elle a perdu le contrôle d'elle-même. Cela l'effraie. Même quand Marguerite a rendu son dernier souffle, il lui semble avoir été plus digne, plus forte qu'en ces jours troublés, comme si la réactivation d'une peur ancestrale la privait de toute raison.

Pourquoi Henri n'essaie-t-il pas de la comprendre au lieu de lui adresser ces reproches muets qui lui font si mal ? De quoi souffre-t-il donc, de son côté ? Ils partagent pourtant la même crainte de mourir et de perdre ceux qu'ils aiment plus que tout, tout comme cette souffrance humiliante d'avoir dû fuir leur maison sans savoir où aller… Pourquoi ne se comprennent-ils pas mieux ? Pourquoi Henri semble-t-il rongé de l'intérieur par un autre mal, inconnu de Jeanne, qui le rend si hostile vis-à-vis d'elle ?

Sans oser vraiment se l'avouer, Jeanne se sent profondément seule. Elle pense être en grande partie responsable de cet éloignement, que la guerre ne fait qu'exacerber. Tant qu'ils restaient pris par les routines de leur vie quotidienne, il lui semble que ce mal silencieux se voyait moins. Henri était occupé par ses fonctions à la mairie, elle par l'entretien de la maison, par les enfants, par ses activités de couture, et le tunnel de leurs obligations leur permettait de ne pas affronter la distance qui creusait son lit à pas feutrés entre eux depuis la perte de leur fille aînée. Peut-être même bien avant…

Sa propre mère ne lui a jamais parlé des relations entre les hommes et les femmes. Hormis ce qu'elle a pu observer chez les uns et les autres depuis son plus jeune âge, Jeanne ignore comment sont censés se comporter les couples mariés dans le secret de leur intimité. Après tout, peut-être qu'elle se pose beaucoup trop de questions ? Peut-être que c'est elle qui ennuie Henri en lui imposant ses peines, ses craintes, sa sensibilité à fleur de peau…

Henri est le seul homme qu'elle n'ait jamais connu. Lorsqu'elle avait dix-sept ou dix-huit ans, il y a bien eu le fils Desmet, qui s'était mis à l'attendre à la sortie de la messe, tous les dimanches, pour lui proposer de porter ses affaires ou de faire un bout de chemin avec elle, sous la surveillance discrète de sa mère. Il lui donnait une pomme ou des cerises en fonction de la saison, ce qu'elle acceptait volontiers, tout en échangeant des propos légers, sans conséquences. Marcel était gentil, attentionné, timide. Jeanne appréciait sa compagnie, mais elle ne pensait jamais à lui en dehors des moments qu'ils passaient ensemble, tout comme elle ne guettait pas non plus sa présence le dimanche.

Le jour où il lui a offert une paire de gants de coton clair, pliés avec soin dans une petite boîte, pour la toute première fois, elle s'est sentie gênée. Marcel la regardait différemment. Ses yeux brillaient, elle devinait qu'il espérait une réaction spéciale de sa part, un geste, une connivence qu'elle ne ressentait pas. Elle n'osa pas refuser les gants de peur de le vexer, mais elle savait intuitivement que leur amitié était terminée. Marcel attendait d'elle quelque chose qu'elle ne pouvait pas, ne voulait pas lui donner. Elle détourna son regard en replaçant les gants dans la boîte sans les enfiler, et Marcel comprit qu'il s'était trompé. Les joues rouges, il eut un mal fou à cacher sa déception et, au moment de lui dire au revoir, Jeanne faillit lui adresser ce regard qu'il espérait tant, avant de se reprendre au dernier moment. Non. Certes, elle n'était encore jamais tombée amoureuse, mais cela ne pouvait pas être aussi décevant, aussi plat ! Marcel ne lui inspirait pas plus de sentiments que son cousin, et on ne se mariait pas avec son cousin, si ?

Lorsqu'elle avait raconté l'incident à sa mère, Jeanne avait déchanté. Contre toute attente, celle-ci lui reprocha d'avoir éconduit le jeune Marcel. La boulangerie Desmet, près de l'église Saint-Vaast, occupait tout un angle de rue et attirait une grosse clientèle. La mère de Jeanne voyait déjà sa fille hériter avec Marcel de l'immeuble et du commerce, et profiter avec lui d'une longue et rassurante prospérité. De plus, ce jeune homme avait l'air sérieux, et il n'était pas vilain. « Avec lui, tu n'aurais manqué de rien ». De rien, vraiment ?

Suite à cette déconvenue, Jeanne avait revu ses prétentions à la baisse. Après tout, que savait-elle du mariage et de ses exigences ? Sa mère était bien placée pour en parler, avec ce mari détruit par la Grande Guerre, qui n'était plus que l'ombre de lui-même… Est-ce qu'elle avait eu le choix, elle ? Est-ce qu'elle se plaignait ? Non. Alors, une occasion de faire un mariage pareil, ça ne se refusait pas. Jeanne avait tenu bon, par fierté. Mais, lorsqu'elle avait croisé la route d'Henri, dont les fonctions à la mairie le plaçaient de facto dans le clan des maris honorables, elle s'était posé beaucoup moins de questions. De plus, l'assurance d'Henri était bien plus séduisante que les manières réservées de Marcel, et son regard plongé dans le sien la troublait. Les palpitations qu'elle avait ressenties dès leur deuxième entrevue lui avaient confirmé que c'était sûrement ça, l'amour.

Ça y est, elle allait se marier, et même si la famille Delaunay ne bénéficiait pas du prestige de la boulangerie Desmet, la mère de Jeanne en avait été soulagée. Commis de mairie, ça n'était pas si mal non plus.

À cette époque, Jeanne rêvait moins de passion que de reconnaissance. Lorsqu'Henri lui avait proposé d'aller chercher une limonade tout en la buvant des yeux, elle s'était sentie choisie, élue par cet homme séduisant. Elle comptait enfin pour quelqu'un d'autre que sa propre famille ou l'insipide Marcel. Elle s'ouvrait au monde, à un inconnu, et c'était terriblement excitant.

Cependant, au-delà de ces premiers rendez-vous très chastes et d'espérances vagues, Jeanne n'avait aucune idée de ce qui l'attendait. Entre les récits sages de la Bibliothèque rose, les injonctions pieuses et les couples fatigués de son entourage, elle ne savait pas ce qu'était le désir. Elle ne le nommait pas. Les élans mystérieux et inconfortables qui surgissaient parfois au creux de son ventre la laissaient pantelante et honteuse. Elle ne comprenait pas ces vagues étranges et ne les reliait ni au mariage ni au couple, qui devait au contraire assurer la constance d'un engagement fidèle, stable et durable. Elle rêvait alors d'un foyer calme, de paroles douces, de promenades main dans la main… et d'enfants à aimer. Elle projetait sur Henri son avenir de femme, la promesse d'une vie accomplie et l'assurance d'un soutien fort et réciproque. Immuable, comme le couple de ses parents, que rien ne semblait pouvoir défaire malgré les tempêtes qu'ils avaient traversées. C'était ainsi. *On faisait avec,* quoi qu'il arrive… Et c'était même rassurant.

À l'âge de vingt ans, Jeanne était à la fois très mature et très naïve. Son ignorance des choses de l'amour avait tout d'abord attendri Henri, jusqu'à ce qu'il comprenne que, même mieux informée, sa jeune épouse ne changerait pas… Lui aussi avait dû en prendre son parti.

Leur premier baiser avait désarçonné Jeanne. Henri avait profité de la baisse de vigilance de sa future belle-mère, mise en confiance par l'annonce de leurs fiançailles, pour s'attarder dans la pénombre sur le pas de la porte de leur maison et se pencher tendrement vers Jeanne. Persuadé qu'elle attendait ce moment avec la même impatience que lui, il avait forcé le barrage de ses lèvres avec une fougue qu'elle n'avait pas su contenir. Partagée entre ce désir honteux qu'elle essayait de refouler sans le comprendre et un vague dégoût de sentir la langue d'Henri contre la sienne, elle s'était d'abord laissé faire, puis elle avait reculé en sentant sa main s'aventurer vers sa poitrine. Il s'était excusé en tremblant, ils avaient souri, et Henri l'avait appelée « ma chérie » pour la toute première fois, ce qui l'avait presque autant troublée que ce baiser aussi inattendu qu'incandescent.

Jeanne avait retrouvé sa mère dans le salon, les jambes flageolantes, avec l'impression d'avoir mal agi. Elle se sentait coupable sans pouvoir se l'expliquer clairement. Après tout, d'ici quelques semaines, cet homme allait bien devenir son mari, non ? Il avait sûrement le droit de l'embrasser… Oui, mais voilà. Jeanne n'avait jamais vu nulle part un baiser pareil. Au Rex, ceux de René Clair ou de Chaplin faisaient sourire la salle, ceux d'Annabella et René Lefèvre étaient brefs, joyeux, presque théâtraux. Les bouches ne s'écrasaient pas l'une contre l'autre, les langues ne se mélangeaient pas, les couples restaient maîtres d'eux-mêmes… Cette fièvre qui s'était emparée d'Henri était si étrange, presque inquiétante…

La mère de Jeanne avait fait semblant de ne pas avoir remarqué les rougeurs nouvelles sur les pommettes de sa fille, et celle-ci était partie se coucher avec des questions sans réponses et une drôle de culpabilité à apprivoiser.

Mais tout cela n'était pas grand-chose en comparaison de ce qui l'attendait. Heureusement que sa sœur Suzanne, pourtant deux ans plus jeune qu'elle, mais un peu plus délurée, l'avait prévenue sur ce qu'était réellement le « devoir conjugal », et qu'Henri s'était montré doux et patient avec elle.

Honteuse de s'exposer nue devant lui, elle avait refusé d'ôter sa chemise de nuit et s'était retenue de ne pas détourner les yeux quand lui-même s'était déshabillé. La vision de son sexe en érection l'avait horrifiée. Comment ce… cet organe si grand allait-il donc bien pouvoir entrer en elle ? Cela lui paraissait impossible et réellement effrayant. Quand Henri avait saisi sa main pour lui montrer qu'elle n'avait rien à craindre, elle l'avait retirée d'un coup sec, sans réfléchir. Il était hors de question qu'elle touche à *ça* !

Depuis, Jeanne avait eu l'occasion d'échanger avec des amies ou avec sa sœur, à mots couverts, et elle s'estimait chanceuse. Henri ne la forçait jamais, il ne buvait pas, il ne l'avait jamais insultée ou malmenée. Il la respectait, et cette considération réciproque était pour elle le fondement même de leur mariage. Même si elle ne trouvait pas leurs rapports physiques spécialement agréables – dès les premières fois, elle avait demandé à Henri de ne pas prolonger inutilement *la chose* –, elle tâchait de se rendre disponible quand son mari la sollicitait, et, parfois même, elle éprouvait un plaisir coupable qu'elle prenait soin de camoufler. Au cours des premiers mois de leur mariage, Henri s'inquiétait toujours de savoir si elle se sentait bien, si *ça* lui avait plu… Elle ne comprenait pas ce besoin de s'attarder sur quelque chose d'aussi gênant. Soit elle se levait aussitôt pour aller faire une toilette rapide, soit elle faisait semblant de n'avoir pas entendu sa question. Avec le temps, il en avait pris son parti, et puis Marguerite était arrivée…

Et tout avait changé.

15

Il est quatre heures de l'après-midi. La colonne s'est enfin remise en route, mais si lentement qu'Henri a autorisé les enfants à cheminer à pied aux côtés de leur nouvel ami, juste devant la voiture. Il a décidé de faire confiance à ce petit Léon, surtout depuis la dernière alerte aérienne et ce réflexe qu'il a eu d'entraîner tout le monde sous la voûte protectrice du pont de pierre.

Il a l'air dégourdi, ce môme. Si seulement les siens pouvaient l'être autant... Certes, ils sont encore bien jeunes, mais Henri ne peut pas s'empêcher de les trouver gauches et pas forcément très futés. Quand il pense à sa propre enfance, où il était presque livré à lui-même en comparaison... *C'est à cause de Jeanne s'ils sont ainsi.* Traumatisée par la perte de son premier bébé, elle surprotège les suivants, jusqu'à en perdre le sens commun.

Lorsqu'il l'a aperçue ce midi en train de courir sur la route face aux Stukas qui vrombissaient dans le ciel, pendant quelques secondes, il a pensé qu'elle était devenue folle sous l'effet de la panique. Et, en un sens, il n'avait pas tout à fait tort... C'est en l'entendant crier les prénoms des enfants qu'il a réalisé à quel point son angoisse l'aveuglait. La route était déserte, ils étaient forcément mieux abrités qu'elle... Que croyait-elle ? Qu'elle avait le pouvoir de leur faire un rempart avec son corps ? De plus, en se comportant ainsi, elle l'a obligé à prendre des risques inconsidérés.

Il a du mal à se l'avouer, mais il se demande s'il a déjà éprouvé une peur similaire au cours de sa vie. Comment décrire cette sensation de mort imminente ? Sinon, par l'impression d'avoir un pistolet chargé braqué sur la tempe… Henri pense alors à son père, sommé de courir sous les balles, et, une fois de plus, la comparaison ne tourne pas à son avantage. Est-ce qu'il ahanait sous l'effet de la terreur, lui aussi, quand il se trouvait directement menacé par le feu ennemi ?

Pourtant, plaqué au sol en priant pour être épargné, Henri n'a pas combattu qui que ce soit, et c'est peut-être le plus humiliant dans tout ça. Il s'est seulement précipité en avant pour obliger sa femme à se cacher dans les fourrés. *Décidément, tu resteras toujours un planqué*, lui souffle sa mauvaise conscience. Si Jeanne n'avait pas agi de la sorte, il n'aurait pas non plus ressenti cette peur infâme ni cette vulnérabilité extrême dont il a encore honte…

Tout comme ce léger mépris qu'il imagine peut-être avoir lu dans les yeux des trois soldats français en déroute, ou la déception fantasmée d'un père disparu depuis trop longtemps, Henri s'invente de nouveaux censeurs, des exigences vis-à-vis de lui-même qui ne le rendent pas forcément meilleur, mais plus amer, certainement. Prisonnier de ses propres manques, lui qui a toujours mis un point d'honneur à se montrer le plus juste et le plus respectable possible envers sa famille, voilà que ses valeurs fondamentales vacillent, sans qu'il s'en rende compte. Acculé par une succession d'événements qu'il ne maîtrise pas, Henri a l'impression d'aller de déception en déception. Et rien n'est pire que la désillusion qu'il éprouve face à lui-même.

Il observe Jeanne à son insu. Elle ne dit rien, mais ses yeux restent dardés sur les silhouettes des enfants, qu'elle redoute de perdre dans la foule. Par précaution, lorsqu'Henri les a autorisés à marcher sur la route, elle a bricolé un petit système d'attache autour de leur cou pour y glisser leur nom et prénom. « On ne sait jamais ». Sur ce point-là, il ne peut pas lui donner tort. Les témoignages de réfugiés qu'il glane ici et là font régulièrement état d'enfants perdus, dispersés au hasard des routes et des bombardements.

Pas plus tard qu'hier soir, alors qu'il cherchait un coin pour dormir dans la grange prise d'assaut, un jeune père éploré lui a raconté qu'il attendait le lever du jour pour repartir à la recherche de son fils, un petit garçon de l'âge de Gaspard. Des soldats, pensant bien faire, ont proposé à sa famille de monter dans un camion militaire, à cause de l'arrière-grand-mère impotente. Mais, faute de place, son fils a été placé dans le camion suivant, qui a pris une direction différente du premier… Le temps qu'ils s'en rendent compte, il était déjà trop tard.

Henri s'est bien gardé de raconter cette anecdote à Jeanne, car il sait qu'elle interdirait à jamais à leurs enfants de s'éloigner d'elle. Or, c'est grâce aux expériences que l'on se forge le caractère, pas en restant collé dans les jupons de sa mère. Certes, ils vivent en ce moment des événements hors normes et des situations dangereuses, mais c'est justement l'occasion d'en profiter pour les faire grandir un peu. La vie ne les ménagera pas, alors autant qu'ils s'endurcissent le plus vite possible. Ils sont sans aucun doute mieux dehors, à marcher avec d'autres enfants, que confinés dans cette voiture saturée de l'angoisse de leur mère.

L'ambiance entre Jeanne et lui n'est pas au beau fixe, c'est le moins qu'on puisse dire… Néanmoins, le fait de se retrouver seuls lui fait prendre conscience de sa froideur. Maintenant qu'ils avancent enfin, même lentement, Henri commence tout doucement à relâcher la pression. Il tend un doigt vers le menton de Jeanne, qu'il effleure à peine.

— Tu as encore un peu de terre, ici…

Elle lui lance un regard reconnaissant. Ça y est, il la voit à nouveau. Elle saisit un mouchoir dans sa poche et l'humecte de salive avant de le frotter contre sa peau. Son geste émeut Henri sans qu'il comprenne bien pourquoi. À ses yeux, Jeanne est un mélange de force et de fragilité, une énigme dont il se demande s'il pourra un jour percer le mystère. Il aime sa femme, pourtant, mais certains jours, il est convaincu que cela ne suffit pas à faire de leur mariage une réussite.

Il se posait déjà cette question à leurs débuts, avant même la naissance de Marguerite. À l'image de leur premier baiser, leur union repose peut-être sur un malentendu. Ils pensaient être faits l'un pour l'autre, mais leurs attentes réciproques ne se sont jamais vraiment accordées au fil du temps. Quand il aurait eu besoin de messages clairs et d'une complicité physique sans équivoque, Jeanne aurait préféré des échanges plus construits, plus profonds sur le plan spirituel, et des convictions plus proches des siennes concernant l'éducation des enfants. Au fond, ils ne fonctionnent qu'au travers de compromis qui craquent de toute part en situation de crise. C'est ce qu'ils sont en train de vivre.

— Quand pourra-t-on se laver ? soupire Jeanne. Je me sens si sale…

— Il faudrait qu'on trouve une chambre chez l'habitant, mais à ce rythme, on n'arrivera pas à Béthune avant demain après-midi.

— Encore une nuit dans la voiture !

Henri se renfrogne. Pourquoi a-t-il toujours l'impression que les plaintes de sa femme lui sont personnellement adressées ? Ne projetterait-il pas sur elle son propre sentiment d'échec intime ? La perspective d'une telle nuit ne le réjouit pas non plus, pourtant, mais il ne sert à rien de geindre.

De son côté, le manque d'eau et de nourriture l'inquiète plus que l'absence de point de chute pour ce soir. Les files de réfugiés sur les routes sont comme une nuée de sauterelles qui rongent tout sur leur passage, et plus personne n'a de réserves à ce stade. Ils ont encore un fond de gourde pour étancher leur soif, quelques tranches de saucisson, un vieux morceau de fromage, pas grand-chose de plus… S'ils ne trouvent pas rapidement de quoi se ravitailler, leurs estomacs ne vont pas tarder à crier famine. Et connaissant Jeanne, elle est bien capable de se laisser mourir de faim pour que ses enfants ne manquent de rien…

La mauvaise humeur d'Henri revient. L'accalmie aura été de courte durée.

— J'espère qu'on trouvera une ferme avant la tombée de la nuit, maugrée-t-il. Mais ne compte pas te laver. Ça sera déjà bien beau si on nous laisse accéder à l'eau pour remplir notre gourde.

Jeanne acquiesce, le cœur lourd. Elle se console en observant ses enfants rire aux éclats en compagnie de Léon.

Tant que la magie de l'enfance opère encore, rien n'est vraiment perdu.

16

Route de Béthune, 19 mai 1940

Gaspard commence à fatiguer, mais il ne l'avouerait pour rien au monde. Léon a de si grandes jambes qu'un seul de ses pas en vaut deux pour lui, et Apolline trottine à ses côtés sans le moindre effort. Pourtant, lorsqu'ils font la course à la maison dans le jardin, elle fait moins la maligne.

— Ça va, mon p'tit poulet ? Tu veux grimper sur mon dos ? lui lance Léon.

Gaspard hausse les épaules, vexé. Il ne pensait pas sa lassitude si perceptible. Au fond de lui, il adorerait poursuivre le trajet ainsi, mais s'il accepte, Apo va encore le traiter de gros bébé. Et s'il remonte dans la voiture avec papa et maman, il n'entendra pas toutes les choses fascinantes que Léon leur apprend sur les Boches, la guerre et les secrets des grands.

Lorsqu'ils ont fait une pause sous un arbre au feuillage clairsemé, Apolline a souhaité revoir la photo de la mère de Léon, en plein jour. Elle l'a regardée d'un air inspiré et grave, comme au catéchisme quand elle se sait observée par monsieur le curé. « Elle est très belle », a-t-elle fini par répéter. « Oui, je sais », a acquiescé Léon. Gaspard, lui, n'y a vu qu'une brunette un peu dodue qui louchait sur l'objectif, mais il a assuré à son tour qu'à part la sienne, la mère de Léon était sûrement la plus jolie des mamans. « Pourquoi est-ce qu'elle est morte ? » a-t-il demandé. Apolline lui a alors filé un grand coup de coude dans les côtes, mais Léon ne s'en est pas aperçu. Il lui a répondu comme si de rien n'était. « Elle a été renversée par une voiture ». Apo a poussé un petit cri et a jeté un coup d'œil craintif vers leur vieille Peugeot, dont les phares éteints semblaient les surveiller de loin.

Elle roule si doucement depuis qu'ils se sont remis en route qu'elle leur donne l'impression de faire du surplace, et ça a l'air de drôlement énerver papa. Apolline et Gaspard, eux, s'en félicitent. Tout est devenu bien plus amusant, maintenant qu'ils ne sont plus obligés de rester assis pendant des heures sur cette vilaine banquette qui pue l'essence !

— Vous avez vu les gens allongés par terre, hier ? lance tout à coup Léon en donnant un petit coup de pied dans les graviers.

— Oui ! Même qu'ils avaient encore leurs chaussures ! répond Gaspard.

— Papa dit qu'il faut pas en parler, qu'on peut plus rien faire pour eux, intervient Apolline. Ils étaient morts, hein ? chuchote-t-elle en roulant des yeux effarés.

— Ouais. Morts, et bien morts, même.

— Peut-être qu'ils dormaient ? tente Gaspard d'une voix fluette.

L'idée de la mort le dérange. Comme une effraction dans son quotidien, il ne parvient pas à se représenter ce qu'elle a de définitif, de terrible. Il comprend qu'il s'agit d'un événement grave, puisque les adultes en parlent toujours comme s'ils avaient avalé quelque chose de travers, mais il ignore ce qu'elle signifie réellement. Maman lui a expliqué que les morts allaient « au Ciel », mais ça en fait du monde là-haut, pour le coup. Ils n'ont pas peur des Boches, eux, alors ? Peut-être que le Bon Dieu les protège, depuis son nuage ? Et peut-être aussi qu'un jour, ils pourront redescendre les voir dans un avion, eux aussi ? Mais un avion qui ne ferait pas peur. Parce que ceux qui font crier leurs parents, ils sont épouvantables ! Leur sifflement fait affreusement mal aux oreilles, et puis ils leur tirent dessus et leur envoient des bombes pour les tuer et les envoyer au ciel avec les autres ! Décidément, Gaspard ne veut pas y aller, dans cet endroit encombré. Il a l'air de s'y passer de drôles de choses…

— Puisqu'elle est dans le ciel aussi, ta maman, peut-être qu'elle pourrait demander aux Boches d'arrêter de nous embêter avec leurs gros avions ? Comme ça, on pourrait rentrer chez nous et retrouver Mitsou ?

— Qui c'est, Mitsou ?

— C'est mon p'tit chat.

— Il est resté à Armentières ?

— Oui.

— Tout seul ?

— Ben oui.

— Alors, il est sûrement mort, lui aussi. Les Boches rasent tout.

Une grosse boule d'angoisse serre la gorge de Gaspard. Si Mitsou se retrouve à son tour dans le ciel, au milieu de tout ce bazar… Alors là, c'est sûr, il ne le reverra jamais. Gaspard renifle, tentant vainement de contenir les larmes qui jaillissent de ses yeux malgré lui. Les petits chaussons blancs dansent dans son esprit. Émue à son tour, Apolline lui prend la main, mais Léon poursuit sur sa lancée.

— D'ailleurs, les deux corps hier sur le bord de la route, c'était rien du tout à côté de tous ceux qu'on a vus en Belgique.

— Des morts, tu veux dire ? interroge Apolline d'une toute petite voix.

— Ouais. Même qu'il y en avait avec des mouches qui leur tournaient autour, comme les bêtes crevées dans les prés. C'était pas beau à voir. Et ça puait !

— J'suis fatigué, gémit Gaspard. Je remonte dans la voiture.

Partagée entre une curiosité morbide et la volonté de se soustraire aux images que les paroles de Léon viennent de faire naître dans son cerveau, Apolline décide de suivre son petit frère. Lorsqu'ils se blottissent tous deux l'un contre l'autre sur la banquette de moleskine noire, leurs parents mettent sur le compte de la fatigue liée à la marche leur silence inhabituel, et cette conviction se renforce quand les enfants s'endorment.

Il commence à faire nuit lorsque Jeanne et Henri aperçoivent au loin le toit d'une grange et les contours de ce qui ressemble à un corps de ferme. Enfin ! Bien entendu, ils sont loin d'être les seuls à envisager de solliciter les paysans pour la nuit à venir, mais au moins, ils ont un espoir de pouvoir se fournir en eau et peut-être même en nourriture. Comme la veille, les réfugiés commencent à se poser au hasard sur les bords du chemin, là où ils trouvent un creux ou un renfoncement quelconque, le dessous d'un arbre, un matelas de feuilles accueillant…

Des petits départs de feux brillent dans la pénombre, et la route clairsemée permet enfin à Henri de rouler un peu plus vite. Il atteint rapidement la ferme en question, mais déchante en découvrant la file interminable de pauvres gens qui font la queue pour accéder à un robinet en fonte dans la cour, derrière l'étable. Le propriétaire des lieux intime aux nouveaux arrivants de passer leur chemin. « Vous êtes trop nombreux, y aura jamais assez d'place pour tout l'monde ! Z'avez qu'à continuer jusqu'au prochain hameau ! »

Henri tente tout de même de l'attendrir avec une pièce de deux francs, et obtient non sans mal l'équivalent d'un bol de lait pour les enfants et un quart de pain de campagne à la mie dense et à la croûte si dure qu'il se demande s'il n'est pas rassis, mais ce n'est pas le moment de faire la fine bouche. Pendant ce temps, Jeanne entreprend de faire la queue pour remplir leur gourde d'eau, et commence à repérer de loin un endroit où elle pourra faire ses besoins à l'abri des regards. Les abords des champs sont déjà saturés d'excréments, et elle n'a pas envie de trop s'éloigner dans le noir épais de cette nuit sans lune et sans étoiles. Apolline la rejoint et se blottit contre elle en frissonnant. Ses pauvres nattes sont toutes décoiffées. Des épis blonds s'en échappent de part et d'autre et elle a perdu un des deux rubans rouges que Jeanne aime nouer au bout tous les matins. Ce petit rituel anodin lui paraît déjà loin, presque étranger à cette nouvelle vie de nomade, où un simple verre d'eau devient plus précieux que de l'or…

— J'ai faim, maman.

— Je sais, ma chérie. Papa a acheté du pain et du lait. Une fois que j'aurai rempli la gourde, on s'installera pour manger.

— Je voudrais des pommes de terre chaudes avec du beurre. Et de la soupe…

Cette simple phrase fait saliver Jeanne.

— Moi aussi. Il faudra attendre encore un peu…

— Quand est-ce qu'on rentre à la maison ? J'en ai marre d'être ici. C'est moche. Il fait froid. Ça sent mauvais.

Jeanne soupire. Sa fille a raison. Depuis qu'ils sont remontés dans la voiture, Gaspard et elle sont comme éteints, vidés de leur énergie habituelle. Est-ce le manque de nourriture qui commence à se faire sentir, ou bien autre chose ?

Que s'est-il donc passé, sur cette maudite route ?

17

C'est la deuxième nuit qu'ils passent loin de chez eux, dans des conditions matérielles plus que sommaires. Si seulement il y avait un coin au sec dans cette grange pour y installer leur matelas, afin qu'ils puissent dormir en position allongée… Mais elle est envahie de gens étendus tant bien que mal sur la paille, sur des couvertures ou des manteaux, les uns sur les autres, le plus loin possible des vaches à l'odeur forte qui soufflent doucement dans la pénombre. Lorsque Jeanne et Henri y entrent pour voir s'il reste un petit emplacement disponible pour eux, ils font demi-tour sans même se concerter. Rebutés par la promiscuité animale, par les corps entassés, par l'air lourd et chargé de cet espace confiné, ils préfèrent encore se recroqueviller dans l'intimité de leur voiture plutôt que d'imposer ces conditions précaires à leurs enfants. À la limite, Henri peut envisager d'y terminer sa nuit pour étendre ses jambes, comme la nuit précédente, mais pas d'y installer sa famille.

Découragés, les Delaunay se rassemblent dehors autour d'un petit feu triste qui peine à se raviver. On est bien loin des flambées des scouts dont rêve encore Gaspard en secret ! Quelle drôle d'aventure, tout de même…

Ils n'ont pas revu Léon depuis qu'ils sont remontés dans la voiture en fin d'après-midi, mais les enfants n'en parlent plus. Le regard de Gaspard s'allume quand le chat du fermier – un gros matou roux et blanc au pelage fort abîmé – vient renifler d'un air nonchalant les gamelles vides abandonnées ici et là. Jeanne s'attend à ce qu'il reparle de Mitsou, mais Gaspard reste muet, le visage crispé dans une expression qu'elle ne lui a encore jamais vue. Seule Apolline se lève pour tenter de rattraper ce chat à moitié pelé. « Laisse-le ! Il est sûrement couvert de puces », grogne Henri.

Une humidité froide descend sur la plaine au fur et à mesure que la soirée avance. Personne n'a encore changé de vêtements depuis hier matin. Jeanne observe malgré elle les auréoles jaunes qui apparaissent sous les aisselles d'Henri, les taches d'herbe et de terre sous les fesses des enfants, les faux plis, les tissus froissés, les relents de sa propre transpiration… Que ne donnerait-elle pas pour un bon bain dans la baignoire en zinc qu'elle sort une fois par semaine dans la cuisine, tout près du poêle… Même une simple toilette au broc lui suffirait, au point où elle en est. Elle rêve de tremper ses pieds dans une cuvette d'eau chaude, et pourtant, elle n'est pas obligée de marcher durant des kilomètres dans la poussière, comme tous ces malheureux dont les chaussures sont parfois si usées qu'ils sont contraints de les renforcer avec des chiffons, du papier journal ou des bouts de ficelle… Quelle misère !

Comment en sont-ils tous arrivés là ? C'est une question qu'elle se pose en continu depuis hier, d'autant que les rumeurs qui circulent entre les réfugiés sont de plus en plus alarmantes. Après le passage des trois soldats isolés, suivi d'un autre un peu plus tard dans l'après-midi, le bruit a couru que l'armée française était en déroute totale, que Lille était prise, qu'ils ne laissaient plus entrer personne à Béthune…

Mais les on-dit les plus terrifiants concernent sans nul doute les attaques aériennes. Certains sont persuadés que les Schleus attendent la fin du jour pour revenir finir « leur sale boulot », de sorte que personne ne parvient vraiment à se détendre malgré la fatigue écrasante de la route. Les regards anxieux vers le ciel, la tension qui s'empare des groupes au moindre bruit suspect, sans compter les lueurs orangées au loin qui semblent indiquer des zones de combat : tout cela donne à Jeanne l'impression de s'enliser au sein d'un profond et interminable cauchemar.

Une pointe douloureuse lui scie les omoplates tandis qu'elle tente de trouver une position confortable sur la banquette avant de la voiture. Peine perdue. Tant qu'Henri n'ira pas se caler ailleurs, il lui sera impossible de s'étendre un minimum pour éviter les crampes. Le pauvre est encore plus mal loti qu'elle, avec ses grands abattis. Seuls les enfants, bien emmitouflés dans leurs couvertures, semblent ne pas trop souffrir du manque de place et de la dureté de leur couche.

Jeanne somnole, mais ne parvient pas à s'endormir vraiment. Elle reste en état d'hypervigilance, comme si un abandon complet équivalait à un danger de mort. Il lui semble qu'elle ne pourra plus jamais dormir comme avant, et que ces dernières vingt-quatre heures ont duré plus longtemps que tous les mois d'hiver grisâtres écoulés depuis la déclaration de guerre à l'Allemagne. Une attente sourde couvait, certes, mais cette fois-ci, leur monde vient littéralement d'exploser. Reverra-t-elle un jour sa maison ?

Henri soupire en remuant les épaules à côté d'elle. Lui non plus ne dort pas. Elle devine son profil dans la pénombre.

— Tu crois qu'on rentrera bientôt ? chuchote-t-elle.

Question stupide. Il ne me répondra pas. Mais, contre toute attente, la main d'Henri se faufile jusqu'à la sienne. Elle est chaude et rassurante. Ce simple contact lui fait du bien.

— Je ne sais pas. Je l'espère.

Malgré leur âge et leurs responsabilités, ils sont comme deux enfants perdus au milieu du chaos. Henri porte la main de Jeanne à ses lèvres. Elle frissonne au contact de sa peau rêche et de sa barbe de deux jours.

— Je vais aller me coucher sur des sacs de grains, dans la grange. Comme ça, tu pourras t'allonger. Ne t'inquiète pas.

Henri relâche sa main. Jeanne voudrait lui dire de rester avec elle, de ne pas la laisser toute seule dans l'obscurité. Elle préfèrerait souffrir d'un torticolis à ses côtés plutôt que de profiter seule de cette banquette froide. Mais elle ne dit rien.

Henri s'éloigne. Les enfants soupirent dans leur sommeil. Et Jeanne continue de veiller au cœur de la nuit, une inquiétude sourde tapie au fond du ventre.

18

Route de Béthune, 20 mai 1940

Les visages des réfugiés sont encore plus gris que la veille. Certains vieillards refusent de se remettre en route, demandant qu'on les laisse mourir tranquilles plutôt que de les trimballer comme de vulgaires colis à travers les chemins. « On vous retarde, ça sert à rien ! J'ai pas peur des Boches, j'en ai tué plus d'un en 14 ! » L'auteur de cette phrase virulente n'a pourtant pas l'air bien vaillant…

Jeanne pousse Apolline devant elle pour qu'elle cesse de s'inquiéter au sujet des uns et des autres. Même si elle ne dit rien, Jeanne voit bien l'expression d'effroi qui agrandit les yeux de sa fille depuis hier. Et ce matin, au réveil, la première chose qu'elle lui a demandée, d'une petite voix atone, c'est ce qu'allaient devenir « les pauvres gens allongés sur le bord de la route ». Est-ce que quelqu'un allait venir les chercher ? Est-ce qu'ils étaient vraiment morts, comme la maman de Léon ? Jeanne a hésité un instant, et lui a assuré que des médecins parcouraient les routes pour soigner les blessés. « Il ne faut pas t'en faire pour eux ». Henri lui a jeté un regard noir, mais le soulagement perceptible dans les yeux d'Apolline a confirmé à Jeanne qu'elle lui avait donné la bonne réponse. À cet instant, sa petite fille n'avait pas besoin d'entendre la vérité. Elle voulait juste être rassurée et retrouver ses repères dans un monde qui n'en avait plus.

— L'eau est si froide ! gémit Apolline.

— Je sais bien, mais nous ne pourrons peut-être pas faire notre toilette avant longtemps ! Courage, ma chérie.

Deux par deux, les plus motivés d'entre eux font à nouveau la queue pour accéder au robinet extérieur de la ferme, et se débarbouillent sommairement à l'aide d'un tissu imbibé d'eau. La plupart des familles ont déjà levé le camp alors qu'une aube pâle se lève à peine, et ils sont peu nombreux à venir se nettoyer le visage, les mains et le cou, comme Jeanne et sa fille. Leur mouchoir noircit à vue d'œil et elles frissonnent au contact de l'eau glacée, qui s'écoule goutte à goutte dans un seau en zinc posé à même la terre battue. Les odeurs de paille et d'étable dérangent Apolline, qui plisse le nez. On est loin de ses rêves de princesse héroïque !

Néanmoins, elle se sent un peu mieux. La fraîcheur de l'eau finit de la réveiller, et elle retrouve une énergie suffisante pour se moquer de Gaspard, qui proteste bruyamment lorsque leur mère lui frotte le visage à l'aide du mouchoir rincé.

— Regarde, petit cochon ! le gronde maman lorsqu'il se débat pour lui échapper. C'est tout noir de crasse !

— Petit cochon ! répète Apolline en imitant un grognement porcin.

Gaspard fait demi-tour et cherche à attraper ses nattes. Elle crie par anticipation, et Jeanne est presque soulagée de les voir se disputer à nouveau comme si de rien n'était, ou presque. Comme avant. Avant ? Ont-ils réellement basculé dans une autre vie ? Tout cela ne devait-il pas être temporaire ? Cet affolement, cette fuite en avant, les bombes, la menace allemande… Ce petit matin inconfortable au milieu des champs n'est-il que le prélude de tout ce qui les attend ? Mais qu'est-ce qui les attend, au juste ?

— Allez, en route ! s'impatiente Henri.

Maman se dépêche de finir de tresser les cheveux d'Apolline et noue tant bien que mal au bout de ses nattes le ruban rouge restant coupé en deux, faute de mieux. Apolline se désole de ces vilains petits nœuds. Entre ça et ses vêtements tachés, on dirait une vagabonde, comme dans ses livres d'images… Cela lui fait penser au dernier conte qu'elle a lu à Gaspard avant de quitter la maison. Le Petit Poucet. Comme lui et ses frères, ils se retrouvent perdus sur les routes sans savoir où aller, ils ont faim et soif, et un méchant ogre cherche à leur faire du mal…

— Papa, demande-t-elle alors d'une petite voix, est-ce que notre maison est très loin ?

— Non, malheureusement, on n'avance pas bien vite. Enfin, je ne me plains pas, cette fois-ci, au moins, on a démarré du premier coup.

— Mais si on roule encore beaucoup, est-ce qu'on retrouvera notre chemin ?

— Bien sûr. Ne t'en fais pas pour ça.

Les parents du Petit Poucet aussi se montraient rassurants, alors qu'en fait ils cherchaient un moyen pour se débarrasser de leurs enfants. Les grands ne disent pas toujours la vérité. Apolline ne pense pas que ses parents veulent les abandonner sur le bord de la route, mais elle se promet, à la prochaine étape, de construire un petit repère, un tas de cailloux, par exemple, au cas où ils se perdraient pour de bon. Elle ne commettra pas l'erreur du Petit Poucet, qui avait semé des miettes de pain…

Les oiseaux les avaient toutes mangées, et, de toute manière, ils n'ont pas assez de pain pour se permettre d'en gâcher. À cette pensée, un gargouillis discret vient lui chatouiller l'estomac.

— Maman ! J'aimerais bien manger un p'tit quelque chose…

— Oh oui ! Moi aussi ! renchérit Gaspard.

Mais papa et maman échangent un regard embarrassé.

— Il faudra attendre la prochaine étape, tranche papa.

— Mais c'est quand ? gémissent-ils en chœur.

Pas de réponse. Gaspard et Apolline finissent par se blottir contre la vitre en silence, chacun dans son coin, et observent les objets abandonnés le long de la route, même s'il y en a de moins en moins. À ce niveau-là, la plupart des réfugiés se sont déjà délestés du superflu. Tout ce qu'ils espèrent, c'est ne pas découvrir d'autres personnes allongées, d'autres chaussures poussiéreuses pointant vers le ciel. Ce ciel rempli de morts et d'avions menaçants.

Les heures se traînent, tristement semblables. La voiture roule au pas derrière les autres, doublant de temps en temps un attelage lorsque la route le permet. Le premier panneau annonçant Béthune apparaît, et Henri souffle en surveillant la jauge d'essence d'un air inquiet. L'aiguille, longtemps bloquée sur le milieu, vient de descendre au plus bas. Ils ont vu beaucoup de voitures abandonnées sur le bas-côté depuis leur départ d'Armentières. Parfois, des familles y étaient encore, refusant de se séparer de ce bien précieux, même s'il ne leur servait plus à rien sans essence… Hier soir, le fermier grincheux, déjà réticent à leur céder un bol de lait à prix d'or, a refusé tout net de les dépanner d'un bidon d'essence. « J'ai déjà donné tout c'que j'pouvais. Le reste, c'est pour moi. »

Henri croise les doigts pour ne pas recevoir cette réponse à toutes leurs prochaines étapes, au moins jusqu'à ce qu'ils soient à l'abri, loin des combats et des attaques aériennes. Mais où cette foutue démarcation se trouve-t-elle, au juste ? Y a-t-il vraiment un endroit en France où ils pourront se réfugier en lieu sûr ? Ils sont encore si hauts, si proches de la Belgique…

La nuit dernière, Henri est persuadé d'avoir entendu des tirs au loin pendant que tout le monde dormait. Et maintenant, le manque de sommeil alourdit ses paupières et l'oblige à lutter pour rester vigilant au volant. Il ne manquerait plus qu'il envoie la voiture dans un fossé… Cela fait si peu de temps qu'il a son permis ! Et dans des conditions pareilles, comment garder confiance en lui ?

Jeanne a l'air de se douter que quelque chose ne va pas. Fait-elle le lien entre la disparition de l'odeur d'essence dans la voiture et ses coups d'œil incessants à la jauge ? Mais elle n'y connaît rien en mécanique, comment pourrait-elle savoir ? Il hésite à lui faire part de son inquiétude. Aucun nouveau cadavre n'est à déplorer sur leur chemin, et, depuis qu'ils se sont remis en route, aucune alerte aérienne n'a été signalée non plus. Autant la laisser profiter de ce petit répit… Même s'il reste rivé sur la route et obsédé par le besoin de mettre sa famille à l'abri, Henri note les changements en train de s'opérer chez sa femme. Elle a des tics nerveux et serre son pouce entre ses doigts dans ce geste qu'il ne lui connaissait pas, comme pour s'empêcher de crier son désarroi. Elle sursaute au moindre bruit et se retourne sans cesse pour surveiller les enfants, qui sont pourtant bien plus sages que d'habitude.

Au bout d'un long moment, alors que le moteur tressaute et peine en haut d'une côte, Jeanne finit par lui demander si tout va bien avec la voiture. Il hoche la tête sans conviction.

— Il faut au moins qu'on tienne jusqu'à Béthune, soupire-t-elle.

Henri acquiesce, bêtement rasséréné en découvrant que Jeanne a conscience, comme lui, du risque de panne qui leur pend au nez, sans pour autant céder à la panique.

Il se sent soudain moins seul.

19

Béthune, 20 mai 1940

Quel soulagement ! Non seulement ils sont parvenus sans encombre jusqu'aux premiers faubourgs de Béthune, mais, en plus, il semblerait qu'ils aient trouvé un abri digne de ce nom pour la nuit, dont les premières ombres s'étirent à l'horizon. Ils ont roulé toute la journée sans presque s'arrêter tant Henri craignait de ne pas arriver à redémarrer la voiture. « On va pouvoir se laver ? Dormir dans un lit ? Manger un repas chaud ? » Les questions fusent. « Ne vous emballez pas, les enfants, on a déjà un toit au-dessus de la tête, c'est formidable, non ? »

Il s'en est fallu de peu, pourtant. À quelques minutes près, cette chambre a bien failli leur passer sous le nez. Grâce aux dernières ressources de la vieille Peugeot, Henri a eu la bonne idée de s'éloigner de la route principale. Les habitants des maisons voisines en ont assez des hordes de réfugiés sales et affamés qui implorent leur aide et réclament de l'eau et de la nourriture depuis des jours et des jours, sans compter qu'eux aussi commencent à se sentir en danger. Dans ce contexte, il était plus judicieux de solliciter les quartiers un peu éloignés de l'axe central.

Avisant une demeure plus imposante que les autres, Henri a décidé de mettre sa fierté de côté pour entrer dans la cour principale et demander si les propriétaires, visiblement aisés, accepteraient de lui vendre un ou deux bidons d'essence. Un couple de domestiques lui a ouvert la porte, l'air méfiant. Leurs employeurs ont quitté la région dès l'annonce des premières menaces, leur confiant la responsabilité de leur maison, mais, vu la conjoncture, ils ne sont pas tranquilles. « Vous avez d'la chance, on allait tout juste se barricader pour la nuit ! Avec les Frisés, on n'est jamais trop prudents ! Rentrez donc vot'voiture dans la cour, on vous fera le plein avant demain matin. »

Et voilà la famille Delaunay en lieu sûr entre des murs solides, pour la première fois depuis deux jours. Jeanne n'ose encore y croire. Pendant qu'Henri négocie avec l'homme le montant du dédommagement pour la nuit, elle échange un sourire gêné, mais reconnaissant, avec son épouse. Le couple, âgé d'une soixantaine d'années, se détend peu à peu et semble ravi de l'aubaine : grappiller quelques sous sur le dos de leurs patrons, faire le plein de nouvelles fraîches du front belge, et venir en aide à une gentille famille pour faire la nique aux Allemands, c'est plus qu'ils n'en espéraient pour la soirée.

Tandis que Gaspard et Apolline se tiennent timidement en retrait derrière leur mère, ils les invitent tous deux à entrer et à « faire comme chez eux ». « Nos enfants sont loin, alors ça fait du bien de voir un peu de jeunesse dans cette vieille maison ».

— Elle est hantée ? demande Gaspard, sortant enfin de sa réserve.

Le couple de sexagénaires éclate de rire, tandis que Jeanne devient rouge comme une pivoine.

— Gaspard, voyons ! Qu'est-ce que tu racontes ?

N'empêche, elle fait un peu peur, cette grande bâtisse en briques rouges. Déjà, depuis la cour, il la trouvait immense, bien plus que la leur. Avec ses deux étages, ses hautes fenêtres et ses volets en bois à moitié fermés, elle ressemble aux châteaux des méchants dans les livres de contes que lui lit Apolline le soir avant de s'endormir. Gaspard est content de ne pas passer une nuit de plus dans la voiture, mais il aurait presque préféré la vieille grange d'hier et ses grosses vaches, qui avaient l'air si gentilles avec leur museau tout doux et leurs longs cils recourbés. Cette maison si sombre, en revanche, ne lui inspire pas confiance… Est-ce qu'il n'y aurait pas un fantôme ou un croque-mitaine dans la cave, prêt à lui sauter dessus dès que les grands seront tous endormis ? Il frissonne.

— Maman, j'ai pas envie de rester ici…

— Gaspard, ça suffit ! Ne l'écoutez pas, je suis vraiment confuse, il est si fatigué…

— Pour sûr, j'comprends, va, vous inquiétez pas ! Il est bien petit, pour courir les routes… Si vous saviez tout ce qu'on voit, depuis quelques jours… Quelle pitié !

— Ces saloperies d'Allemands…

— Émile ! Y a des p'tites oreilles qui traînent, ne jure pas !

Mais Gaspard se remet à sourire. Il aurait bien aimé, lui, que cet Émile poursuive sa phrase pour lui permettre d'enrichir sa collection de gros mots. Tant pis ! Peut-être qu'il y en aura d'autres, dans la soirée.

— Allez, venez poser vos affaires. Une chambre pour les grands, et une pour les enfants. Ça ira ?

— Oh oui, c'est merveilleux ! sourit Jeanne. Merci encore pour votre accueil.

— Y a pas d'quoi ! Faut bien s'entraider, par les temps qui courent. Ces cochons d'Teutons, y lâcheront rien, j'vous l'dis, moi !

Gaspard pouffe de rire tandis qu'Émile se fait à nouveau enguirlander par sa femme. Tout compte fait, elle est plutôt sympathique, cette maison ! Encouragé par Germaine, il se décide enfin à franchir le hall d'entrée, dont le plafond haut l'impressionne déjà un tout petit peu moins qu'à l'arrivée.

— Enlevez vos chaussures, les enfants ! gronde maman.

En pénétrant dans la salle à manger qui embaume l'encaustique, ils se sentent plus sales encore.

— Je suis navrée, on n'a pas eu l'occasion de vraiment se laver depuis qu'on est partis de chez nous, et je ne voudrais pas que les petits salissent cette belle maison… Tout est si propre, si bien tenu !

— Vous faites donc pas d'souci ! Vous voulez que j'vous installe une bassine d'eau chaude dans la cuisine ?

— Oh, c'est si gentil à vous de le proposer !

Maman a les yeux qui pétillent.

— Mais on s'est déjà lavés ce matin, proteste Gaspard.

— Ah oui ? Trois gouttes d'eau glacée sur un mouchoir, tu trouves ça suffisant ?

Il hoche vigoureusement la tête. Germaine rit. Sa grosse poitrine tressaute sous son chemisier noir, boutonné jusqu'au cou, et Gaspard observe, fasciné, sa silhouette épaisse leur tourner le dos pour aller chercher du savon et faire chauffer de l'eau. Ses fesses sont si larges qu'il se demande un moment si elles vont passer la porte. Elle se dandine comme un canard, ou une poule qui aurait mangé trop de graines. Pourtant, elle est drôlement rapide : en deux temps, trois mouvements, les voilà tous les quatre dans un coin de la cuisine, en train de se demander qui va profiter en premier de cette grande bassine en émail remplie d'eau tiède et du morceau de savon brun posé sur une serviette bien propre. Henri se désiste. « Je me laverai en dernier. Allez-y. » Et il sort rejoindre Émile, qui, pour l'occasion, lui propose un petit verre de gnôle.

Maman et Apolline ne se font pas prier. Elles respirent l'odeur du savon comme si elles n'en avaient jamais vu de leur vie et entreprennent de se frictionner en bonne et due forme. Gaspard en profite pour repartir épier son père, et croise les doigts pour qu'Émile émette encore quelques propos fleuris. La traversée du petit couloir sombre pour rejoindre le salon l'impressionne. La décoration un peu guindée, les meubles en bois patiné, les portraits sur les murs… Tout semble figé dans un autre siècle. On dirait qu'ici, la guerre n'existe pas, ni les bombes, ni les avions des Boches, ni rien du tout.

Quand une odeur familière de soupe et d'oignons frits parvient jusqu'aux narines de Gaspard, il se met aussitôt à saliver et en oublie presque d'écouter aux portes. Pourtant, ça a l'air drôlement intéressant, ce que racontent papa et Émile. Gaspard n'y comprend pas grand-chose, mais le peu qu'il capte s'incruste dans sa tête.

— C'est la chienlit ! Ils passent comme dans du beurre, on n'était pas prêts, voilà, faut l'reconnaître…

— J'aimerais descendre plus au sud, mais les routes risquent d'être coupées, maintenant…

— J'vous comprends. Nous, on a décidé d'rester ici, quoi qu'il arrive. On a un toit au-dessus de not'tête, et pis la

Germaine, j'vous fais pas un dessin, hein ? Avec son gros derrière, on va pas la pousser sur les routes !

— Non, mais dis donc, Émile ! Parle pas d'moi comme ça à ce gentil monsieur ! Qu'est-ce qui va s'imaginer ?

— Allez, fais pas ta mijaurée, va… En tout cas, c'est parti pour durer, tout ce foutoir. Quand j'pense qu'ils tirent même sur les routes, ces saligauds… C'est pas une bataille, c'est une vraie débâcle, bon Dieu d'merde…

Et un de plus dans l'escarcelle ! Satisfait de son butin, Gaspard repart en catimini rejoindre maman et Apolline, qui ont entrepris de se laver les cheveux. Ah, les filles ! Quel besoin elles ont de se récurer comme ça alors qu'elles ne sont même pas sales ! Il l'aime bien sa crasse, pourtant, lui ! Quand on prend un bain trop longtemps, les orteils et les doigts deviennent tout roses et fripés comme ceux d'un nouveau-né, les croûtes sur les genoux ramollissent et se fendillent, et c'est drôlement désagréable ! Pourvu que maman l'oublie…

— Gaspard ! Viens ici !

Mince, loupé. *Bon Dieu d'merde…*

20

Si le paradis existe, il est là, autour de cette table, face à ces assiettes fumantes et odorantes. La soupe préparée par Germaine est épaisse, enrichie de gros morceaux de lard et de pommes de terre qui font saliver les enfants. Ils n'ont pas mangé de vrai repas depuis celui que maman avait concocté pour l'anniversaire de Gaspard, quand le fameux gâteau aux pommes a fini dans le seau à ordures.

— Doucement ! Vous allez vous brûler, sourit Germaine. Quel appétit !

— Il faut dire que votre soupe est délicieuse, répond Henri. Ça nous change du pain rassis !

— J'vous ai aussi préparé des œufs à la coque avec des mouillettes et du bon beurre frais. Vous m'en direz des nouvelles ! On a d'la chance, le fermier d'à côté continue d'nous livrer comme si les patrons étaient encore là, alors on en profite…

— Pourvu qu'ça dure, soupire Émile. Ça, c'est pas gagné, en r'vanche.

Apolline et Gaspard échangent un sourire ravi. Des œufs à la coque ! Un de leurs plats préférés. Ils contemplent les coquilles pâles et chaudes d'une mine extatique et entreprennent de toquer doucement dessus avec le tranchant de leur cuillère, comme maman le leur a appris. Celle d'Apolline se fendille juste ce qu'il faut, pile au bon endroit. Elle soulève le chapeau fragile et plonge avec délices un petit morceau de pain beurré dans le jaune coulant. De l'or liquide.

Gaspard cogne le sien un peu trop fort, et maman reprend la main juste avant la catastrophe. Cela ne l'empêche pas de se jeter dessus et d'en dévorer le contenu intégralement. Papa lui fait les gros yeux quand il lèche l'intérieur du chapeau pour ne pas en laisser une miette, alors qu'Émile fait bien plus de bruit que lui en mangeant sa soupe ! Et quand on voit le résultat dans sa moustache, copieusement garnie de petits morceaux de nourriture, Gaspard trouve que, côté bonnes manières, Apolline et lui ne s'en sortent pas si mal. Mais c'est un adulte, et les adultes ont tous ces droits que les enfants n'ont pas. C'est bien connu.

Moi aussi, quand je serai grand, je dirai plein de gros mots et je lècherai mon assiette de soupe en faisant le même bruit que les vaches quand elles boivent dans l'abreuvoir, se promet-il, comme s'il s'agissait là du summum de la liberté. *Mais surtout, je serai pilote d'avion. Et j'irai défendre les morts dans le ciel contre ces cochons de Tat... Teutons ! Ta ta ta !! Les mitraillettes... et les bombes...*

Le tictac de l'horloge vient ponctuer les derniers coups de fourchette des convives. Engourdis par un bien-être régressif et une sensation de ventre plein qu'ils n'avaient pas ressentie depuis longtemps, les enfants commencent à piquer du nez.

— C'est calme, ici, soupire maman en repoussant son assiette vide devant elle. Ça fait du bien.

— Oh, vous y trompez pas, répond Émile. Pas plus tard qu'hier, ça a bien secoué. On a dû aller s'planquer à la cave par deux fois en pleine nuit. Si c'est pas malheureux…

Le visage de Jeanne se rembrunit.

— Vous êtes sûrs de vouloir repartir demain matin ? reprend Émile. Si vous avez d'quoi participer aux frais, ça nous dérange pas d'vous héberger une nuit ou deux de plus, hein…

— C'est vraiment très gentil…

— Merci beaucoup, Émile, tranche papa, mais on doit reprendre la route. Même vous devriez y songer. Je ne veux pas remettre ça sur le tapis, mais vous savez comme moi qu'ils avancent vite…

— Eh ben j'les attends, ces corniauds ! Bon sang d'bonsoir, y savent pas encore de quel bois j'me chauffe !

— Arrête un peu d'faire le malin, Émile, râle Germaine. Et parle moins fort, tu vas réveiller les gosses. Sont-y pas mignons, tout d'même…

Elle jette un œil attendri vers les deux têtes blondes qui ont fini par s'endormir sur leurs bras repliés, vaincus par le confort de cette maison douillette et de leur panse bien garnie.

— J'fais pas l'malin ! Mais si nos hommes ont tenu jusqu'au bout au fort de la Ferté, j'vois pas pourquoi j'me débinerais !

Mal à l'aise, Henri l'interroge du regard. Émile, chauffé par les verres de gnôle de l'apéritif, poursuit sur sa lancée.

— C'est les Belges qui m'ont tout raconté ! Avant-hier, les Fritz ont attaqué un fort dans les Ardennes, un point stratégique de la ligne Maginot, à c'qu'y paraît, pas loin de Sedan… Eh ben, nos p'tits gars se sont battus comme des lions, y en a pas un qui s'est sauvé, alors pourtant qu'ils avaient plus aucune chance de s'en sortir…

— Ils ont été faits prisonniers ? murmure Jeanne.

— Non, m'dame ! Y sont tous morts ! Morts pour la France ! Alors moi, j'vais pas détaler comme un lapin devant l'ennemi, hein ! J'vais leur faire honneur, à tous ces pauv'bougres, pour qu'au moins y soient pas morts pour rien ! Ces saloperies d'Allemands leur ont foutu des explosifs à l'intérieur du blockhaus, ils ont été pris au piège comme des rats à cause des flammes et de la fumée… Paraît qu'ils étaient plus d'une centaine…

— Mon Dieu, chuchote Jeanne. C'est terrible.

Elle cherche le regard d'Henri, mais on dirait qu'il l'évite, comme celui des autres convives autour de la table. Il se lève soudain en renversant presque sa chaise, s'excuse de sa maladresse et annonce qu'il va porter les enfants dans leur lit.

— Je vais t'aider…

— Non, ça ira. Reste ici.

Surprise par son ton sec, Jeanne se fige. Elle adresse un sourire crispé à Germaine, tandis qu'Émile se ressert un verre d'alcool, l'œil vitreux.

— J'peux vous dire, avec Pétain, c'était aut'chose… Déjà, jamais il aurait permis qu'les villes françaises soient évacuées comme ça, à la sauvage… Rien qu'les Belges et les Néerlandais, c'est des millions d'gens sur les routes, alors si en plus les Français s'y mettent… Ah ça, ils vont bien en profiter, les sales Boches ! Ils vont se remplir les fouilles, j'vous l'dis, moi…

— Vous savez, ils commençaient déjà à bombarder la gare quand nous sommes partis, proteste faiblement Jeanne.

— L'écoutez pas, ma jolie ! intervient Germaine. Quand il a un coup dans l'nez, y sait plus trop c'qu'il dit, mon Émile… Mais réfléchissez tout d'même à not'proposition… Ça vous ferait pas d'mal de vous reposer une nuit ou deux avant d'repartir, sans compter la ferme à côté, qui pourrait nourrir correctement vot'petite famille… Dieu sait c'que vous allez y trouver, sur cette route… à part des cadavres…

La grosse femme se signe rapidement. Jeanne l'aide à débarrasser la table, puis remercie une dernière fois le couple avant de rejoindre Henri et les enfants à l'étage. Tout en montant l'escalier qui craque à chaque marche, elle se dit que la quiétude du début de repas semble bien loin. Elle embrasse Apolline et Gaspard, blottis l'un contre l'autre sous une couverture épaisse dans un lit aux dimensions impressionnantes, et rejoint son mari dans la chambre voisine. Il est debout, face à la fenêtre fermée, semblant ne même pas voir les lourds rideaux de velours délavés par la lumière du soleil. Jeanne se rapproche de lui et pose une main sur son épaule. Il tressaille.

— Excuse-moi, je ne voulais pas te surprendre. Les enfants dorment. Je suis contente pour eux, ils vont pouvoir récupérer. Ça va nous faire du bien de nous reposer dans un vrai lit, nous aussi…

Henri reste mutique. Jeanne se détourne de lui pour se déshabiller et enfiler sa chemise de nuit, enfin ! Elle a profité de l'eau et du savon pour laver ses vêtements, qu'elle portait en continu depuis leur départ le 18 mai. Ce jour maudit où tant de jeunes soldats ont perdu la vie dans les Ardennes, sans compter tous ceux qui meurent en ce moment même, civils et militaires, sous le feu ennemi. Émile et Germaine se croient à l'abri dans cette maison cossue, mais, si l'on en croit la rumeur, les chars approchent… Ils devraient se méfier. Pour l'instant, les Français répliquent encore, mais les blindés allemands progressent vite.

Maubeuge est tombée, et aux dernières nouvelles, c'est Dunkerque qui a fait l'objet d'un bombardement massif.

Pensant bien faire, Jeanne fait part de ses doutes à Henri, mais il la rabroue si vertement qu'elle sent les larmes lui monter aux yeux.

— Ne parle pas de ce que tu connais pas ! Il a raison, Émile, sous ses airs de vieil ivrogne… On devrait pas abandonner le navire, c'est trop facile, pour eux… Si j'avais su…

Henri secoue la tête, l'air tourmenté, aux prises avec des pensées qu'il ne semble pas vouloir partager. Jeanne se sent à nouveau invisible, inexistante. Elle ne fait manifestement pas partie de ses préoccupations.

Afin de ne pas gâcher le précieux moment de répit qui leur est néanmoins offert, elle se force à faire abstraction de l'aigreur d'Henri. Elle se concentre sur la fraîcheur et le confort des draps blancs, un peu rêches, mais propres, et sur le creux léger du matelas épais dans lequel son corps vient se lover comme un animal au fond de son terrier, dans un illusoire sentiment de sécurité.

Rompue par le mauvais sommeil de ses deux dernières nuits, elle s'endort presque aussitôt, et ne se rend pas compte qu'Henri, de son côté, garde les yeux ouverts bien plus longtemps qu'il ne faudrait.

21

Hesdin, 21 mai 1940

Décidément, c'est la providence qui a mis ce vieux couple sur leur chemin ! Non seulement Émile et Germaine les ont ravitaillés et renfloués en essence avant le départ ce matin, mais, en plus, Émile leur a donné le nom et l'adresse d'un cousin éloigné à Hesdin qui pourrait les accueillir la nuit prochaine, « s'il est encore là ». « Il s'appelle Auguste Lefebvre, il vit seul. Dites-lui qu'vous venez de ma part, il vous ouvrira ». C'est si rassurant de voyager en ayant un nom, une destination en tête ! On se sentirait presque attendus quelque part…

Jeanne a réussi à surmonter ses angoisses, aujourd'hui. Le fait d'avoir pu se laver et passer une nuit au chaud, au sec, le ventre bien rempli, dans un lit confortable, lui a presque fait voir la vie du bon côté, au réveil. Elle se sentait en forme, pleine d'entrain, optimiste sur les épreuves qui les attendaient. Gaspard a fait le pitre pour la faire rire, et elle lui a donné de bon cœur cette satisfaction, heureuse de lire sur le visage de son petit bonhomme une joie simple d'enfant, plutôt que la tendresse inquiète qu'il manifeste parfois envers elle, ou cette moue boudeuse qu'il arbore trop souvent depuis qu'ils sont partis. Ça ne lui ressemble tellement pas !

Il semblerait qu'après trois jours éprouvants, ils aient enfin droit à un peu de répit. Malgré leurs craintes de se retrouver comme la veille, coincés au milieu d'une foule disparate, les soixante kilomètres les séparant d'Hesdin ont pu être franchis en une seule journée, sans trop de difficultés. Et surtout, sans nouvelle attaque aérienne ! Certes, les nouvelles du front sont toujours alarmantes : les Allemands auraient atteint la Somme hier, et seraient sur le point de gagner Boulogne, dans la Manche. « La route de Paris est ouverte, on a perdu ». Les troupes alliées seraient débordées et incapables de contenir l'offensive des blindés ennemis, qui continuent d'avancer inexorablement sur le territoire français.

À leur niveau, c'est une course contre la montre, une fuite éperdue que subissent tous ces civils paniqués à l'idée d'être rattrapés par des adversaires sanguinaires et rancuniers, à propos desquels circulent les plus folles rumeurs : exécutions sommaires, viols, mitraillage ou torture des femmes et des enfants, incendies de villages entiers… Nul ne sait réellement ce qu'il en est, mais tous finissent par y croire. En tout cas, le bombardement des routes, ils ne l'inventent pas. Et le seul moyen d'y échapper, c'est de fuir, vite, toujours plus vite, grâce à cette voiture qui leur permet maintenant de dépasser les colonnes de réfugiés à pied.

Si seulement Henri n'était pas si tendu ! Il s'est pourtant montré tendre, ce matin, lorsqu'ils ont ouvert un œil en même temps, profondément soulagés de deviner la lueur du jour à travers les volets. La nuit était passée, et aucune menace n'était venue troubler leur repos… Comme s'ils étaient à la maison, Henri s'est alors rapproché d'elle, et leurs corps encore engourdis de sommeil ont ébauché les caresses qu'ils auraient pu se donner en d'autres circonstances. Henri s'est soulevé sur un coude pour glisser une main sous sa longue chemise de nuit en coton blanc. Il l'a fait remonter doucement le long de sa cuisse, mais Jeanne s'est rétractée, à la fois rieuse et contrariée. « Pas ici, voyons ! » Elle aurait alors aimé qu'Henri la prenne dans ses bras et qu'ils échangent quelques mots tendres avant de replonger dans la réalité terrifiante de ces journées interminables, mais il lui a tourné le dos, maussade, comme un petit garçon puni. Ensuite, Gaspard et Apolline se sont réveillés à leur tour, et ils ont quitté pour de bon le refuge douillet qui avait abrité leur sommeil.

Henri s'est montré aimable avec leurs hôtes, mais une fois repartis sur la route avec leur réservoir plein, il s'est à nouveau renfrogné, enfermé dans un mutisme dont Jeanne n'est pas parvenue à le sortir malgré l'espoir que cette halte avait fait naître en elle. Résignée, elle s'est alors contentée de ne pas le contrarier plus encore, et s'est abstenue de lui poser la moindre question.

Comme s'ils ressentaient la tension silencieuse entre leurs deux parents, les enfants se sont tenus bien tranquilles durant tout l'après-midi, et, hormis quelques écarts de langage chez Gaspard, Jeanne n'a pas dû intervenir pour les rappeler à l'ordre comme elle en a l'habitude. Il semblerait qu'ils s'accoutument déjà à cette vie nomade et incertaine qui ne ressemble pourtant à rien de tout ce qu'ils connaissent. Encore une fois, combien elle envie leur insouciance et cette forme d'acceptation simple du cours d'événements qu'ils ne peuvent pas modifier…

Malgré l'espoir qu'ils caressaient d'arriver avant la fin du jour, il fait nuit noire lorsqu'Henri gare la voiture devant chez

Auguste Lefebvre, grâce aux indications fournies par Émile. Non sans appréhension, Henri part en éclaireur vers la petite maison isolée, en demandant à Jeanne et aux enfants de l'attendre. On ne sait jamais…

Gaspard se contorsionne pour observer la silhouette trapue de la bicoque aux dimensions modestes vers laquelle se dirige son père. Les murs jaunis par le temps, le toit brun et l'aspect délabré de l'ensemble n'ont rien de commun avec la vaste demeure qu'ils ont quittée le matin même. Jeanne songe avec nostalgie à l'accueil de Germaine, à la cuvette d'eau tiède, au savon, à la bonne soupe au lard et aux draps frais d'un lit confortable… Elle ne se fait guère d'illusions sur ce qui les attend ici, même si elle sait la chance qu'ils ont de pouvoir espérer dormir à nouveau entre quatre murs. *Pas la voiture*, implore-t-elle, oppressée à l'idée de devoir se recroqueviller encore une fois sur cette vieille banquette sans fermer l'œil de la nuit…

— Il pleut, constate Apolline. Tu crois que les pauvres gens sur la route vont pouvoir s'abriter quelque part ?

Depuis qu'ils ont vu ces deux cadavres au bord du fossé, elle en parle de plus en plus.

— Oui, ma chérie. Ils trouveront une grange avec de gentilles vaches pour les réchauffer, ou bien ils feront comme nous, ils demanderont aux gens de les héberger pour la nuit. Tu vois toutes ces maisons ? Il y a de la place, dedans.

— Elles sont toutes noires, grommelle Gaspard.

— C'est normal, rétorque sa sœur. C'est pour que les avions ne les voient pas ! Ça s'appelle du cafouillage.

— Camouflage, corrige Jeanne.

— Il fait quoi, papa ? coupe Gaspard.

Ils ne le voient plus, dans la nuit dense de la rue. Non seulement la petite maison du cousin d'Émile se tient fort à l'écart des autres, mais à cause du couvre-feu nocturne, pas une lumière ne subsiste alentour. Seule la façade claire du minuscule pavillon d'Auguste Lefebvre émet un faible rayonnement à la lueur d'une lune qui joue à cache-cache avec les nuages. La porte étant dissimulée par les arbres, Jeanne et les enfants ont beau scruter l'obscurité, ils ne parviennent pas à voir si Henri attend toujours devant ou bien s'il a pu entrer et négocier pour la nuit à venir.

Dans l'attente, ils retiennent tous leur souffle. Un épais silence emplit l'habitacle, et Gaspard imagine un Boche avec son énorme tête rôder autour de la voiture. Soudain, la portière s'ouvre à la volée. Ils hurlent de peur lorsqu'une grosse voix les menace.

— Alors ! Qu'est-ce qu'on attend, par ici !

Henri éclate de rire.

— Si vous voyiez vos têtes ! Je suis désolé, mais c'était trop tentant !

— Vilain papa ! proteste Apolline en lui tirant la langue.

— Tu exagères, renchérit Jeanne.

Mais, au fond d'elle-même, elle est ravie de retrouver un peu de l'homme insouciant qu'elle connaît, et elle se doute de l'origine de sa bonne humeur soudaine. Heureusement que la solidarité fonctionne, en ces temps perturbés !

— Alors, c'est bon ? demande-t-elle. Nous pouvons dormir ici ?

— Oui ! Auguste est un homme charmant, mais sourd comme un pot ! C'est pour ça que les négociations ont duré un peu ! Il n'y a qu'une seule chambre dans sa maison, aussi il met à notre disposition une petite pièce qui lui sert de débarras. On n'a qu'à prendre notre matelas, et on dormira bien au chaud, sous un toit. C'est formidable, non ?

Jeanne lui sourit en retour. Elle accepte son enthousiasme avec gratitude, même s'il le surjoue un tantinet. On est loin des conditions exceptionnelles de confort de la nuit dernière, mais au moins, ils ne dormiront pas dans la voiture, et avec un peu de chance, ils pourront aussi faire un brin de toilette avant de reprendre la route demain matin.

Lorsqu'ils pénètrent tous dans la petite maison, à la queue leu leu, Jeanne retient sa respiration et fronce les sourcils à l'intention des enfants, qui commencent déjà à plisser le nez. Ce n'est pas le moment de froisser leur hôte avec des remarques déplacées, alors qu'il a la gentillesse de les accueillir au pied levé ! Cela dit, l'odeur régnant dans les lieux est presque insoutenable. Ils vont devoir s'y habituer, au moins pour les quelques heures qu'ils ont à passer ici. *C'est toujours mieux que le fumet des vaches, quoi que...*

— C'est pas bien grand, hein ! crie Auguste, les faisant tous sursauter à nouveau. Mais ça ira, on va s'tenir chaud ! J'parie qu'cette vieille barrique d'Émile vous a servi sa gnôle, hier soir, pas vrai ? Goûtez donc la mienne, vous m'en direz des nouvelles !

Il pose alors sur la table une bouteille sans étiquette, au verre épais, au fond de laquelle flotte un liquide trouble et jaunâtre, dont la vision donne un haut-le-cœur à Jeanne. Henri accepte courageusement le verre qu'Auguste lui tend.

— C'est d'la poire. Elle est forte, cette année. Y faut bien ça pour oublier tout'nos misères, pas vrai ?

Médusés, Gaspard et Apolline observent leur père porter à sa bouche ce breuvage de sorcière, et ne se montreraient pas plus surpris que ça s'il s'écroulait d'un coup devant eux, empoisonné par ce personnage étrange dont ils ne parviennent pas à déterminer l'âge. Troublé, Gaspard se dit que cet Auguste a l'air jeune et vieux à la fois, et que chez lui, ça sent comme dans l'intérieur de ses bottes après la pluie, ce qui est quand même curieux. Et puis une autre odeur, aussi, qu'il n'arrive pas à identifier, mais qui ressemble à l'haleine de papa quand il a bu un verre de cette gnôle bizarre, qui semble tant plaire aux grands. Il y a trempé ses lèvres, une fois, quand papa avait le dos tourné, et il a manqué s'étouffer en avalant de travers le liquide brûlant qui lui donnait l'impression d'avoir aspiré l'intérieur d'un volcan.

C'est drôle, quand même, toutes ces choses dégoûtantes et incompréhensibles que semblent adorer les adultes. Une boisson qui incendie l'intérieur du corps, la fumée âcre des cigares et des cigarettes qu'ils expirent d'un air sérieux, comme s'ils aimaient cette odeur écœurante, sans compter « la passion qui brûle de l'intérieur », encore plus mystérieuse, évoquée devant lui par tante Suzanne en parlant d'une voisine qui était tombée amoureuse du mari d'une autre.

Oui, vraiment, ce monde « des grands » l'attire autant qu'il lui répugne, et l'apprivoiser à coups de jurons expressifs lui donne l'impression d'en faire partie sans pour autant s'y compromettre. Il y a tant d'avantages à rester petit ! Comme de pouvoir se blottir dans les bras de maman, par exemple, ou bien se cacher derrière les jambes de papa… ou encore pleurer en pensant à son petit chat, même si « un garçon, ça ne pleure pas ».

Est-ce qu'il est vraiment au ciel, son Mitsou, comme l'a prétendu Léon ? Tout en se pelotonnant entre leurs couvertures qui gardent encore l'odeur de la maison, Gaspard y enfouit son nez pour oublier les relents de graisse rance et d'alcool fermenté qui lui piquent la gorge. Ou peut-être sont-ce des larmes qui s'attardent, et qu'il essaie vainement de refouler.

Il profite de la promiscuité inédite avec sa mère – à quatre sur ce matelas, ils sont serrés comme dans une boîte de sardines, a fait remarquer papa – pour retrouver la chaleur enveloppante et protectrice de ses bras, comme lorsqu'il était tout petit et que tout allait bien dans sa vie.

Si seulement il pouvait se réveiller dans son lit, demain matin, et aligner ses petits soldats de plomb sur le parquet, dans un rayon de soleil, sans craindre que le ciel et tous ses habitants, morts ou vivants, ne lui tombent sur la tête…

22

Hesdin, 22 mai 1940

Jeanne sursaute. Pour la deuxième fois, elle est certaine d'avoir senti quelque chose. Un frôlement, suivi d'un cliquetis discret. Elle a d'abord cru qu'il s'agissait de Gaspard. Il remue tellement dans sa première phase de sommeil ! Mais non, son petit garçon est maintenant profondément endormi, tout comme Apolline, dont les nattes blondes brillent dans le noir. Les deux enfants ne bougent pas d'une oreille. Quant à Henri, allongé sur le côté, il ne ronfle même pas. C'est tout de même étrange…

Elle décide de garder les yeux ouverts, cette fois-ci, et de rester aussi immobile que si elle dormait. Étant donné la crasse environnante, ils ont préféré se coucher tout habillés, malgré les couvertures qui leur appartiennent. Auguste est très gentil, mais Jeanne n'a jamais vu de sa vie une maison aussi sale. Après avoir offert à Henri de partager son alcool de poire, il leur a raconté qu'il était veuf depuis dix ans, et qu'il vivait seul depuis le décès de sa pauvre Simone. « C'est sûr, avec elle, ça filait droit ! Vous auriez pu manger par terre… Mais, pour moi tout seul, j'ai plus le goût de m'occuper de cette baraque, vous voyez, alors je bricole, et puis j'attends que ça passe… »

Décidément, sans une épouse à leurs côtés, les hommes sont perdus ! Que deviendrait Henri, s'il lui arrivait quelque chose ? Est-ce qu'il se remarierait ? Probablement. Il est toujours séduisant, il n'aime pas la solitude, et puis il a des… besoins que seule une femme peut combler. Elle frissonne. Comment peut-elle évoquer des choses pareilles ! Mais la nuit opaque stimule son imagination, elle n'a plus du tout envie de dormir. Voilà maintenant qu'elle essaie de visualiser quel genre de femme Henri épouserait si elle disparaissait… Une brune, comme elle ? Il lui disait souvent, à leurs débuts, qu'il adorait le contraste entre ses cheveux sombres et ses grands yeux gris clair… Ou bien une blonde, plus commune, mais peut-être plus appétissante qu'elle… Elle pensait qu'elle prendrait des formes, avec l'âge et les maternités, mais c'est plutôt l'inverse qui semble se produire. Elle n'a presque plus de poitrine depuis ses deux allaitements, et elle est si menue, maintenant, qu'elle sent les os de ses hanches saillir à travers ses vêtements.

Henri lui reproche parfois de ne pas se nourrir assez, mais, avec les nouvelles restrictions dues à la guerre, lui-même ne mange pas forcément à sa faim. Et ce n'est pas près de s'arranger. *Et moi ?* songe-t-elle tout à coup. *Si Henri venait à disparaître, que deviendrais-je ?* Elle se signe dans le noir, effrayée par cette pensée qui risque de leur porter malheur, on ne sait jamais. Mais la machine est emballée, c'est trop tard… Elle repense alors au fade Marcel Desmet, qui l'avait courtisée un temps lorsqu'elle était toute jeune, et à la réaction de sa mère quand elle l'avait éconduit. Elle ne dépend plus de ses parents, maintenant, mais est-elle affranchie pour autant des conventions sociales ? Elle l'ignore. Prise dans un système qu'elle ne maîtrise pas, Jeanne a du mal à concevoir le fait que d'autres chemins sont possibles. Certaines originales parviennent à mener leur propre vie, sans forcément passer par la case mariage, mais elles sont jugées, souvent condamnées par le regard des autres, parfois même reniées par leur propre famille. Que leur reste-t-il, alors ?

Jeanne aurait adoré « monter à Paris » pour y rencontrer de grands couturiers, tenter sa chance comme petite main dans les maisons les plus renommées, participer à la création de tenues flamboyantes qu'elle ne porterait jamais… Mais un tel destin était sûrement trop grand pour elle. L'œuvre majeure de sa vie, ce ne sont pas les modèles uniques de la haute couture qu'elle aurait pu concevoir, ce sont ses enfants. Ses deux enfants vivants pour qui elle donnerait tout, et son bébé perdu qui la hantera jusqu'à la fin de sa vie. Elle ne regrette rien, en ce qui les concerne. Aucun sacrifice n'est assez grand pour eux. Henri le sait. Et il a du mal à l'accepter. Alors, si même le père de ses enfants tolère difficilement ce dévouement qu'elle leur porte, qu'en serait-il avec un autre homme ?

Cela répond à sa question. Elle ne se remarierait probablement pas. Moins par fidélité à la mémoire de son époux que pour ne pas mettre en péril le lien qui l'unit à Gaspard et Apolline. Et puis, ce devoir conjugal si embarrassant, la plupart du temps, il faut bien reconnaître qu'à l'inverse d'Henri, elle pourrait facilement y renoncer…

Jeanne retient sa respiration. Henri et les enfants ne bougent toujours pas d'un poil, mais elle jurerait sentir une présence à ses côtés. Son cœur accélère lorsque ses yeux, qui ont fini par s'habituer à l'obscurité, en perçoivent d'autres, plus petits, dont la lueur brille dans le noir, au pied du matelas… Elle sent alors de minuscules pattes courir sur la couverture, qui s'affaisse à peine sous le poids plume d'une petite souris… Elle se retient de ne pas crier, pour ne pas effrayer les enfants, mais elle secoue l'édredon d'un coup sec pour la faire partir, en espérant qu'il n'y ait pas toute une famille de rongeurs prêts à envahir leur couche…

Cet incident la distrait suffisamment pour qu'elle cesse de penser à ses choix de vie, à son mariage avec Henri, et elle sombre enfin dans un sommeil lourd et sans rêves qui lui offre un oubli salvateur. Le meilleur des refuges.

Une heure plus tard, un bruit d'enfer projette Jeanne hors du matelas, contre un coin de la pièce qui semble se disloquer autour d'elle. Son corps est brutalement arraché à la chaleur des siens, à celui de Gaspard notamment, qui dormait serré contre elle. Elle a la sensation d'être plaquée contre quelque chose de dur, qu'elle n'identifie pas tout de suite. L'onde de choc est d'une telle violence qu'il lui semble que la chambre bascule, que le sol se soulève, comme si le monde entier s'ouvrait sous ses pieds. Le fracas sec et brutal qui vient de déchirer l'air et son sommeil d'un même mouvement est écrasant, plus fort que la peur elle-même.

À quatre pattes, Jeanne rouvre les yeux et distingue le matelas retourné, jeté dans un coin comme si la force de gravité n'existait plus. La poussière envahit alors la pièce, âcre et suffocante, tandis que le plafond se met à vibrer et grincer, comme s'il était prêt à céder. Durant quelques secondes, Jeanne, le souffle coupé, ne sait plus où sont le haut et le bas, ses oreilles sifflent, son crâne bourdonne, elle n'entend plus rien…

Sidérée par la violence du choc, elle ne sait dire si elle est blessée ou non. Elle ne ressent rien, elle flotte en apesanteur dans un état second. C'est un gémissement bref et aigu qui la ramène à la réalité. « Maman... » Ces deux petites syllabes lui retournent le ventre.

— Gaspard ! Apolline !

Elle ne reconnaît pas le son de sa propre voix, qui pourtant sort de sa bouche, mais semble ne pas lui appartenir, comme si elle était dissociée d'elle-même. Elle rampe alors vers l'endroit d'où a été émis l'appel, et tombe rapidement sur un petit corps chaud, vivant, qui s'agrippe aussitôt au sien en pleurant. C'est Gaspard. Il respire, il est entier, il n'a pas l'air blessé. Il est « juste » choqué. Comme elle. Elle tremble des pieds à la tête, terrorisée par l'absence d'Henri et Apolline. Où sont-ils ? Pourquoi ne les entend-elle pas ? Si seulement elle parvenait à se mettre debout...

— Jeanne ! Ça va ? Réponds-moi !

Elle ouvre les yeux et se rend alors seulement compte qu'elle les avait refermés. La désorientation persiste. Le visage inquiet d'Henri se penche sur le sien. Il est là ! Il est vivant ! Elle se redresse d'un coup, le cœur broyé par l'angoisse.

— Où est Apolline ? Où est-elle ? hurle-t-elle.

— Elle est là, calme-toi, ma chérie... Bon Dieu, j'ai eu si peur quand je t'ai vue inconsciente...

— Elle est blessée ?

— Quelques éraflures, rien de grave. C'est ta tête qui m'inquiète.

Jeanne sent alors un liquide chaud qui coule sur le côté de son visage, depuis l'impact où son cœur semble battre. Peu importe. Ils sont tous vivants. Rien d'autre ne compte. Elle porte sa petite médaille miraculeuse à sa bouche. *Merci, mon Dieu, de nous avoir épargnés, d'avoir préservé mes enfants.*

Une poussière fine tombe du plafond fissuré, comme s'il allait s'effondrer, un craquement sec se fait entendre. Les vitres ont été soufflées par l'explosion toute proche, les volets arrachés, et la charpente de la maison est manifestement fragilisée. Comme un écho épouvantable de la première déflagration, le vacarme reprend alors, au-dehors, au-dedans, ils ne savent plus… Ils comprennent surtout qu'ils sont la cible de bombardements intensifs, et qu'il faut se mettre à l'abri immédiatement dans une cave, un sous-sol, n'importe quel endroit leur permettant de s'échapper de cet enfer.

— Il faut sortir de là ! crie Henri. On y va, suis-moi !

Il attrape à bras-le-corps Apolline et Gaspard, un sur chaque hanche, et s'élance dans l'escalier à travers ce qui reste de la porte. Les enfants pleurent en s'accrochant au cou de leur père, et Jeanne prie une dernière fois pour qu'ils ne tombent pas sur le cadavre d'Auguste dans le salon. S'ils ont pu être épargnés à l'étage, qui sait ce qui les attend au rez-de-chaussée ?

23

Contre toute attente, la pièce du bas est moins touchée que le haut de la maison. Les fenêtres et les volets ont été soufflés aussi par le blast, mais les meubles sont restés à peu près en place, et la poussière est moindre qu'à l'étage.

Auguste, hébété, surgit de sa chambre les yeux écarquillés. Il n'a pas l'air blessé, juste sonné, comme eux.

— Que… qu'est-ce que c'est qu'ce foutoir, bon sang ?

— Il faut se mettre à l'abri ! Est-ce que vous avez une cave, ici ?

— Comment ?

Le pauvre homme crie, l'explosion ayant encore aggravé sa surdité.

— Une cave ! répète Henri en exagérant le mouvement de ses lèvres.

Jeanne n'attend pas sa réponse pour commencer à chercher. Elle ne trouve qu'un cellier bas et humide, sous la cuisine, en aucun cas un abri assez sûr pour eux tous. Ils ressortent alors précipitamment dans la rue, à la recherche d'un fossé pour minimiser l'impact des prochains bombardements. Les exercices de prévention de la défense passive leur ont appris qu'une première attaque est presque toujours suivie d'une seconde, aussi doivent-ils se dépêcher…

Auguste reste statique dans la rue, figé devant les dégâts occasionnés à sa maison. Henri fait demi-tour pour l'inciter à les suivre, mais il le repousse en criant.

— Laissez-moi ! On craint rien ici, c'est pas la maison qu'ils visent…

Henri lui lance un coup de menton interrogateur. Auguste tend alors un bras dans le noir, au-delà de son terrain.

— Ils veulent la voie ferrée ! Elle est juste derrière. Ça, pour sûr, j'ai plus beaucoup d'travail, ces temps-ci, y a plus tellement d'trains qui circulent… Mais j'me suis promis de rester. Une question d'honneur, comme ce vieux salopard d'Émile, même si c'est surtout la grosse Germaine qui veut pas quitter son p'tit confort, hein ? On m'la fait pas, à moi…

Exaspéré, Henri entraîne malgré lui le bonhomme aviné à l'écart de la route.

— Sauf votre respect, vous avez un peu forcé sur l'alcool de poire, Auguste… Et votre cousin, avec toutes ses bonnes intentions, nous a envoyés au casse-pipe ! Passer la nuit chez un garde-barrière, en ce moment… C'est de la folie ! rugit-il en rejoignant Jeanne. Tout le monde sait pourtant que les Boches bombardent en priorité les rails ! Si j'avais su, on ne serait jamais venus chercher refuge ici !

Comme pour lui donner raison, un autre bruit survient en direction des voies, plus lointain, faisant longuement vibrer le sol, comme une onde linéaire.

— Bon sang d'bois ! Cette fois-ci, j'crois bien qu'ils l'ont eu, ces salopiauds !

— Venez, Auguste ! Faut pas rester là !

Mais le garde-barrière ne l'entend pas de cette oreille. Furieux, il se lance dans une diatribe à l'encontre des Schleus en pointant un doigt vengeur vers le ciel. Si Gaspard n'était pas aussi sonné par l'explosion, il s'en donnerait à cœur joie pour apprendre ce chapelet de grossièretés, mais il ne les entend même pas. Depuis qu'il s'est réveillé en sursaut dans ce chaos épouvantable, ses oreilles sifflent en continu, couvrant les paroles de papa et maman, et même le son de sa propre voix. Il ne cherche pas à comprendre ce qui lui arrive, il n'en a pas la capacité. Il se contente de suivre le mouvement et de s'accrocher le plus fort possible au cou de papa, sans se plaindre, même si ses écorchures lui font mal.

Henri les entraîne contre un talus assez haut pour leur permettre de s'y accroupir en toute discrétion. Tant pis pour Auguste. Malgré l'obscurité, Jeanne en profite pour commencer à faire l'inventaire des blessures des uns et des autres. Elle observe les petites coupures sur les visages et les mains, les rougeurs, les bleus, les bosses… De son côté, Henri sort son mouchoir de sa poche pour lui essuyer le front. « Tu fais peur aux enfants », sourit-il. Elle grimace. « C'est bien ouvert, reprend-il, il faudrait peut-être des points ? Mais comment trouver un médecin dans ce bled, en pleine nuit… » Jeanne secoue la tête. « Ça ira, ne t'inquiète pas. Le saignement s'est arrêté. J'aurai peut-être une vilaine cicatrice, mais tant pis… » « Tu seras toujours aussi jolie, à mes yeux ».

Surprise par cette déclaration inattendue, Jeanne rougit dans le noir. Est-ce le fait d'avoir frôlé la mort ou la peur de l'avoir perdue qui rend Henri si attentionné, tout à coup, plus amoureux que jamais ? Comme s'il réalisait l'essentiel. Elle tend sa main vers lui pour lui caresser le visage en retour, mais les plaintes d'Apolline détournent son attention.

— Qu'est-ce qu'il y a, ma chérie ?

— J'ai mal…

— Moi aussi, geint Gaspard. J'entends plus rien !

— Ça va revenir, c'est l'explosion qui a un peu abîmé nos oreilles. Où as-tu mal, Apolline ?

— Partout…

Inquiète, Jeanne entreprend alors de la déshabiller, mais Henri l'en empêche.

— Non, pas maintenant ! S'ils reviennent, on sera peut-être obligés de partir rapidement, il faut se tenir prêts. Ils n'ont que des égratignures, rien de grave.

Le ton d'Henri est redevenu sec, cassant. De nouveau, Jeanne a l'impression de se faire gronder parce qu'elle s'occupe de ses enfants. Partagée entre la volonté de n'en faire qu'à sa tête et celle d'obéir à son mari, elle choisit la seconde option. Ils sont tous déjà si stressés, inutile d'en rajouter. Elle serre fort les poings, pouces en dedans, et commence à prier intérieurement pour que ces satanés avions ne reviennent pas.

Il est environ quatre heures du matin, le jour ne se lèvera pas avant deux heures. Vont-ils rester ainsi, à moitié allongés dans l'herbe, avec leurs écorchures et leur effroi viscéral, à frissonner les uns contre les autres jusqu'au moment du départ ? Cette voiture que Jeanne honnissait encore la veille lui paraît soudain désirable. Elle aimerait tant y monter, s'y asseoir et fuir pour toujours cet endroit maudit où elle a cru que la terre s'ouvrait sous leurs pieds pour les engloutir ! Il lui semble que le blast lui a arraché une part d'elle-même, comme si cette sensation de dédoublement et sa brève perte de connaissance se prolongeaient encore, au point de brouiller les limites de son propre corps et, presque, les limites de son âme. Durant quelques secondes, elle a vraiment cru qu'ils avaient tous explosé…

Le calme est revenu sur les faubourgs de la petite ville d'Hesdin. La seconde attaque s'est produite bien plus loin sur la ligne de chemin de fer, de sorte qu'ils n'ont ressenti que sa réplique propagée par les rails, et, depuis, aucun nouveau sifflement inquiétant n'est revenu troubler le ciel. Malgré les avertissements d'Henri, Auguste est reparti se coucher dans sa maison, qui menace pourtant de s'écrouler d'un instant à l'autre. « À croire qu'il a vraiment envie d'y rester », a grommelé Henri. « Peut-être cherche-t-il à rejoindre sa Simone ? » a soupiré Jeanne, mais Henri ne lui a pas répondu. Il est allé récupérer une couverture dans la voiture et a recouvert les petits corps de leurs enfants qui, épuisés par toutes ces émotions autant que par l'heure avancée de la nuit, ont fini par se rendormir dans cette longue attente. *Pauvres petits,* songe Jeanne. *Ils vont sûrement rester traumatisés à jamais…* Elle tente de les réchauffer en se couchant tout contre eux, comme une mère louve. Si elle le pouvait, elle lècherait leurs plaies…

Une à une, les étoiles s'éteignent face à la ligne d'horizon qui s'éclaircit tout doucement. Henri guette le moment où ils pourront rouler sans les phares. C'est la seule chose qui l'a retenu de prendre la route et de s'éloigner au plus vite du danger. La clé de contact serrée entre ses doigts, il s'installe derrière le volant et se laisse envelopper par l'odeur désormais familière de l'habitacle. Cette voiture lui apparaît soudain comme une alliée, un repère stable dans son monde qui explose, au sens propre comme au figuré.

Dire qu'il a failli tuer toute sa famille, cette nuit, par bêtise, par négligence. Il aurait suffi qu'il se renseigne un minimum, pourtant, qu'il pose une question ou deux à Émile, à Auguste, ou bien qu'il vérifie les abords de cette maison inconnue avant d'y demander l'asile en toute confiance. Certes, les événements actuels sont aussi imprévisibles qu'inévitables, et rien ne garantit qu'ils ne vont pas se prendre une rafale de mitraillette en reprenant la route, mais il aime penser qu'il a encore une part de libre arbitre sur tout ce qui leur arrive. Cela lui permet de se sentir moins vulnérable, moins soumis à la fatalité d'un destin qui, quoi qu'il fasse, lui échappe de plus en plus.

Il semble à Henri que la peur, *la vraie*, a planté ses crocs en eux pour ne plus les lâcher. Une peur primale, viscérale, de mourir comme un chien au bord de la route, de perdre ceux qui leur sont le plus chers. Une peur qu'il ne parvient pas à apprivoiser et qui lui fait garder les yeux ouverts jusqu'aux premières lueurs du jour.

Le ciel est gris, plombé. Les ombres de la nuit planent encore sur la route, mais il est sûr d'y voir assez pour rouler. Il veut partir, fuir la vision de la maison du garde-barrière, dont l'aspect tassé et vieilli en une seule nuit symbolise à lui seul le danger auquel ils ont échappé. Les volets pendent de travers, arrachés de leurs gonds, tandis que les ouvertures aveugles des fenêtres privées de vitres laissent l'ensemble ouvert à tous les vents. Les vents mauvais, semble-t-il… Des vents qui n'amènent que la peur, la mort et la désolation. Pour combien de temps encore ?

Henri hésite à entrer, mais il veut dire au revoir à Auguste et s'assurer qu'il va bien. À peine le seuil franchi, un ronflement sonore le rassure. L'odeur pestilentielle de la veille lui fouette les narines, augmentée d'une âcreté métallique nouvelle plus perturbante encore. L'odeur du choc, de l'impact violent subi par la modeste demeure qui, malgré tout, est restée debout.

Le garde-barrière dort comme un bienheureux. Autant le laisser cuver, il découvrira bien assez tôt l'ampleur des dégâts. Comment va-t-il s'en sortir avec toute cette poussière, les meubles renversés, les murs fissurés et les ouvertures béantes, alors qu'un simple ménage le dépassait déjà ? Ce n'est pas le problème d'Henri. Il lui est déjà difficile d'ignorer le devenir de sa propre famille, s'il doit en plus commencer à se préoccuper du sort des uns et des autres…

La nuit dernière, il a ressenti une tendresse brusque pour sa femme, un impérieux besoin de lui dire qu'il l'aimait. Par pudeur, il s'est contenté de la complimenter sur sa beauté émouvante, mais il espère qu'elle a compris le message… Il a eu si peur en la découvrant inanimée après l'explosion, le front ouvert. Il a vraiment cru qu'elle était morte. Et la détresse qu'il a ressentie lui a tordu le bide. Jeanne a beau se montrer distante avec lui, il sait que la carapace qu'il s'est forgée en retour vis-à-vis d'elle depuis la perte de leur bébé est bien moins solide qu'elle n'en a l'air.

Au fond de son cœur, elle reste sa Jeannette, la petite brune aux grands yeux gris dont il est tombé amoureux un beau jour de printemps, en partageant une limonade. Il le sait, mais il n'aura jamais la faiblesse de le reconnaître. Comme son père le lui a inculqué, et ainsi qu'il tente de le transmettre à son propre fils, un homme ne doit pas montrer ses sentiments. C'est comme ça. Et Henri complexe déjà bien assez sur l'utilité de son rôle dans la société sans en rajouter une couche de ce côté-là.

Quand Jeanne le rejoint, il s'inquiète une fois de plus devant la bosse de son front, prête à éclater comme un fruit trop mûr. Elle le rassure d'un sourire et cherche à se blottir entre ses bras, mais il la repousse doucement. Ce n'est pas le moment de se laisser attendrir.

— Il faut y aller. La route nous attend.

24

Route d'Abbeville, 22 mai 1940

La voiture démarre au quart de tour. *Au moins une chose qui fonctionne*, songe amèrement Henri en appuyant sur l'accélérateur. La route longe le ballast. Il aurait pourtant aimé leur éviter la vision de la terre retournée dans le petit jour blafard, des rails disjoints et tordus, comme arrachés par une force brutale et inhumaine. En plein jour, ils se rendent compte que des pierres ont été projetées jusqu'en bas du talus où ils se sont réfugiés sur la fin de la nuit. La bombe est tombée à une cinquantaine de mètres de la maison du garde-barrière, guère plus, et elle n'a pas raté sa cible. La voie ferrée est désormais hors d'usage. Leur vie n'a tenu qu'à un fil, cette nuit, et à la force de précision d'un aviateur anonyme…

— Il est gros, ce trou, murmure Gaspard. C'est un Boche qui a fait ça ?

Que répondre ? Jeanne et Henri échangent un regard embarrassé. Cette fois-ci, il n'est plus question de langue de bois. Leurs enfants, aussi petits soient-ils, ont vécu comme eux le choc de l'attaque, d'une violence extrême, et, même s'ils ne comprennent pas vraiment ce qu'il s'est passé, ils en perçoivent désormais le danger jusqu'aux tréfonds de leur chair. Dieu sait quels cauchemars ils vont faire durant les nuits prochaines…

— Ce sont des avions, finit par répondre Jeanne sur un ton évasif. Mais ils sont partis, tout va bien maintenant.

Henri grimace. *Tout va bien*, vraiment ? Décidément, il ne comprendra jamais cette manie qu'elle a de toujours tout enjoliver pour préserver les enfants. Rien ne va, au contraire… Tout en longeant la voie ferrée, il réalise que l'impact qui a failli raser la maison d'Auguste n'était pas un largage isolé. D'autres bombes ont abîmé les rails sur plusieurs centaines de mètres. Ils l'ont vraiment échappé belle…

— C'est les mêmes avions que sur la route ? finit par demander Apolline d'une petite voix.

— Non, tranche Jeanne.

Elle sait que sa fillette repense aux cadavres poussés sur le bas-côté, et elle partage avec elle, sans la nommer vraiment, cette culpabilité diffuse et irrationnelle d'être encore en vie alors que d'autres l'ont perdue. Malgré son jeune âge, Apolline se montre si sensible à la détresse d'autrui, à l'injustice sous toutes ses formes…

— Et maintenant, gémit Gaspard, on rentre à la maison ? J'en ai marre de ce voyage. J'veux retrouver Mitsou !

— Tu nous embêtes avec ce foutu chat ! explose Henri. Tu crois pas qu'on a assez de problèmes comme ça ? On s'en fiche, de Mitsou !

Gaspard fond en larmes. Les paroles de son père le heurtent autant que le ton de sa voix, dur et tranchant.

— Tu es méchant ! finit-il par hoqueter. J'veux Mitsou ! J'veux Mitsou ! J'veux Mitsou !

Il hurle dans la voiture. Ses pleurs sont devenus incontrôlables. Apolline se bouche les oreilles tandis que Jeanne tente vainement de le raisonner. C'en est trop pour Henri. Hors de lui, submergé par un trop-plein de tension, de peur et de fatigue accumulée, il balance sa main à l'arrière et frappe Gaspard sur la cuisse pour le faire taire.

— Henri ! crie Jeanne.

En cet instant précis, elle le déteste. Elle pourrait le cogner à son tour, sans aucun regret. Comment peut-il, comment ose-t-il aggraver la détresse de leurs enfants en un moment pareil ? Après un cri de douleur et de stupeur – son père n'a jamais levé la main sur lui –, Gaspard s'enferme dans un mutisme épouvanté. Il se contente de hoqueter silencieusement, se demandant vaguement ce qu'il a bien pu faire de mal pour que toutes ces choses terribles arrivent.

Surmontant sa propre peur, Apolline lui attrape la main. Il renifle de plus belle, surtout lorsqu'il aperçoit le profil mouillé de larmes de maman. Est-ce à cause de lui qu'elle pleure ? Lui qui aime tant la faire rire ? S'il était un peu plus grand, Gaspard comparerait sans doute la dévastation des bombes avec celle de son cœur, mais il se contente de penser à Mitsou. Son petit chat aux pattes blanches ne lui a jamais autant manqué qu'en cet instant, alors que papa semble ne plus l'aimer, et que maman est triste comme jamais. Il s'accroche à la main d'Apolline en retour.

— Tu veux que j'te raconte l'histoire du Petit Poucet ? chuchote-t-elle.

Il hoche la tête et se concentre sur les mots de sa sœur. Mitsou s'éloigne, la main dure de papa aussi. Il voudrait avertir le Petit Poucet de ne pas se servir de miettes pour retrouver sa route, car les oiseaux vont les manger, mais il ne faut pas changer le cours de l'histoire… Ça fait du bien, ces mots qui reviennent à l'infini, ronds et identiques. C'est rassurant. Tout comme le fait de connaître la fin du récit à l'avance. On se sent comme à la maison, dans un lit douillet, où rien de vraiment grave ne peut vous arriver.

Le calme est revenu dans la voiture, comme si l'orage était passé. Gaspard et Apolline chuchotent. Jeanne et Henri s'ignorent, chacun ruminant dans son coin ce malentendu supplémentaire à leur actif. Jeanne soupire. Elle a séché ses larmes et lutte contre un mal de tête lancinant, dû à sa commotion cérébrale de la nuit dernière. Son front n'est pas beau à voir. Étant allongée près de la fenêtre, elle a subi l'effet de souffle maximum et a probablement heurté un mur de plein fouet. Elle ne s'en souvient plus. Qu'importe ?

Henri ne se plaint pas non plus, mais à la lumière du jour, Jeanne observe que sa pommette gauche est rouge et enflée et commence à bleuir. Ce constat l'aide à se calmer, et sa rancœur envers lui diminue au fil des heures. Dire qu'ils n'ont même pas assez d'eau fraîche pour soigner leurs blessures… Le peu qu'ils ont est réservé à l'usage de la boisson, et ce n'est pas le moment de s'arrêter pour faire une pause, alors que les routes s'encombrent à nouveau. Cela inquiète Jeanne, ces chemins larges et visibles de loin, noirs de monde… Quelle cible aisée, pour des pilotes aguerris qui parviennent à atteindre leur but même dans l'obscurité, sans aucune lumière pour les guider !

Elle se repasse en boucle les événements de la nuit. Comme Gaspard, elle a la sensation de ne pas avoir encore récupéré son audition, tant le fracas a été puissant. Un léger bourdonnement persiste au fond de ses oreilles, sans parler de la douleur continue au niveau de son front, de la lourdeur de son crâne… Et de l'angoisse de mort, désormais au maximum. C'est une chose de savoir ce que l'on risque, c'en est une autre de le vivre.

Ils ne sont pas les seuls à avoir enduré une ou plusieurs expériences traumatisantes. Certains réfugiés qu'ils croisent sont de vrais miraculés. Lorsque le convoi ralentit, les langues se délient, notamment le soir, près des feux de camp. Quand ils ont dormi sur la route de Béthune, Jeanne a échangé quelques mots avec une femme un peu plus âgée qu'elle tout en faisant la queue pour accéder au robinet d'eau potable. Elle avait l'air exténuée, mais elle parlait comme si ce qu'elle avait vécu débordait de partout, et Jeanne, malgré l'anxiété que son récit faisait naître en elle, avait écouté ce trop-plein de malheurs d'une oreille charitable.

« On est partis à pied, avec mes vieux parents et nos six gamins. Dès le deuxième jour, on devait marcher en file indienne tellement y avait de monde sur la route ! Et quand on a franchi le premier pont, on nous a dit de nous dépêcher, que le pont allait sauter ! On était à peine arrivés de l'autre côté qu'on a entendu un grand "boum", il avait explosé… Vous vous rendez compte ? Une minute plus tôt, et c'était terminé pour toute la famille… Y en a qui ont pas eu notre chance… Le lendemain, on s'est retrouvés coincés entre des Anglais et des Allemands, on entendait siffler les balles au-dessus de nos têtes… Mon pauvre papa… »

La dame s'était alors arrêtée de parler, le menton tremblant. Jeanne avait tenté de la réconforter, redoutant la suite, soulagée qu'Apolline ne soit pas avec elle pour écouter ce qui allait suivre. « Mon pauvre papa a reçu des balles de mitrailleuse dans le dos. On a dû le laisser dans un fossé, comme… comme une bête crevée, y a pas d'autres mots… Ils nous volent même nos morts ! Et suite à ça, maman… maman était tellement choquée et fatiguée qu'on a dû la transporter dans une brouette qu'un brave homme a bien voulu mettre à notre disposition, sans quoi, on serait toujours là-bas… »

Jeanne n'avait pas osé demander où c'était, « là-bas », de peur de relancer la machine à souvenirs de cette femme éplorée. Après avoir rempli sa gourde d'eau fraîche, elle s'était contentée de lui souhaiter bon courage pour la suite, tout en priant pour les siens.

Combien d'histoires terribles circulent-elles ainsi ? Eux-mêmes s'étaient pourtant couchés confiants, la veille. Malgré les récits des réfugiés, malgré les exercices de la défense passive, à aucun moment ils n'avaient imaginé que leur sommeil puisse être interrompu de la sorte. À aucun moment non plus, ils n'avaient cru que la petite maison d'Auguste puisse aussi devenir leur tombeau. C'était pourtant ce qui avait failli arriver.

Ils sont maintenant sur l'axe principal en direction d'Abbeville. Henri espère pouvoir descendre jusqu'à Neufchâtel-en-Bray, une cinquantaine de kilomètres plus bas, mais sans se l'avouer, ils appréhendent déjà la nuit à venir.

Comment vivre avec cette épée de Damoclès au-dessus de leur tête, désormais ? Le ventre tordu par l'angoisse, Jeanne caresse sa petite médaille, comme un talisman protecteur, et surveille le ciel en continu. Ce ciel gris et bas dont les nuages peuvent se déchirer à tout instant pour voir fondre sur eux une mort aveugle, brutale et arbitraire.

Mon Dieu, épargnez-nous, s'il vous plaît, je vous en prie…

25

Abbeville, 23 mai 1940

Apolline presse contre elle son baigneur au ventre rebondi. Ses formes lisses et rondes, son sourire figé, ses grands yeux peints la rassurent. Elle connaît par cœur le moindre défaut de ce corps lourd par rapport à ses poupées de chiffon, un poids qui lui donne l'impression de tenir un vrai bébé dans ses bras, ce dont elle n'est pas peu fière. Cette fissure sur sa cuisse, c'est l'histoire d'une chute ancienne, et tous ces petits impacts où la peinture s'est écaillée, laissant apparaître une autre matière en dessous, plus sombre, ce sont les traces d'usure de tous les câlins qu'Apolline lui a faits.

Il lui semble avoir toujours connu cette poupée, à laquelle elle n'a jamais donné de nom. C'est « son bébé », et elle se désole autant qu'elle se réjouit de voir sa tenue, qui n'a pas changé depuis leur départ précipité d'Armentières, si sale et défraîchie. Ainsi, ils sont pareils, tous les deux. Entre ses nattes à moitié défaites et sa robe pleine de taches, la mise d'Apolline n'a plus rien à envier à celle de son bébé, dont la brassière en éponge tire à présent plus sur le gris que sur le bleu pâle, sa couleur d'origine. Quand elle pense à tous les jolis petits habits que maman a confectionnés exprès à la taille exacte du baigneur, et auxquelles elle ne prêtait même plus attention, ces derniers temps, tardant parfois à le changer pendant plusieurs jours d'affilée… Comme elle aimerait, maintenant, pouvoir hésiter entre l'un et l'autre, les soupeser, choisir un petit bonnet assorti…

Pour elle aussi, d'ailleurs. Apolline en a assez de sa robe à manches courtes, qu'elle porte désormais depuis cinq jours. Les boutons sur le devant tiennent encore, mais elle a perdu son apprêt, et le bas est ourlé de traces grises et brunâtres, là où la robe a frôlé les sols et tous ces endroits poussiéreux où ils ont dû se cacher. Apolline serait honteuse d'aller à l'école dans une tenue pareille ! Heureusement que ses camarades ne la voient pas ainsi, toute sale et dépenaillée. Elles se moqueraient d'elle.

Cette pensée la ramène à sa petite Colette, dont les taches de rousseur et le rire complice lui manquent soudain cruellement. Elles s'entendent si bien, toutes les deux ! La dernière vision qu'elle a eue de son amie, ses bras tendus sous le poids d'une lourde charge au bord de la route, lui donne envie de pleurer. Elle ne va quand même pas faire comme Gaspard, qui a crié après Mitsou au point de provoquer la colère de papa ! Elle a eu si peur, à ce moment-là, presque autant qu'au moment où la maison d'Auguste s'est à moitié écroulée sur eux. Papa n'est vraiment pas comme d'habitude, dans cette voiture. À la maison, avant que toutes ces histoires de Boches ne viennent empoisonner leur vie, il riait souvent pourtant, il prenait maman dans ses bras, il leur faisait des blagues avec sa grosse voix. Maintenant, cette grosse voix-là, elle ne les fait plus rire du tout…

— On arrive, annonce maman.

À ces mots, Apolline colle son nez contre la vitre sale, toujours au même endroit, en soufflant légèrement pour créer un petit nuage de buée sur les traces précédentes. Ce qu'elle aperçoit la laisse stupéfaite.

Avant d'arriver à Abbeville, ils ont encore passé une nuit dans la voiture, au bord de la route, et, cette fois-ci, personne n'a râlé. En vrai, ils étaient tous rassurés de ne pas se retrouver entre des murs qui risquaient d'exploser au moment où ils s'y attendaient le moins, même si maman a poussé un cri en se rendant compte qu'ils avaient oublié leur matelas chez Auguste. « De toute façon, il nous aurait rappelé de trop mauvais souvenirs », a tempéré papa, et maman était d'accord avec lui. Apolline aussi.

Cette fois-ci, au lieu de dormir chacun dans son coin, Gaspard et elle se sont blottis l'un contre l'autre, et quand il lui a demandé à voix basse si les avions allaient encore venir les embêter, Apolline lui a promis en tremblant que ça n'arriverait pas. En vrai, elle n'en avait aucune idée, mais pour une fois que Gaspard semblait avoir plus peur qu'elle, ça n'était pas le moment de flancher.

Ce matin, quand ils se sont réveillés, papa et maman étaient déjà dehors en train de secouer les couvertures et d'éparpiller les dernières braises du petit feu qu'ils avaient allumé la veille. Ils avaient de drôles de têtes toutes chiffonnées, surtout maman, avec cette grosse bosse rouge et bleu sur le front. Leurs yeux étaient tout gonflés, aussi.

Maman leur a donné les restes de pain et de fromage que Germaine avait emballés dans un morceau de tissu. Elle les a conduits derrière un arbre pour qu'ils puissent se soulager en leur recommandant de faire attention à leurs chaussures, et papa a dit plein de gros mots quand la voiture a refusé de démarrer. « On recommence à manquer d'essence, bordel de merde ! » Gaspard a ricané, comme d'habitude, et maman n'a rien dit.

Après quelques tours de manivelle, « cette satanée Peugeot » a fini par repartir, et Apolline a caressé du bout des doigts le cuir fatigué de la banquette arrière pour demander pardon à cette pauvre voiture. Papa s'acharne sur elle alors qu'on a tant besoin d'elle ! C'est un peu devenu leur maison, maintenant, vu le temps qu'ils y passent. Apolline a l'impression de connaître par cœur les moindres détails de l'espace qu'elle occupe sur la banquette, juste derrière maman. Comme pour son baigneur, elle identifie les yeux fermés les petits fils qui dépassent, les éraflures, le cuir craquelé, les rayures sur la vitre froide... Elle en vient presque à l'aimer, ce petit coin usé rien qu'à elle.

Et quand elle voit ce qui les attend dehors, elle se dit une fois de plus qu'ils sont bien mieux à l'intérieur.

— Seigneur, souffle maman. C'est... c'est abominable...

— Maman, couine Gaspard, pourquoi la ville est toute cassée ?

— Je... je ne sais pas, mon chéri.

— C'est encore à cause des avions des Boches ?

Personne ne lui répond. Papa et maman restent sans voix devant le spectacle de désolation qui s'offre à eux.

La voiture peine à avancer dans les décombres des rues, au milieu de moignons de murs noircis et de façades éventrées qui révèlent au monde l'intimité de foyers dévastés.

— Ça vient d'arriver, murmure Henri. Ils n'ont même pas eu le temps de déblayer les rues principales…

Apolline ne sait pas quoi faire de tout cela. Comme lorsque Léon leur a révélé des vérités qu'ils ne pouvaient entendre, la vision de toutes ces maisons détruites la submerge, renverse tous ses repères. Alors, elle se raccroche à de petites choses, à des détails qu'elle reconnaît dans le chaos, et qui lui prouvent que ces endroits appartiennent à des gens comme eux, même si plus rien n'a l'air de se trouver au bon endroit.

Cette chaise renversée au milieu de la rue ressemble beaucoup à celles de leur cuisine, et ce rideau qui flotte dans le vent, là-haut, il est de la même couleur que ceux du salon de tante Suzanne. Apolline essaie de se souvenir du terme approprié. *Lilas*. Tante Suzanne râle et rit en même temps quand on lui parle de ses rideaux violets. « Lilas, c'est plus chic ! » Elle rit beaucoup, tante Suzanne. Bien plus que maman. Leurs yeux sont de la même couleur, comme le ciel du nord, mais ceux de maman pétillent beaucoup moins.

Et puis, soudain, Apolline aperçoit un baigneur au milieu des gravats. Le même que le sien, ou presque. À qui appartient-il ? À une petite fille qui serait sûrement triste de le voir ainsi, couché dans la poussière, tout sale et abîmé. De loin, on dirait qu'il lui manque un bras, peut-être même une jambe. Elle n'ose pas demander à papa de s'arrêter, et sa gorge se serre à n'en plus finir, jusqu'à ce qu'elle soit obligée de laisser ses larmes couler pour pouvoir respirer. Où est la petite fille à qui appartient ce baigneur ? Qu'est-il arrivé à tous ces gens ? Ces pauvres gens qui n'ont plus de maison ?

— Maman, murmure alors Gaspard, est-ce que c'est pareil chez nous ? Tu crois que Mitsou s'est caché à la cave ? Ils vont lui faire peur, ces avions qui cassent tout…

26

— Vous devriez pas rester ici. Partez, allez plus bas. Filez tant que vous pouvez, ça va recommencer…

— Dis pas ça, Jeannot. Ils ont déjà tout détruit. Qu'est-ce qu'il leur faut de plus ?

— Ils vont nous envahir. C'est la prochaine étape. Partez, j'vous dis.

Henri observe le couple de personnes âgées qui vient de prononcer ces paroles. La pluie de bombes qui s'est abattue sur leur ville trois jours auparavant a ravagé leur quartier, et ils errent sur l'ancien emplacement de leur maison comme des malheureux à la recherche d'une relique, une trace de leurs affaires personnelles. Ils ont tout perdu. Leurs mains et leur visage noircis, leurs vêtements sales et poussiéreux, leur voix atone sont à la hauteur de leur désarroi.

Tous ces civils hébétés qui fouillent les décombres et parcourent les ruines en quête de proches disparus ne peuvent être d'aucune aide pour les nouveaux réfugiés. *Ce sont eux, plutôt, qui auraient besoin d'être soutenus,* songe tristement Henri.

Est-ce qu'Armentières aussi a été réduite en poussière ? Pour la première fois depuis leur départ en catastrophe, il envisage sérieusement cette possibilité et se félicite d'avoir pris la route, même si l'avancée allemande est telle que les risques encourus chaque jour sont presque aussi grands que s'ils étaient restés sur place, finalement.

— C'était affreux, reprend alors le vieux monsieur, les yeux agrandis par l'horreur. Pour rien au monde je voudrais revivre un enfer pareil. Ça pleuvait, de neuf heures du matin jusqu'à six heures du soir… Il y a eu cinq vagues de bombardements, vous imaginez ?

— Des bombes incendiaires ! le coupe sa femme. Ils ont mis le feu partout !

— J'ai compté au moins trente avions en rase-motte quand on est allés se mettre à l'abri. Des escadrilles entières qui venaient semer la mort chez nous…

— Si vous saviez ce que ça nous a fait, de voir notre belle église Saint-Gilles en flammes, c'était…

— … c'était la fin du monde.

— Oui. La fin du monde.

Henri cherche une phrase réconfortante en réponse, mais le couple ne le regarde même plus. Tels des fantômes, ces survivants sidérés repartent, le dos courbé vers les ruines de leur vie, dans un silence lourd qui en dit long sur leur désorientation.

Remettant sa casquette, Henri remonte dans la voiture. Il ignore si les enfants ont entendu cet échange, mais Jeanne le regarde avec de grands yeux apeurés. Elle pense sûrement à la même chose que lui : qu'en est-il de leur propre maison ? Il secoue la tête. Ça ne sert à rien d'y penser maintenant. En attendant, ils n'ont presque plus d'essence, et Jeanne aussi sait ce que cela signifie. C'est presque aussi grave que de manquer d'eau ou de nourriture. Mais où en trouver dans ce champ de ruines ?

— Il faut sortir de la ville… Enfin, ce qu'il en reste, soupire-t-il. Il n'y a plus rien, ici. Ni eau, ni gaz, ni électricité… Le temps qu'ils déblaient, on sera déjà loin.

— À condition qu'on trouve de l'essence, répond Jeanne.

— À moins d'un miracle, je ne pense pas qu'il reste une pompe en état de marche par ici. Et les dernières ont dû être réquisitionnées, de toute manière. On va faire comme la première fois, s'arrêter chez un paysan au bord de la route. Ce sont les seuls à avoir encore quelques réserves.

— Et si la voiture tombe en panne avant ?

— Eh bien, je partirai à pied tout seul, et je finirai bien par trouver un bidon ou deux ! Fais-moi confiance, d'accord ? On va s'en sortir.

Henri pose une main rassurante sur le genou de Jeanne. Elle tressaille à ce contact. Depuis qu'ils sont entrés dans Abbeville, tous les quatre sont sidérés, horrifiés par l'ampleur des dégâts. Jeanne et Henri n'ont jamais vu de leur vie un spectacle aussi désolant que la dévastation de toutes ces maisons qui, avant d'être rasées, ressemblaient sûrement à la leur. Malgré les récits de leurs parents et leurs souvenirs d'enfance, c'est maintenant qu'ils réalisent vraiment ce que signifie vivre dans un pays en guerre.

— Maman, s'inquiète Apolline, pourquoi on les aide pas ?

— Leur maison est toute cassée, répète Gaspard. Pire que celle d'Auguste.

Gaspard ne sait plus trop s'il veut toujours être pilote d'avion, dans ces conditions. Il ne sait plus grand-chose, à vrai dire. Hormis la présence de papa et maman à l'intérieur de cette voiture, plus rien ne lui semble normal, dans sa vie. Quand c'était le bazar dans le ciel, il pouvait encore essayer de l'oublier, mais maintenant que le bazar est partout, il ne sait plus quoi penser. Sur le coup, même l'école lui semblerait préférable, c'est dire si tout va de travers !

Car il n'aime pas trop aller en classe, Gaspard, c'est le moins qu'on puisse dire. Le maître est si ennuyeux ! Il parle pendant des heures, et il lui paraît vieux, avec sa moustache courte, ses sourcils en broussaille et sa veste élimée aux coudes. On dirait qu'il est toujours fâché contre quelque chose ou quelqu'un. Il n'est pas si méchant que ça, pourtant. Gaspard aimerait bien le revoir, juste pour retrouver ses habitudes, les petites contraintes qui, mine de rien, structurent les heures en leur donnant une forme, un début et une fin, plutôt que ces longues journées molles où jamais aucune cloche ne vient les libérer de leur ennui.

Se tenir bien droit, ne pas se balancer ni faire grincer son banc, faire attention à son plumier… Même l'odeur de la craie lui manque, ainsi que celle du poêle à charbon et de l'encre violette qui tache le bout de ses doigts. Pour un peu, il demanderait presque à Apolline de lui faire la classe, comme elle le fait avec ses poupées, alors qu'à la maison, il se moque d'elle quand elle le lui propose. Tracer des ronds bien fermés ou repasser sur des pointillés en tirant la langue avec application ne l'intéresse pas vraiment, mais remettre un peu d'ordre dans un quotidien auquel il ne comprend plus rien, si.

Papa roule tout doucement pour économiser l'essence. Il lui explique que c'est un peu comme le lait de Mitsou, celui qui lui permet d'avancer. Ça l'étonne, Gaspard, que papa lui reparle de son chat. Le souvenir de la marque rouge sur sa cuisse est encore bien présent, aussi se garde-t-il de lui répondre, même s'il faut reconnaître que, depuis cet événement, papa fait de gros efforts pour être gentil avec tout le monde.

C'est toujours ça de pris.

27

Vallée de la Bresle, 23 mai 1940

Et voilà. Il fallait bien que ça arrive. Après avoir brouté pendant quelques mètres, la Peugeot finit par caler en haut d'une montée. Henri a juste le temps de se ranger sur le bas-côté quand le moteur s'éteint, laissant un silence plein s'installer dans l'habitacle. Gaspard se redresse aussitôt, rempli d'espoir.

— On est arrivés ?

— Non, mon fils, soupire papa. On est en panne.

— La voiture a bu tout son lait ?

Henri sourit malgré lui.

— Oui, voilà. Tu as compris. Je vais devoir aller en chercher si on veut repartir.

— Je viens avec toi !

— Non ! C'est hors de question. Toi, tu… tu dois rester avec les filles, pour les protéger, d'accord ? Quand je ne suis pas là, c'est toi l'homme de la maison.

Apolline hausse les épaules d'un petit air méprisant, mais papa lui fait les gros yeux. Il veut à tout prix rattraper son mauvais geste du matin, et il aimerait bien que Gaspard se montre raisonnable sans qu'il soit obligé de crier.

— D'accord, finit par concéder Gaspard. Mais tu reviens vite, alors !

— C'est promis.

Henri se tourne ensuite vers Jeanne, dont le menton se met à trembler. Elle va vraiment devoir rester toute seule ici, au milieu de nulle part, jusqu'à son retour ? Sans même avoir la certitude qu'il trouve un bidon d'essence pour les dépanner ? Et si les avions revenaient ? Et s'il se faisait tuer sans qu'ils en sachent rien ? Et si…

Une multitude de questions muettes agrandissent ses yeux. Henri lui fait signe de sortir de la voiture et demande aux enfants d'attendre bien sagement à l'intérieur. Comme Jeanne lui paraît frêle à ce moment-là, si vulnérable… Il observe son front abîmé, ses yeux cernés, ses vêtements défraîchis, et il s'en veut d'éprouver un sentiment de hâte à l'idée de partir, mais ils n'ont pas le choix ! Autrement, c'est à pied qu'ils devront poursuivre leur route, et, vu la vitesse à laquelle progressent les Allemands, ils se feront rattraper en un rien de temps. Il la prend maladroitement dans ses bras.

— Je te promets de faire au plus vite.

— Tu seras de retour avant la nuit ?

— Je l'espère. Ça dépendra de ce que je vais trouver. Peut-être que je devrai m'éloigner un peu…

Il lance un regard alentour, mais la visibilité est restreinte. La vallée est longue, encaissée, entrecoupée de petites routes sinueuses, de chemins en contrebas et de talus boisés qui découpent l'espace et empêchent de distinguer d'éventuelles fermes en retrait dans la campagne.

Le flux des réfugiés a changé, par ici. Il est désormais irrégulier, fragmenté, et n'empêche plus les véhicules de circuler. Des grappes de gens silencieux surgissent au détour d'un chemin, seuls ou en famille, beaucoup moins chargés qu'au départ d'Armentières. Les chaussures sont usées, les visages fatigués, et les rares chevaux peinent à tirer des charrettes lentes et isolées. Parfois, de longues minutes s'écoulent sans que personne ne passe.

Henri pointe du doigt un muret en pierres et baisse la voix en l'indiquant à Jeanne, « au cas où ». Il n'a pas besoin d'en dire plus. Il vérifie le contenu de son portefeuille, enfile sa veste et se penche une dernière fois vers les enfants.

— Soyez bien sages avec maman ! Gaspard, je compte sur toi !

— Oui, papa ! répondent-ils en chœur.

Henri se redresse, attendri par la vision de ces deux têtes blondes qui lui ressemblent tant, puis il se rapproche de Jeanne et encadre son visage de ses mains.

— J'y vais. Fais bien attention à toi.

— Toi aussi, Henri.

Elle plante ses grands yeux gris dans les siens. Il hésite une seconde, puis effleure le coin de sa bouche d'un baiser rapide. Sa barbe de deux jours lui pique les lèvres. Elle se retient de ne pas pleurer en le voyant partir. Que vont-ils devenir, s'il ne trouve pas d'essence ? Elle aimerait tant éloigner les siens de ces villes bombardées et de cette menace incessante venue du ciel, les préserver de la faim, de la soif, de cette fatigue lancinante qui lui donne envie de fermer les yeux, là, maintenant, et de s'allonger dans l'herbe jusqu'au retour d'Henri…

— Maman ?

— Oui, mes chéris, je suis là.

— On peut sortir de la voiture ?

— J'ai envie de faire pipi !

— Venez. Mais ne vous éloignez pas. Je dois toujours vous voir, c'est bien compris ?

— Promis !

Les deux enfants ne se le font pas dire deux fois. Enfermés depuis le matin, ils bondissent hors de l'habitacle et galopent vers les arbres les plus proches pour aller faire leurs besoins. *Ils sont en train de se transformer en vrais enfants sauvages, ma parole !* En même temps, qui pourrait le leur reprocher ? Leur vie ne ressemble plus à rien depuis qu'ils sillonnent les routes. Cela ne fait que cinq jours, pourtant, mais Jeanne a l'impression qu'ils sont partis depuis une éternité. Son existence tranquille à la maison lui paraît si loin…

Jusqu'où vont-ils aller ainsi ? Après avoir quitté Abbeville, traumatisés par la vision d'horreur de cette ville fantôme transformée en vaste champ de ruines par les bombes, Henri et Jeanne ont évoqué pour la première fois leur destination finale, celle où ils pourraient se mettre à l'abri jusqu'à la fin de la guerre, ou au moins jusqu'à ce que le nord de la France ne soit plus la cible de tous ces bombardements meurtriers. Jusqu'ici, ils caressaient l'espoir de regagner Armentières au plus vite, le temps que l'armée française se ressaisisse et repousse les blindés allemands avec l'aide des Alliés. Mais force est de constater que les circonstances ne leur sont pas favorables…

Tant que la situation est aussi instable, le plus raisonnable est de descendre le plus au sud possible. Comme la plupart des réfugiés, ils ont donc décidé de traverser la Normandie et, s'ils le peuvent, de pousser jusqu'en Loire-Atlantique. Là-bas, il leur faudra trouver un logement et sans doute travailler : leurs économies ne suffiront pas à les faire vivre aussi longtemps.

Désemparée par l'absence d'Henri, Jeanne en profite pour faire l'inventaire de leurs restes de nourriture : deux œufs durs, un morceau de pain rassis sur les bords, de la tomme au goût fort qu'ils mâchonnent en grimaçant, et un morceau de sucre enveloppé dans du papier que lui a glissé Germaine au moment du départ, « pour les enfants ». Elle le garde de côté en cas de coup dur.

En tout cas, même s'ils sont mal nourris, Gaspard et Apolline ne manquent pas d'énergie ! Jeanne les observe courir à en perdre haleine dans le petit champ qui jouxte la route, sans but, en écartant les bras et en sautant par-dessus les mottes de terre comme si le monde leur appartenait. Après avoir fini leur course, ils reviennent vers elle l'œil brillant, le cheveu fou, les ailes du nez luisant d'une transpiration fine. Essoufflés et heureux, pleinement dans l'instant présent.

Comme elle les envie ! Les odeurs de campagne, de terre et d'herbe sèche qu'ils ramènent dans leurs vêtements crasseux lui rappellent les dimanches de son enfance, quand elle courait comme eux à travers champs, tandis que les grands jasaient à n'en plus finir sur l'état du monde, à moitié allongés sur des couvertures et lourds de ce statut d'adulte qu'elle ne leur enviait pas.

Elle aimait tant cette insouciance et les fous rires qu'elle partageait avec Suzanne, cette petite sœur si joyeuse dont elle envie encore la gaieté et que ses propres enfants adorent, à juste titre. Suzanne vit à Roubaix, mais elle a rejoint sa belle-famille en Normandie depuis que Lucien, son mari, a été mobilisé comme réserviste, du côté de la Sarre. Pourvu qu'il ne leur arrive rien… Dès qu'elle le pourra, Jeanne lui écrira, pour lui donner une adresse et recevoir enfin de ses nouvelles.

Suzanne prétend toujours que tout va bien pour elle, quelles que soient les circonstances, mais n'est-ce pas une manière élégante d'éviter de regarder en face ses propres difficultés ? À vingt-sept ans, elle en a sûrement assez de son rôle d'éternelle petite sœur… Jeanne n'est pas dupe. Malgré le bonheur presque indécent qu'elle affiche avec son Lucien, dont elle est tombée amoureuse « folle », selon ses propres termes, quand elle avait à peine seize ans, un autre manque ronge sa vie. Un manque qu'elle a toujours pris soin de taire, par pudeur envers la souffrance intense et le deuil de sa grande sœur, qui a eu le malheur de perdre son premier bébé…

Suzanne a beau connaître finement les « choses de l'amour », depuis toutes ces années, elle ne parvient pas à tomber enceinte. Elle se félicitait en riant de cette absence de mioche, au début de son mariage, mais elle était si jeune que tout le monde comprenait… Et puis, le temps a passé, et le ventre de Suzanne ne s'arrondit toujours pas.

Quand Jeanne a mis au monde Apolline, Suzanne avait vingt ans, et elle ne semblait pas pressée de pouponner à son tour. À la naissance de Gaspard, elle s'attardait déjà un peu plus sur la bouille si attendrissante du nouveau-né, sur ses petites mains, sur ses pieds minuscules… Elle insistait pour le changer, pour le câliner, choses qui jusque-là la laissaient indifférente. Un basculement ténu, mais certain, commençait à s'opérer.

Et, depuis, Jeanne surprend régulièrement une lueur nostalgique dans les prunelles de Suzanne lorsqu'elle s'extasie sur la croissance de ses neveux et nièces… Il faut bien la connaître pour s'en rendre compte, car elle n'en parle jamais, mais Suzanne souffre du manque d'enfant et de la peur de ne jamais en avoir à son tour. Cela arrive dans toutes les familles, des femmes stériles qui ne parviennent pas à tomber enceintes, et les mauvaises langues ne se privent pas de les pointer du doigt. Pourtant, à part brûler des cierges à l'église, que peut-on y faire ? Dans le cas de Suzanne, ce n'est sûrement pas à cause d'un évitement du devoir conjugal, vu les confidences qu'elle fait parfois à Jeanne et qui la font rougir jusqu'aux oreilles…

C'est comme ça. Il faut « faire avec », une fois de plus. Ou bien sans ?

28

Henri marche vite. Ses longues foulées lui permettent de dépasser rapidement plusieurs groupes de réfugiés. Personne ne lui pose de questions. À ce stade, plus que les angoisses ou la fatigue lancinante, seule compte la survie. On vit au jour le jour, heure par heure, même. Où passera-t-on la nuit ? Que va-t-on manger ? Les avions vont-ils croiser notre route ? Les priorités sont immédiates, urgentes, vitales. Comme ce bidon d'essence qui devient tout d'un coup indispensable pour Henri, le point cardinal de sa quête.

Pour la première fois depuis leur départ précipité, il réalise que le printemps est là, neuf et indécent. Des herbes hautes accrochent le bas de son pantalon ; les feuilles des arbres sont jeunes et claires ; l'air sent la terre tiède et le fumier. Il ne perçoit rien de tout cela lorsqu'il conduit, concentré sur la route et enfermé dans cette Peugeot qui pue l'essence et l'huile de moteur… Malgré sa nervosité, ces sensations lui procurent une vraie bouffée de liberté.

Oui, reconnaît-il, c'est bon de marcher sans entraves, à son rythme, sans devoir se préoccuper d'une épouse inquiète et d'enfants inconséquents. C'est bon de respirer l'air de la campagne et de se dégourdir les jambes, c'est bon de se sentir utile et de partir seul. Oui, seul. S'il avait été mobilisé, c'est ce qu'il aurait ressenti, non ? Du moins, au début. Les rares soldats français qu'ils croisent ne transpirent pas l'esprit de conquête ni l'amitié virile dont il rêve en secret certains soirs mélancoliques, mais ils sont à leur place, eux, au moins. Ils ne sont pas en déroute en compagnie des femmes, des mioches et des vieillards. Ils agissent pour la France, ils se battent.

Vraiment ? souffle en lui une petite voix discordante. Souviens-toi du récit des anciens, de ce que certains d'entre eux sont devenus… Des ombres fantomatiques, comme le père de Jeanne. Est-ce que ça ne serait pas plutôt le petit garçon en toi qui a envie d'être admiré, de voir briller les yeux de ceux que tu aimes, dans une quête éperdue de reconnaissance, celle que tu n'as pas reçue de la part de ton père ? Ce père mort en héros, idéalisé, parti trop tôt… Ce père qui n'avait peut-être aucune envie de servir de chair à canon sur le Chemin des Dames ni de participer à cette folie meurtrière qu'était la Grande Guerre… Ça, c'est la légende familiale qui le raconte, celle dont tout le monde s'est convaincu, et à laquelle tu as adhéré, faute de pouvoir te construire autrement. Parce que c'est plus facile et rassurant de penser que ton père avait ce genre de valeurs, et que sa mort n'a pas servi à rien.

En attendant, c'est toi, Henri, qui marche à grandes enjambées sur cette route, c'est toi dont la tête tourne lorsque tu te demandes, ivre de cette soudaine et intense liberté, si tu ne vas pas continuer jusqu'à la prochaine gendarmerie pour t'engager sur un coup de tête. *Et planter ta femme et tes mômes au bord de la route ? Un homme digne de ce nom ne ferait jamais ça, tu le sais bien…*

Tu rages, tu cours presque, tu envoies bouler des cailloux avec tes pieds loin devant toi. Cet exode brutal et insensé te met la tête à l'envers, comme s'il rebattait toutes les cartes. Au départ d'Armentières, tu ignorais que cette gêne diffuse des derniers mois se transformerait en un véritable sentiment d'imposture. Tu te sens mal. Quelle qu'en soit la raison, tu ne te sens pas à ta place, et cette sensation ne fait que s'aggraver au fil des jours.

Dans la posture qui est la tienne, il suffirait de peu de choses – une rencontre, une opportunité quelconque – pour te convaincre de renoncer à ton statut de fuyard et de prendre les armes. Juste pour respirer un peu mieux. Mais personne ne se montre, et ta détresse se mue en un sentiment confus de trahison envers ta femme. « Je te promets de faire au plus vite ». Ce sont tes mots. Ceux que tu as prononcé les yeux dans les yeux avec Jeanne, voici une heure à peine. Et pourtant… Si tu commences à te montrer injuste avec eux – tu repenses à la claque injustifiée sur la cuisse de Gaspard –, ne vaudrait-il pas mieux être honnête, aller au bout de ce projet et faire les choses correctement, en commençant par en parler à Jeanne ?

Happé par son monologue intérieur, Henri ne remarque pas tout de suite l'herbe couchée, la présence incongrue de vêtements au milieu du talus, les chaussures… Il retient sa respiration. Sous les vêtements se trouvent des corps. Inertes, blêmes, étendus là presque par hasard, comme s'ils s'étaient endormis sur place après avoir trop marché. Les pauvres gens ont été surpris en pleine déroute quand les avions ont mitraillé. Ils ont juste eu le temps de quitter la route, mais pas celui de se mettre à l'abri. En levant la tête, Henri aperçoit une autre rangée de corps un peu plus loin. Des larmes de rage lui piquent les yeux. Que croient-ils, les Fridolins ? Qu'ils peuvent venir massacrer nos femmes et nos enfants sans défense et s'en tirer à si bon compte ? Ils vont voir de quel bois il se chauffe… Il va leur montrer, à ces sales Schleus…

Un merle s'envole, un autre se met à chanter. La vie continue, la nature reprend ses droits. *Faut pas se décourager*, scande Henri en se forçant à détourner le regard du champ de morts. *C'est ce qu'ils veulent, qu'on lâche tout, qu'on abandonne… Je leur donnerai pas ce plaisir.*

Galvanisé par la colère et par cette nouvelle résolution qui fait de lui un homme neuf malgré toutes ces horreurs, Henri redouble d'énergie. Il décide de faire confiance à son instinct, et, au lieu de suivre la route, il se met à couper à travers champs. Ses chaussures sont maculées de boue lorsqu'il aperçoit enfin une ferme de taille modeste derrière un bosquet, perdue au milieu de nulle part. Enfin !

Le jour décline. Jeanne doit se faire un sang d'encre, mais il a choisi de ne pas tenir compte de sa promesse de revenir avant la nuit. Il ne rejoindra les siens que lorsqu'il aura trouvé de l'essence, quitte à partir durant plusieurs jours d'affilée s'il le faut.

Rien n'indique cependant que la maison basse agrémentée d'une petite grange à l'arrière et d'une simple cour en terre battue pourra lui fournir ce qu'il cherche. Des aboiements le tranquillisent sur le fait que les bâtiments sont habités, de même que la présence d'outils abandonnés de part et d'autre, comme s'ils venaient tout juste d'être utilisés. Mais la propriété n'est vraiment pas grande, et l'absence de machines agricoles ne rassure pas Henri.

Soudain, un homme âgé, aux épaules larges, apparait dans la cour. Il porte une casquette enfoncée sur les yeux et son air peu engageant se renfrogne encore lorsqu'il aperçoit l'intrus auquel son chien fait pourtant la fête. Henri se penche pour caresser la bête machinalement, puis hèle le fermier.

— Bonjour ! Pardon pour le dérangement, je viens de la route et ma voiture est en panne.

— Et alors ?

— Eh bien, si vous aviez un peu d'essence… J'ai de quoi payer, rajoute-t-il aussitôt.

L'autre hésite. *C'est bon signe*, pense Henri. *S'il n'en avait pas, il m'aurait déjà rembarré.*

— J'ai pas d'essence à vendre.

— Pas même deux ou trois litres ? J'ai fait plusieurs kilomètres pour arriver jusqu'ici, ma femme et mes enfants m'attendent dans la voiture…

— Ils ont quel âge, vos mômes ?

— Cinq et sept ans.

— Sont p'tits, bougonne le paysan.

Henri perçoit alors un début d'intérêt chez son interlocuteur, comme si le simple fait d'avoir une famille rendait soudain digne de confiance cet inconnu surgi de nulle part. Ou peut-être est-ce le même élan de solidarité que chez ceux qui les ont hébergés, cette part d'humanité qui permet d'y croire encore, malgré les atrocités en cours ?

— Et vous comptez aller où, comme ça ?

— On aimerait descendre jusqu'à Lisieux, avec sûrement une étape à Neufchâtel. Ça dépendra de ce qu'on y trouve, quand on voit ce qui reste d'Abbeville…

— Ça vous fait pas mal de route. J'vais voir ce que j'peux faire. Bougez pas.

— Tant que vous y êtes, ose Henri, si vous avez du pain, du beurre, ce genre de choses…

La ferme étant reculée dans les terres, ce paysan ne doit pas être très sollicité par les réfugiés, autant en profiter. Le brave homme revient les bras chargés de provisions et d'un bidon d'essence plein. Sous ses airs bourrus et son accueil d'ours mal léché, il se montre d'une générosité qui réchauffe le cœur d'Henri. Jeanne va être si soulagée !

Au poids du bidon, il estime son contenu à environ une dizaine de litres, ce qui peut suffire pour atteindre Neufchâtel-en-Bray, même s'ils doivent à nouveau rouler au pas. Le sac de nourriture contient du pain, un morceau de lard salé et un quart de fromage fermier. C'est plus qu'Henri n'en espérait, à ce stade. Il a eu raison de prendre des risques, de quitter les axes principaux. Son instinct est bon, il doit s'y fier. Il se promet de ne pas l'oublier, la prochaine fois qu'il croisera des soldats français en déroute. Quel qu'en soit le prix à payer, il s'engagera. Il en a besoin pour continuer à marcher la tête haute.

29

Bon sang, ce bidon pèse tellement lourd !

Henri change encore une fois de main pour soulager la tension de ses muscles raidis par l'effort. Après plusieurs kilomètres à trébucher dans les champs, il rejoint la route avec plaisir. Le crissement de ses pas sur le goudron creusé d'ornières résonne dans le calme épais de la nuit. Il distingue quelques silhouettes dans le noir, des feux de camp brillant ici et là, et il se hâte pour retrouver les siens au plus vite. Jeanne doit avoir peur, toute seule avec les enfants. Ils se sont probablement enfermés dans la voiture, et il se réjouit d'avance à l'idée de les revoir, chargé de victuailles et du précieux carburant. Il imagine déjà la tête de Gaspard en découvrant le lard salé…

La lune est maintenant haute dans le ciel. Même s'il est encore trop loin pour pouvoir la distinguer, Henri commence à chercher l'emplacement où il avait garé la voiture. Il a de très bons yeux, et un sens de l'orientation aiguisé. Malgré le fait qu'il effectue le trajet en sens inverse dans une obscurité quasi totale, il est certain d'être presque arrivé. Il reconnaît le virage serré suivi d'un faux plat, la silhouette d'un grand chêne isolé près d'un alignement de tilleuls dont les branches bruissent dans la brise, et cette odeur d'herbe écrasée, plus forte qu'ailleurs. Plus qu'une vingtaine de mètres et il pourra distinguer les reflets de la carrosserie de la Peugeot, un peu en retrait par rapport à la route.

Le lourd bidon glisse entre ses doigts. Il change une dernière fois de mains. Allez ! Encore un petit effort, et ils pourront s'offrir un repas bien mérité. Ils vont à nouveau devoir passer la nuit dans la voiture, mais ils commencent à avoir l'habitude… Vivement qu'ils puissent se stabiliser quelque part, le plus loin possible de la ligne de front. Il a hâte de mettre Jeanne et les enfants à l'abri. En ce qui le concerne, une fois cette première mission accomplie, il pourra enfin remplir la deuxième : demander sa mobilisation. Cette fois-ci, il en est certain, il ne reculera pas.

Tout en préparant ses arguments afin de ne pas laisser à Jeanne la possibilité d'infléchir son choix, un sixième sens lui fait écarquiller les yeux dans le noir. Il a beau scruter l'obscurité, il ne parvient pas à distinguer la forme longue de la Peugeot à l'endroit où il pensait l'avoir garée. Le virage, le chêne, les tilleuls… Tous les repères sont pourtant bien en place. Il n'aurait tout de même pas confondu cet emplacement avec un autre ? Non, même au niveau de la distance parcourue, tout correspond. C'est ici que devrait se trouver la voiture.

Un frisson glacé parcourt l'échine d'Henri. Il prend tout à coup conscience des longues heures où il a laissé sa femme et ses enfants tout seuls au bord de la route, une route peu sûre, sillonnée par des civils désespérés et des soldats aux abois, menacée par les bombardements… Il n'a pourtant rien entendu lors de son périple, pas un seul sifflement, ni aucun signe d'une quelconque attaque aérienne. Tout cela n'a pas de sens.

Le cœur battant à tout rompre, il franchit en courant les derniers mètres qui le séparent de l'emplacement où la Peugeot aurait dû se trouver. Il lâche le bidon d'essence dans l'herbe et pose le sac de nourriture à ses pieds. Abasourdi par l'incongruité de la situation, il tente encore de se persuader qu'il s'est trompé, que la voiture se trouve garée un peu plus loin, que la fatigue et l'obscurité l'induisent en erreur, mais il remarque alors une petite forme couchée dans l'herbe.

Pétrifié d'angoisse, il s'en rapproche à pas prudents. C'est le baigneur d'Apolline. Que fait-il ici ? Henri le ramasse en tremblant. Malheureusement, il ne s'était pas trompé, la voiture était bien là, Jeanne et les enfants aussi.

Où sont-ils ? Que leur est-il arrivé ? Comme un fou, il court au bord du champ à la recherche d'autres indices, mais il n'y a rien ni personne. Il hurle.

— Jeanne ! Gaspard ! Apolline !

Seul le silence de la nuit lui répond.

Ils ont disparu.

30

Henri serre la poupée d'Apolline contre son torse en s'efforçant de contenir la panique ignoble qui monte en lui comme une eau trouble. Il ressent une peur gluante, physique, semblable à celle qu'il avait éprouvée quand le médecin avait confirmé le diagnostic définitif de la sage-femme devant les lèvres bleues de Marguerite.

Est-ce qu'il va les perdre, eux aussi ?

Obnubilé par sa quête, malgré les corps étendus croisés sur sa route qui auraient dû lui rappeler le danger omniprésent, à aucun moment il n'a envisagé que Jeanne et les enfants puissent à leur tour se trouver menacés sans lui. L'inquiétude de sa femme est telle qu'il passe son temps à la rassurer sans vraiment croire qu'elle soit fondée. Or, les faits sont là, et plus les minutes s'écoulent, plus sa peur devient vertigineuse, insoutenable.

Après avoir arpenté les quelques mètres environnants où ils auraient pu se cacher, Henri doit se rendre à l'évidence : ils ne sont pas là. Il psalmodie leurs prénoms à voix basse pour se donner du courage, comme si cela pouvait les faire apparaître devant lui. Son cerveau épuisé tourne à vide. Sidéré par la violence de l'absence, il ne parvient pas à trouver le moindre début d'explication. S'il y avait eu une nouvelle attaque, il aurait entendu le bruit des moteurs, même à plusieurs kilomètres de là, non ? Et puis, même si Jeanne avait fui pour y échapper, cela ne justifie toujours pas la disparition de la voiture. Il serre la clé dans le fond de sa poche. Un homme aguerri peut très bien la démarrer en reliant les deux fils d'allumage avant de lancer la manivelle, cela n'a rien d'extraordinaire. Mais pas Jeanne.

Essoufflé, il scrute l'obscurité à la recherche d'un feu, de n'importe quel signe de présence humaine, de gens qui pourraient lui parler, lui fournir des indications sur ce qui est arrivé à sa famille. Au détour d'un virage, son cœur se met à battre follement. Cet éclat luisant dans la nuit, c'est le reflet de la carrosserie d'une voiture ! *Sa* voiture ? Mais que ferait-elle là, à des dizaines de mètres de l'endroit où il l'a laissée ? Il se rapproche encore, en plissant les yeux pour tenter d'y voir plus clair.

— Que cherchez-vous ?

La voix, claire et distinguée, se veut menaçante. Henri se tourne vers elle et voit briller le canon d'une arme sous un rayon de lune. Il lève aussitôt les mains en signe d'apaisement. La voix reprend, hostile.

— Que portez-vous dans vos bras ?

— Une… poupée. C'est celle de ma fille. Je cherche ma famille. J'ai cru un instant que cette voiture était la mienne, dans le noir.

Henri se rend vite compte de son erreur. Cette magnifique Traction Avant n'a rien de commun avec la vieille Peugeot 201 qu'il donnerait pourtant tout pour retrouver.

— Alors, passez votre chemin.

L'homme ne plaisante pas. Il a l'air d'avoir l'habitude de donner des ordres, ne peut s'empêcher de penser Henri. En jetant un œil rapide à l'intérieur de son véhicule, il y décèle les marques d'une situation aisée et d'un patrimoine que son propriétaire a tout intérêt à protéger. D'où l'arme qu'il tient encore en joue contre lui…

— Je ne suis pas un voleur. Comme je vous l'ai dit, je suis un père de famille, j'ai besoin d'aide… Je suis parti en début d'après-midi en laissant ma femme et mes deux enfants dans la voiture pour aller chercher de l'essence, on était en panne. Je viens de revenir et… la voiture a disparu ! J'ignore où ils sont !

Sans doute réceptif à l'accent de détresse dans le son de sa voix, l'homme baisse enfin son arme.

— Mon pauvre vieux, souffle-t-il. Vous n'auriez jamais dû les laisser seuls. Vous savez pourtant à quel point les véhicules sont rares et… recherchés ? Je ne m'éloigne pas du mien, et je ne me défais jamais non plus de mon pistolet, comme vous pouvez le constater. Même si je ne compte m'en servir qu'en ultime recours, cela suffit pour éloigner les malfrats.

Le notable continue d'examiner Henri avec une curiosité d'entomologiste. Une femme entre deux âges apparaît à ses côtés, raide et silencieuse. Elle le fixe à son tour, tandis qu'un autre homme s'affaire dans le coffre de la Traction. À son accent, Henri comprend qu'il s'agit de leur domestique ou de leur chauffeur.

— Tout va bien, m'sieur Edouard ?

— Oui, André. Ne vous inquiétez pas. Ce monsieur cherche sa famille. Ils étaient encore ici cet après-midi. Vous n'auriez pas une idée pour l'aider ?

— Pour ça, non, m'sieur Edouard. Vu le nombre de pauv'bougres qui ont tout perdu ces jours-ci…

Ledit André se redresse, une main sur les reins. Il est bien plus âgé que le couple propriétaire de la Traction.

— À vot'place, j'irais d'ce côté-ci. C'est par là que sont installés la plupart des réfugiés pour la nuit.

Il indique un emplacement où l'on distingue encore plusieurs feux scintillant dans l'obscurité de la plaine. Henri acquiesce, la gorge serrée.

— Une dernière chose… Est-ce qu'il y a eu des attaques, cet après-midi ? J'étais loin, je n'ai rien entendu, mais…

Le vieux domestique ricane.

— On peut dire ça, oui. Mais pas celles auxquelles on s'attendait.

— Un conseil, mon ami, coupe le notable, armez-vous. Et ne laissez plus vos proches sans défense. Si vous saviez tout ce qu'on voit depuis notre départ de Lille…

Henri hoche la tête, abasourdi. Évidemment ! Sa naïveté lui a peut-être fait croire que leurs seuls ennemis se trouvaient de l'autre côté de la frontière, ou aux commandes d'avions aux ailes en forme de « W »… Mais le danger vient aussi de l'intérieur, manifestement. La nature humaine est universellement fourbe, mesquine, veule. C'est ce que cet Edouard lui signifie en pointant sa négligence. Par les temps qui courent, certains n'hésitent pas à profiter de la situation pour s'en prendre aux plus faibles, aux plus démunis d'entre eux…

Certes, avec leur voiture, ils ne faisaient pas partie de ceux-là, au contraire, même. Quel appât il a tendu sans le vouloir ! Par ignorance, avec une candeur inacceptable, encore une fois, Henri a jeté sa femme et ses enfants dans la gueule du loup. Même sans les plateaux d'argent ou autres mallettes précieuses qu'il a aperçus dans la voiture d'Edouard, n'importe quel véhicule à moteur représente une richesse incommensurable, presque le symbole de la survie au regard des cadavres étendus sur le bord des routes, que personne ne prend plus la peine de recouvrir… Tous ceux qui n'ont pas pu fuir à temps.

Lui, il avait le moyen d'échapper à tout ça, et il l'a gâché. Tout comme la fois où il n'a pas pensé à vérifier qu'ils dormaient quasiment sur la voie ferrée dans la petite maison du garde-barrière, il a pris le risque d'exposer sa famille à la convoitise de réfugiés usés par la route et prêts à tout pour se soustraire aux attaques. Après cet entretien avec le propriétaire de la Traction, plus avisé que lui, il en est maintenant convaincu : la voiture a été volée, et Dieu sait ce qu'il est advenu de Jeanne et des enfants.

31

Vallée de la Bresle, 24 mai 1940

Jeanne frissonne. Pourtant, la nuit est plutôt douce en cette fin mai. Elle rapproche ses mains du petit feu dont les dernières braises s'étiolent. Comme s'il voulait la protéger en anesthésiant ses sensations, son corps entier est comme pris dans la glace. Elle est parvenue à accomplir quelques gestes machinaux pour permettre à Apolline et Gaspard de s'endormir malgré le choc qu'ils ont tous ressenti. Maintenant qu'elle n'est plus obligée de faire semblant, elle se laisse dériver tout entière dans le souvenir d'images qu'elle préfèrerait pourtant oublier à jamais.

— Vous voulez une couverture en plus ? J'ai trouvé ça !

Sans attendre sa réponse, cette femme presque aussi âgée que sa mère lui lâche sur les épaules un plaid lourd et rêche qui sent les écuries. Jeanne n'a pas la force de refuser. Elle remercie sa bienfaitrice d'un hochement de tête, soulagée par cette présence humaine discrète dont elle ne parvient pas à s'éloigner, au lieu d'aller guetter Henri sur la route. Ses deux enfants endormis, elle se sent incapable de les laisser seuls, même sous la surveillance de cette brave femme. Pas après ce qui leur est arrivé.

Une fois le calme revenu, elle serre ses genoux contre sa poitrine et pose son menton dessus en contemplant les cendres rougeoyantes à ses pieds. La nuit est si claire que c'en est inquiétant. Elle a entendu les soldats en parler, tout à l'heure. « C'est un temps à se faire bombarder… » Les soldats. Ces hommes providentiels en qui elle plaçait toute sa confiance… Ces héros en uniforme auxquels son petit Gaspard s'identifie, que son mari rêve en secret de rejoindre, même s'il ne l'avoue pas. Tu parles ! Ceux qui ont croisé sa route n'avaient rien des grands hommes dont on lui rebattait les oreilles lorsqu'elle était petite… Ceux-là étaient violents, vulgaires et agressifs. Écœurants. Elle ressent encore l'haleine fétide de celui qui s'est attardé près d'elle, à la fin. Une puanteur mêlée de tabac et d'alcool, sans parler des relents de sueur qui l'ont fait suffoquer quand il s'est penché sur elle…

— Jeanne !

Enfin, une voix familière. Elle redresse la tête vers Henri, mais ne trouve même pas la force de se lever pour l'accueillir. Ce n'est que lorsqu'il s'accroupit auprès d'elle et l'enlace en tremblant qu'elle parvient à relâcher un peu de la pression qui enserrait sa nuque comme un étau depuis plusieurs heures. Il la bombarde de questions, s'inquiète des enfants, veut savoir ce qui est arrivé à la voiture… La voiture ! Évidemment. La seule mission qu'il lui avait confiée, finalement, c'était de garder ce bien précieux jusqu'à ce qu'il revienne. Et elle avait échoué. Elle le regarde sans le voir.

Partagée entre un sentiment de culpabilité diffus, une colère intense et le soulagement de l'avoir enfin à ses côtés, elle se met à pleurer.

— Pourquoi es-tu parti si longtemps, Henri ? Pourquoi est-ce que tu m'as abandonnée ?

— Je te demande pardon… Je voulais tellement trouver de l'essence, je suis désolé. Mais je ne t'ai pas abandonnée, enfin ! Je suis là, maintenant. Je t'en prie, explique-moi ce qui est arrivé…

— Ils ont pris… ils ont pris la voiture…

— Mais qui ? Des réfugiés ?

— Des soldats français ! Ils étaient cinq ou six entassés dans un camion, ils avaient des réserves de carburant. Ils ont dit qu'ils en avaient besoin pour l'armée, qu'ils réquisitionnaient tous les véhicules… Les enfants ont eu très peur, alors je les ai confiés à cette dame, de l'autre côté de la route, et elle les a emmenés un peu plus loin pendant que je négociais avec eux…

— Que tu… négociais ?

— Ils ne voulaient pas que je trie nos affaires, ils voulaient partir le plus vite possible. Henri, ils… ils avaient bu. Je crois qu'ils étaient en train de s'enfuir, pas de retourner au combat…

La voix de Jeanne tremble. Elle fait une pause, comme vidée de son énergie vitale. Henri s'inquiète de sa pâleur, des cernes bleus qui marquent son visage, de sa blessure au front qui ne guérit pas. Son petit corps frêle lui semble si fragile, si vulnérable, tout à coup. On dirait presque un pantin désarticulé, une marionnette dont on aurait coupé les fils. Que lui est-il arrivé ?

— Ma chérie… Ces soldats… Ils… ils t'ont fait du mal ?

La respiration d'Henri se bloque. Il redoute sa réponse. Le regard de Jeanne se fige. Elle redresse imperceptiblement la tête.

— Quand je leur ai demandé de nous laisser tranquilles, l'un d'entre eux s'est montré agressif. Il m'a bousculée en m'accusant de ne pas vouloir contribuer à… l'effort de guerre.

Alors, je l'ai laissé faire. Ils sont partis avec la voiture, et toutes nos affaires dedans. Sauf cette valise, qu'ils ont jetée par terre pour se faire de la place.

La haine et le mal-être d'Henri montent encore d'un cran, mais il se contient par respect pour la détresse de sa femme. Il brandit devant lui le baigneur d'Apolline.

— J'ai au moins pu sauver ça…

Le visage de Jeanne s'éclaire fugitivement.

— Oh, c'est une bonne chose. Les enfants auront besoin de réconfort, à leur réveil.

— Et toi aussi. Tu as été très courageuse. Je ne me pardonnerai jamais de vous avoir laissés seuls.

Henri pose une main autour des épaules de Jeanne, mais, au lieu de s'abandonner contre lui comme elle le fait habituellement, il sent son dos se raidir. Ses larmes brillent à nouveau sous le clair de lune.

— Que va-t-on devenir ? murmure-t-elle. Cette voiture était notre dernier rempart contre l'anéantissement…

La gorge d'Henri se contracte.

De quelle forme d'anéantissement parle-t-elle, au juste ?

DEUXIÈME PARTIE

TERRE INCONNUE

1

Saint-Sébastien-sur-Loire, 17 juin 1940

« *En ces heures douloureuses, je pense aux malheureux réfugiés, qui, dans un dénuement extrême, sillonnent nos routes. Je leur exprime ma compassion et ma sollicitude. C'est le cœur serré que je vous dis aujourd'hui qu'il faut cesser le combat...* »

Le regard de Jeanne s'attarde sur le poste TSF en bois sombre, un peu massif, au vernis usé sur les arêtes. La voix métallique qui s'en échappe, légèrement déformée par les ondes, lui semble venue d'un autre temps, d'un autre monde. Et pourtant… Cette annonce du maréchal Pétain à la radio française est bien réelle. La guerre est finie. Les Allemands ont gagné.

Comme un écho à sa détresse intime, elle perçoit dans la voix chevrotante du Maréchal la reddition qui est la sienne. Un renoncement vaste et définitif. Un arrachement à l'existence qu'elle espérait malgré tout retrouver quand tout cela a commencé. En quelques mois, la vie qu'elle s'était reconstruite depuis la perte de Marguerite, soutenue chaque jour grâce à sa foi et à l'espoir de lendemains meilleurs, s'est de nouveau effondrée. Pour rien, puisque la France se soumet dans la précipitation à cet ennemi terrifiant qui sème la mort et la dévastation partout où il passe. Cela dit, Jeanne n'a pas attendu cette annonce officielle pour considérer qu'elle avait déjà tout perdu, ou presque. Sans l'avouer à personne, depuis cette agression par leurs propres soldats au cours d'une terrible nuit du mois de mai, elle se demande si elle n'a pas tout simplement perdu la foi.

Jeanne a toujours été profondément croyante. Imprégnée par la religion dès son plus jeune âge, elle s'est même demandé au début de son adolescence si elle n'entrerait pas au couvent un jour. Puis, les années passant, son mysticisme a évolué vers une foi plus discrète, plus intériorisée, mais omniprésente, comme si elle avait grandi et mûri au même rythme qu'elle. Avec l'âge, elle en a conservé des repères rassurants : un chapelet serré entre les doigts pour s'endormir, des prières machinales et de longues heures calmes passées sur les bancs durs de l'église. La présence de Dieu dans sa vie, les valeurs chrétiennes en boussoles du bien et du mal dans un univers qui manque parfois de sens… Tout cela lui est si familier, si évident qu'elle n'a jamais songé à le remettre en question.

Jusqu'à cette nuit du mois de mai dernier. Même au moment de la mort de Marguerite, il lui semble qu'elle n'y avait pas renoncé de cette façon. Sa foi s'était juste atténuée pendant quelques semaines, un peu comme une bougie dont la flamme faiblit, mais ne s'éteint pas. Or, ces temps-ci, Jeanne continue de réciter ses prières avant de s'endormir, par habitude, mais le cœur n'y est plus. Comme si un éteignoir géant venait de recouvrir son âme, et la France entière par la même occasion.

— Bon Dieu, souffle Armand Moreau, alors cette fois, ça y est. On a perdu.

Les trois hommes présents échangent un regard morne et incrédule. Comme s'ils ne parvenaient pas à y croire tout à fait. Ce n'est pas possible. Ça n'a pas pu aller aussi vite. Comment ils ont fait, les Fritz, pour vaincre notre armée réputée être la plus puissante du monde, sans rencontrer la moindre résistance ? On a peut-être perdu la première bataille, on a été surpris, voilà tout ! Mais la guerre !

— Peut-être que Michel reviendra, si c'est fini…

Angèle Moreau se signe. Armand et elle sont sans nouvelles de leur fils depuis plusieurs semaines, maintenant. C'est aussi pour cette raison qu'ils ont décidé d'ouvrir la ferme à des inconnus, et puis il fallait bien participer un peu à l'effort de guerre.

Madeleine, c'est pas pareil, elle est de la famille. Mais les autres, rien ne les obligeait à les accueillir. Si monsieur le maire n'avait pas insisté… Enfin, c'est fait maintenant, ça ne sert à rien de revenir là-dessus. Va savoir si la fin de la guerre ne va pas tous les faire repartir, d'ailleurs. Seulement, avec les beaux jours qui arrivent et tout le travail qu'il y a aux champs, ça serait embêtant, tout de même. Il faudrait de nouveau faire appel aux ouvriers espagnols… Ils ne sont pas méchants, mais ils ne comprennent pas bien le français, c'est pas pratique, sans compter les communistes qui se cachent parmi eux… Angèle ne sait pas trop pourquoi tout le monde se méfie d'eux, mais elle ne veut pas d'histoires. On en a bien assez comme ça.

— C'est à cause de Pétain, grogne Henri. Il est trop vieux pour prendre ce genre de décision. C'est une folie de capituler aussi vite !

Armand se lève et tourne le bouton du poste, dont le grésillement s'éteint dans un claquement sec. Une mouche bourdonne contre la vitre, soulignant le silence abattu qui règne dans la pièce. Henri se retient de ne pas laisser exploser sa rage, sa frustration de ne plus rien pouvoir faire. Si seulement il avait pu rejoindre la troupe, participer au dernier élan, pouvoir dire qu'il y était, lui aussi ! Jusqu'à cette annonce fatale de Pétain, il espérait jusqu'au bout contribuer à l'assaut désespéré de l'armée française pour repousser la progression de l'ennemi. Sans la présence de sa femme et ses enfants, c'est ce qu'il aurait fait.

Ils ont pourtant été sacrément exposés, sur toute cette portion de territoire parcourue sans la voiture, au gré de camions militaires qui ramassaient les civils en déroute. Entre les destructions préventives de ponts ou de rails, les combats de l'arrière-garde et les accrochages avec les unités chargées de couvrir la retraite, Henri rongeait son frein. Il aurait tant aimé intervenir, leur filer un coup de main, ralentir l'avancée de ces colonnes motorisées qui avaient envahi la moitié de la France en cinq jours à peine. C'était le dernier round, le baroud d'honneur. Et, une fois de plus, il n'a pas pu y participer.

Quand ils ont atterri à Saint-Sébastien, presque par hasard, parce que le dernier camion repartait vers Nantes et ne voulait plus transporter de civils, Henri a compris que Jeanne n'irait pas plus loin. Elle allait mal depuis qu'ils avaient perdu la voiture, leur ultime repère dans tout ce chaos. Elle ne mangeait plus, ne dormait plus, ne parlait presque plus… Henri attribuait cela au choc initial, mais les jours passaient et la situation ne s'améliorait pas. Par moments, son apathie lui rappelait même l'état dans lequel elle se trouvait après le décès de Marguerite…

Comment auraient-ils pu continuer, dans ces conditions ? Ils étaient déjà parvenus jusqu'à Nantes, c'était inespéré.

Alors, quand l'adjoint au maire de Saint-Sébastien-sur-Loire a promis aux réfugiés nouvellement arrivés qu'il leur trouverait un toit à condition qu'ils s'engagent en retour à travailler pour la commune et ses habitants, Henri n'a pas tergiversé. Les enfants étaient épuisés, ils étaient presque venus à bout de leurs économies, et Jeanne semblait prête à tout, pourvu qu'on cesse de prendre la route, encore et encore…

Juste avant cette dernière étape, ils avaient fait une halte de plusieurs jours à Lisieux chez un ami de Lucien, le mari de Suzanne, mais la ville à son tour avait subi les assauts des avions allemands. Après avoir dû se cacher sous un camion, faute d'un abri digne de ce nom, Henri avait décidé de repartir. À quoi bon être si loin de chez soi, s'ils n'y gagnaient pas davantage de sécurité ?

De ce point de vue là, les choses se sont améliorées depuis leur arrivée à Saint-Sébastien-sur-Loire. Certes, leur maison leur manque, et l'idée de s'installer ailleurs que chez eux, même temporairement, leur semble difficile. Mais, après les aléas et les dangers de la route, ils sont soulagés de retrouver un semblant de confort et de routine, et les petits repères qui se mettent doucement en place au fil des jours aident Jeanne à redonner du sens à ce quotidien mis à mal. Elle parle toujours aussi peu, mais Henri voit bien que quelque chose en elle se dénoue.

Au fond, la défaite annoncée par le maréchal Pétain n'est peut-être pas une mauvaise chose, après tout. Si elle amorce le début d'un retour à une vie normale, ce ne serait déjà pas si mal.

2

Les enfants chuchotent. La consternation des adultes se propage comme une onde grise jusqu'à la petite table où ils prennent leur repas. Malgré une furieuse envie de commenter ce qu'ils en ont capté, les plus âgés se contentent d'échanger des regards entendus que les petits essaient vainement de décrypter.

— Ils ont dit quoi ? chuchote Gaspard. Mon père a pas l'air content.

Émilienne hausse les épaules, comme d'habitude.

— Ils nous diront rien, de toute façon, bougonne-t-elle.

— Vous êtes bêtes, ou quoi ? Ça veut dire que la guerre est finie ! s'exclame Joseph d'une voix aigüe.

— On va pouvoir rentrer chez nous ? Je vais revoir Mitsou ?

Gaspard résiste tant bien que mal à l'envie d'interpeller sa mère. Elle est si triste, depuis qu'on leur a volé la voiture ! Pourtant, ils n'en ont plus besoin, maintenant qu'ils habitent ici. Papa a promis qu'on ne bougerait plus, sauf pour rentrer à Armentières. Comme elle lui semble loin, sa « vraie » maison, à Gaspard… Il pense de moins en moins à sa chambre, à ses soldats de plomb, au maître de mauvaise humeur… Les têtes de certains de ses camarades s'effacent même doucement de son souvenir, remplacées par celles des nouveaux, qu'il apprend à connaître un peu mieux chaque jour. Ils sont tous plus grands que lui, même si Germain, qui a six ans, semble plus petit. Le pauvre a perdu ses parents pendant l'exode, et il a tout le temps l'air ahuri, comme s'il se demandait ce qu'il faisait là. Claude, qui est le plus grand et le plus raisonnable, fait attention à Germain comme s'il était son petit frère, et il s'énerve contre Émilienne quand elle n'est pas gentille avec les petits. Pourtant, ils ont neuf ans tous les deux, mais Émilienne a toujours l'air d'être en colère contre tout le monde. Maman dit que c'est parce qu'elle n'a pas reçu assez d'amour de ses parents.

— Mangez, les mioches ! La soupe va refroidir ! tonne Madeleine.

Elle parle beaucoup, Madeleine. Elle crie souvent, aussi, mais elle ne fait pas peur, car ses yeux partent chacun d'un côté quand elle s'énerve, ce qui est plutôt déroutant. Du coup, au lieu de l'écouter, les enfants se moquent d'elle en l'imitant derrière son dos. Il paraît que c'est une nièce d'Armand qui n'a pas trouvé de mari. En vrai, tout le monde s'en fiche, de Madeleine. Elle est là, c'est tout.

Depuis un mois qu'ils ont quitté la maison, Gaspard et Apolline ont appris à ne plus poser de questions. Tant que papa et maman sont là, qu'ils ont un lit pour dormir, du pain sur la table et un toit au-dessus de leur tête, ça leur suffit. En plus, maintenant qu'ils ont de nouveaux copains et un maître qui leur fait la classe, leurs journées ressemblent enfin à quelque chose. Ils jouent, travaillent et aident à l'entretien des bêtes ou autres menus services adaptés à leur âge et à leurs capacités. Et tout ça leur convient parfaitement.

Bien entendu, la « classe » en question n'a rien à voir avec l'école d'Armentières, mais leur vie a tellement changé en si peu de temps qu'ils s'en amusent plutôt qu'autre chose. Les Moreau ont aménagé un coin de leur grange avec une longue table en bois sur laquelle ils s'installent pour travailler, et monsieur Colson a récupéré un chevalet sur lequel il a planté un bout de tableau noir pour les leçons. L'école du village est fermée depuis le début de l'invasion allemande, car l'institutrice et la directrice se sont enfuies dès les premières alertes. Aussi, le mois dernier, quand cet instituteur a débarqué de nulle part en demandant l'asile pour les enfants et lui, les choses se sont mises en place tout naturellement.

Ils sont sept en tout, âgés de cinq à neuf ans. Quatre garçons et trois filles. Gaspard et Apolline sont les seuls à avoir leurs parents auprès d'eux, et même s'ils ne s'en vantent pas, ils n'en sont pas peu fiers. Enfin, les seuls sauf Violette, qui habite la ferme voisine, mais la pauvre préfèrerait peut-être être orpheline. Elle passe tout son temps chez les Moreau, et pas seulement depuis qu'il y a un nouveau maître pour faire la classe aux enfants. « Cette pauv'gamine, je l'ai récupérée dans un état… Même pour s'occuper des bêtes, elle est mieux avec nous qu'avec sa folle de mère et tous ses frères et sœurs. Le Bon Dieu devrait pas donner autant d'enfants à des gens comme ça. Si c'est pas malheureux… » Depuis qu'Apolline a entendu la vieille Angèle parler ainsi de Violette à maman, elle fait tout pour être son amie. Elles ont le même âge, toutes les deux, et Violette lui rappelle son amie Colette, avec son nez mutin et ses grands yeux couleur de caramel brûlé. En dix jours, elles se sont apprivoisées jusqu'à obtenir la permission de dormir dans le même lit, les soirs où personne ne vient chercher Violette avant le couvre-feu, et ça arrive souvent.

Gaspard a failli prendre ombrage de cette amitié soudaine qui lui enlevait l'attention de sa sœur à un moment où ses propres repères volaient en éclats, mais il a vite compris qu'il avait plus intérêt à rester avec les garçons qu'avec les filles. Claude et Joseph sont si intéressants ! Il en profite pour apprendre des tas de choses nouvelles, comme avec monsieur Colson. Le nouveau maître est incroyable. Il vient de Paris. Gaspard pensait que tous les maîtres étaient comme celui d'Armentières : vieux, sévères et de mauvaise humeur. Mais celui-là est si différent ! Non seulement il est jeune, mais, en plus il rit, il fait des blagues, il invente de nouveaux jeux, il leur raconte des histoires extraordinaires pour faire passer le temps… C'est bien simple, avec lui, même les exercices les plus rébarbatifs semblent faciles !

Hier matin, Gaspard a appris une petite récitation par cœur sans même s'en rendre compte, alors qu'à la maison, il déteste ça. Et puis, surtout, monsieur Colson l'a emmené voir un secret… un secret si merveilleux que Gaspard en a encore le cœur tout retourné.

C'est vrai que les adultes font la tête depuis le discours ennuyeux de ce vieux papi à la radio, mais qu'est-ce qu'on s'en fiche après tout ! La seule chose qui compte pour Gaspard, qui se dépêche de finir sa soupe pour ne pas que Madeleine lui crie dans les oreilles, c'est d'aller vite retrouver le trésor que lui a montré monsieur Colson, en lui faisant promettre de ne pas y toucher et de ne rien dire aux autres. « Tu peux garder un secret ? » lui a-t-il demandé après avoir surpris Gaspard en train de pleurer sur un livre d'images dont le héros était un chat aux pattes blanches. « Oui. » « Alors, viens avec moi. »

Pendant que les autres finissaient leurs exercices, il l'a fait grimper à l'échelle au fond de la grange et lui a montré un petit espace sous un gros tas de foin. « Vas-y, jette un œil. Mais ne fais pas de bruit, surtout. » Dévoré par la curiosité, Gaspard s'est tordu le cou en laissant ses yeux s'habituer peu à peu à l'obscurité pour y découvrir le plus beau des spectacles. Cinq chatons minuscules en train de téter leur maman. Cinq chatons au poil mouillé qui venaient tout juste de naître, dont un noir et blanc avec le bout des pattes blanches. Comme son Mitsou.

Si ça, c'était pas un miracle…

3

Les vitres tremblent à peine. Jeanne pose sa main sur leur surface froide et lève les yeux vers le ciel. Combien de fois l'aura-t-elle imploré et craint, ce ciel auparavant prometteur de présences angéliques, désormais porteur de mort ?

Les bombardements sont lointains, il n'y a pas de menace directe. Pas encore. Elle n'en revient pas de s'être habituée à ces bruits épouvantables au point d'en évaluer la distance avec une précision croissante. Il y a quelques semaines à peine, elle aurait bondi dans un abri avec ses enfants sous le bras au moindre bourdonnement suspect, elle n'aurait même pas attendu l'alarme… Maintenant, elle les a tellement entendus, ces longs hululements lugubres, ces sifflements précédant l'attaque, ces tirs de mitraillettes et ces sourdes explosions, qu'elle sait doser son degré de panique. Elle s'adapte. Elle *fait avec.* A-t-elle vraiment le choix ?

— Si la guerre est finie, soupire-t-elle en laissant retomber le rideau devant la fenêtre, pourquoi est-ce qu'ils nous attaquent encore ?

Étendu sur le lit avec ses bottes, Henri hausse une épaule. Ces journées de labeur physique auquel il n'est pas habitué l'épuisent. Il se sent complètement déprimé, et la capitulation française annoncée à midi par Pétain a achevé de lui miner le moral.

— Tant que l'armistice n'est pas signé, les combats continuent. Et les Allemands avancent.

— Tu crois qu'on est encore en sécurité, ici ?

— Non, Jeanne. On est peut-être moins exposés qu'à Armentières, mais sans une vraie ligne de défense le long de la Loire, c'est pas beaucoup mieux.

Le cœur de Jeanne se serre. Habituellement, Henri tâche de la rassurer quand elle pose ce genre de questions, mais sa mine sombre la décourage. Elle n'ose même pas lui demander d'ôter ses bottes, alors que de petits fragments de terre commencent pourtant à souiller le couvre-lit.

Lorsqu'Armand a éteint le poste après le discours du Maréchal, Benoît Colson et Henri ont échangé quelques mots. Comme tout le monde ici, ils pensaient que la Loire les protégerait. Mais les deux hommes ont évoqué les bombardements récents des deux côtés du fleuve, les troupes françaises en déroute et l'avancée fulgurante des Allemands, qui, paraît-il, sont déjà aux portes de Nantes… Il faut se rendre à l'évidence : ils ne sont pas plus en sûreté ici que n'importe où ailleurs.

Le petit Joseph, d'une intelligence vive pour ses huit ans, s'est alors faufilé jusqu'à eux. « Ils vont passer la rivière, vous croyez ? » Monsieur Colson a répondu : « Et puis quoi encore ? Avec leurs grosses bottes et tout leur attirail, ces gros balourds risqueraient de s'y noyer, tu ne crois pas ? » Seule Madeleine a pouffé de rire, mais Jeanne est reconnaissante envers l'instituteur pour cette légèreté constante qu'il essaie d'afficher devant les enfants. Celle-là même qu'Henri lui reproche de vouloir à tout prix préserver, au vu des circonstances. Ils auront pourtant bien assez de toute leur vie pour découvrir la laideur du monde…

— Viens te coucher, ordonne Henri en jetant ses bottes loin de lui. Il est l'heure de dormir. Je suis fatigué.

Jeanne acquiesce, mais elle continue de traîner. Tout en tournant le dos à Henri, elle ouvre le haut de sa chemise pour se rafraîchir le cou et le visage à l'eau claire avec le morceau de savon qu'Angèle lui a donné. Elle défait son chignon en ôtant ses épingles une à une et passe ses doigts entre ses cheveux pour les discipliner. Avec dextérité, elle les noue ensuite pour la nuit en une longue natte brune. Elle sait qu'Henri aime ce rituel. Il en profite parfois pour venir lui prendre le peigne des mains et la coiffer doucement, en prélude à d'autres caresses plus appuyées.

Mais ce soir, comme tous les soirs depuis plusieurs semaines, elle se refuse à lui. Tout son corps se rétracte dès qu'il tente le moindre rapprochement. Il n'insiste pas. D'ailleurs, n'est-il pas déjà en train de ronfler ? Elle ne le blâme pas, car il ne ménage pas sa peine depuis qu'ils sont arrivés ici. Et maintenant que la fin de la guerre est annoncée, il s'agit plus que jamais de faire le gros dos jusqu'à ce qu'ils puissent rentrer chez eux.

Certes, ce travail paysan est dur, on ne peut pas faire semblant ! Du matin au soir, tout le monde est sur le pont. Mais, quel soulagement d'avoir enfin trouvé un endroit où se poser, un lieu relativement sûr où l'on est à peu près assuré de ne pas se faire dépouiller ni agresser durant son sommeil, où les enfants sont pris en charge, où tout le monde a droit à un vrai lit et à une nourriture chaude… Et, enfin, on a arrêté de fuir, fuir toujours plus, avaler les kilomètres en voiture, à pied, en charrette ou en camion… Les dix jours qui ont suivi le vol de la Peugeot dans la vallée de la Bresle ont été cauchemardesques. Jeanne s'en rappelle comme d'une période floue, mouvante, au point qu'avec le recul, elle n'est pas certaine de l'avoir réellement vécue. Il lui semble n'avoir repris ses esprits qu'à partir du moment où le dernier camion les a déposés ici, à Saint-Sébastien.

Les enfants s'y sont tout de suite sentis bien. Dès le premier soir, ils ont supplié leurs parents de ne pas repartir. Ils venaient de faire connaissance avec les autres enfants et c'était comme s'ils retrouvaient de l'oxygène après en avoir été longuement privés. À cet âge-là, on a tant besoin de ses semblables… En à peine un mois, Gaspard et Apolline ont été confrontés à tellement d'expériences traumatisantes, ils ont bien besoin de retrouver un peu de cette insouciance propre à l'enfance qu'ils n'auraient jamais dû quitter !

Les avions, les chemins mitraillés, les courses dans les fossés pour échapper à une mort imminente, les cris désespérés des blessés ou de leurs proches, les bombardements, les ruines, les cadavres au bord des routes… C'était trop. Beaucoup trop. Et encore, grâce à cette brave femme de l'autre côté de la route, ils n'avaient pas assisté à l'agression de leur mère, Dieu merci. Jeanne, par contre, n'a aucun moyen de l'oublier. Au mieux, elle peut faire comme si cela n'avait jamais eu lieu et l'enfouir au plus profond d'elle-même, là où sa conscience refuse de s'aventurer ; un endroit si sombre que même sa foi ne parvient plus à l'éclairer. Mais son inconscient le sait. Et lui n'oubliera jamais.

— Jeanne, qu'est-ce que tu fabriques ? Viens te coucher, répète Henri d'une voix à moitié endormie.

— J'arrive tout de suite.

Mais Jeanne patiente encore de longues minutes devant la cuvette d'eau tiède, le bout de sa natte entre ses doigts. Ce n'est que lorsqu'elle entend distinctement les ronflements de son mari qu'elle consent à venir s'allonger auprès de lui, en se glissant tout doucement entre les draps de façon à ne surtout pas le réveiller. Elle joint alors ses mains l'une contre l'autre et les presse de toutes ses forces pour convoquer l'apaisement qui ne vient plus malgré la litanie qu'elle entonne dans sa tête, comme chaque soir depuis l'enfance.

Notre Père qui êtes aux cieux,
Que votre nom soit sanctifié,
Que votre règne arrive,
Que votre volonté soit faite, sur la terre comme au ciel...

4

Saint-Sébastien-sur-Loire, 19 juin 1940

Il fait un temps merveilleux. Des insectes volettent dans l'air transparent, les rayons du soleil réchauffent les bras de Jeanne et un vent tiède se faufile sous sa jupe tandis qu'elle s'élance sur le petit chemin de terre d'un pas décidé. Ce matin, avant de s'habiller et de revêtir sa sempiternelle robe bleu marine en dessous du tablier qui couvre sa poitrine et ses hanches, elle a hésité.

Hier soir, juste après le dîner, Benoît Colson leur a proposé, à Madeleine et elle, de se joindre aux enfants pour une promenade sur les prés de la Loire, après la classe du matin. Madeleine connaît par cœur ces grandes prairies basses et humides bordées de saules, aussi a-t-elle décliné l'invitation. Jeanne, en revanche, y a vu l'opportunité de commencer à explorer les environs. Puisqu'ils sont là pour un moment, autant en profiter.

Pour l'occasion, elle a donc décidé de porter l'unique robe légère qui lui reste, rescapée de la valise que les soldats français ont épargnée. En l'enfilant, au réveil, elle a retrouvé des sensations presque oubliées. La caresse du tissu léger sur sa peau lui a aussitôt rappelé des matins clairs d'été, sans aucun autre souci que celui de savoir ce qu'elle servirait à ses enfants au déjeuner ou bien si elle parviendrait à livrer ses commandes à temps… Comme elle lui manque, sa machine à coudre ! Le métal tiède sous ses doigts, le va-et-vient de l'aiguille, le ronronnement rassurant qui emplissait soudain la pièce et qui rythmait ses journées… D'ailleurs, c'est elle qui a cousu cette robe de coton fin écru, à l'encolure sage et à la taille marquée. Elle se revoit penchée sur les boutons de nacre, concentrée sur l'alignement des points, en train de l'ajuster parfaitement à ses mesures. La robe est un peu large, aujourd'hui, le tissu ne suit plus ses formes comme avant, mais elle la met tout de même assez en valeur pour que Jeanne s'y sente bien. « Maman, tu es tellement belle ! » s'est exclamée Apolline en la voyant surgir dans la cour, une main sur les yeux pour se protéger du soleil. L'instituteur a souri, et Jeanne, pour la première fois depuis plusieurs semaines, s'est sentie le cœur léger.

Les garçons galopent sur le sentier à la recherche de trésors de guerre, tandis qu'Apolline et Violette sautillent gentiment en se tenant par la main. Émilienne boude, à la traîne.

— Allez, Mimi, l'encourage le maître. Tu ne peux pas être déjà fatiguée, la journée vient tout juste de commencer !

La gamine ralentit encore le pas en fronçant les sourcils.

— Il ne faut pas lui en vouloir, s'excuse-t-il à l'attention de Jeanne. Elle a un passé compliqué.

— Comme tous les autres, j'ai l'impression, non ?

— Effectivement. Et pourtant, si vous saviez comme ils sont courageux !

— Monsieur Colson…

— Benoît ! Appelez-moi Benoît, je vous en prie.

— Benoît, corrige Jeanne en rougissant, comment se fait-il que vous vous retrouviez en charge de tous ces pauvres enfants ? Je sais que vous venez de Paris…

— J'enseigne dans une école publique dans le treizième arrondissement. Je crois profondément que chacun doit avoir sa chance, vous voyez ? Mes classes sont chargées, mais ça ne m'a jamais empêché d'exercer ma mission. Alors, quand on a commencé à parler de transferts et d'évacuations d'enfants, je me suis porté volontaire. Je ne suis pas marié ni chargé de famille, c'était la moindre des choses que je pouvais faire.

— Maman ! Regarde ce qu'on a fait, avec Violette ! C'est pour toi !

Apolline tend à sa mère un charmant bouquet de fleurs sauvages et repart en courant vers son amie. Son bonheur simple et ses joues roses font plaisir à voir. En se retournant vers Émilienne, Jeanne surprend la fillette en train de singer Apolline dans une grimace moqueuse. Elle cesse aussitôt son manège, et Jeanne choisit de faire comme si elle n'avait rien vu en reprenant la conversation interrompue quelques secondes plus tôt.

— Vous vous êtes donc retrouvé à la tête d'une famille nombreuse du jour au lendemain, si je comprends bien ! taquine-t-elle l'instituteur.

— Oh, je n'ai pas cette prétention ! Ces enfants ne me prennent pas pour leur père, Dieu merci ! Je suis plutôt comme… un genre de tuteur, vous voyez ? Un repère dans la tourmente, quelqu'un qui prend soin d'eux en attendant que la vie reprenne son cours.

— Espérons que cela arrive un jour ! soupire Jeanne.

— Vous en doutez ?

— Oh, moi… Je n'espère plus grand-chose.

Jeanne s'attend à ce que Benoît la taquine à son tour, mais il prend un air grave, tout à coup.

— Ne perdez pas espoir, surtout, Jeanne. L'espoir, c'est la vie. Croyez-moi.

Elle tressaille et prétexte un moucheron dans son œil pour s'éloigner de quelques pas. Comment cet homme qu'elle connaît à peine peut-il voir clair en elle à ce point ? C'est sûrement un hasard. Par prudence, elle choisit de revenir en terrain neutre.

— Parlez-moi un peu plus de tous ces enfants. Enfin, si vous en avez le droit, bien entendu…

— Claude est un pupille de la Nation. Son père est décédé, sa mère est en sanatorium. Il est très sérieux, presque trop raisonnable, probablement à cause de toutes les responsabilités qui lui sont tombées dessus bien trop tôt. C'était mon meilleur élève, à Paris.

— Et Émilienne ? chuchote-t-elle pour ne pas être entendue de la fillette. Angèle m'a confié qu'elle était en placement temporaire ? Elle n'est donc pas orpheline ?

— C'est exact. Ses parents sont débordés par ses nombreux frères et sœurs, un peu comme la petite Violette. Cela donne des enfants négligés, malheureux, qui cherchent leur place… C'est triste. Mimi s'en sort en provoquant les adultes pour se faire remarquer. C'est toujours mieux que de se faire oublier. Mais elle aboie plus qu'elle ne mord, sourit-il.

— J'en suis certaine. C'est admirable, ce que vous faites pour eux.

— Oh, je le fais sûrement un peu pour moi aussi… C'est gratifiant, de soulager la détresse de ces mômes. Et puis, ils me le rendent bien, vous savez ! Bon, pas toujours comme je le voudrais, je le reconnais…

Il se penche à l'oreille de Jeanne pour lui confier la suite à voix basse.

— Le petit Germain, celui qui a perdu ses parents sur la route… Il n'était pas prévu au programme, celui-là d'ailleurs… Eh bien, il mouille son lit toutes les nuits ! Je ne sais plus quoi faire. Vous auriez une idée, par hasard ?

Jeanne se retient de ne pas rire. Il est si étonnant qu'un homme se préoccupe de ce genre de choses !

— Ne le grondez pas, surtout. Le pauvre chéri est déjà assez puni comme ça. N'en parlez pas non plus devant les autres, et ne le réveillez pas. Ce serait pire. Évitez de le faire boire au repas du soir, et… parlez-lui. Rassurez-le au moment du coucher, racontez-lui des histoires…

Benoît hoche la tête, ravi.

— Merci pour ces précieux conseils. Maintenant que vous le dites, c'est vrai qu'à partir du moment où la nuit tombe, il ne me lâche plus d'une semelle. Il est sûrement terrorisé.

— Vous pensez que ses parents sont morts ?

— Je n'en ai aucune idée, malheureusement. Si vous saviez le nombre d'enfants perdus sur les routes, depuis le début de l'exode… Je pense plutôt qu'il s'est égaré. C'est lui qui est venu vers moi, la présence des autres enfants a dû le mettre en confiance. Il m'a tout de suite dit qu'il s'était perdu et qu'il ne savait pas où étaient ses parents.

— Pauvre petit, soupire Jeanne. Est-ce qu'il a seulement une chance de les retrouver un jour ?

— Une fois que tout ira mieux, la Croix-Rouge mettra en place des relais pour les familles séparées. Je suis certain que tout va s'arranger, pour lui comme pour les autres. Vous verrez.

Ses yeux bruns lumineux plongent dans ceux de Jeanne, comme s'il voulait lui transmettre la force de ses convictions. *Pas étonnant que les enfants l'adorent*, songe-t-elle. *Il est si gentil.*

5

— N'approchez pas, on ne sait jamais !

Les garçons reculent, mais Violette tend sa main sans aucune crainte vers les naseaux du cheval.

— Faut pas avoir peur, monsieur ! Elle est gentille !

— C'est une fille ? demande Apolline en admirant l'audace de son amie.

— Bah oui, puisqu'elle a son bébé avec elle !

En se rapprochant de la barrière, Apolline distingue alors un poulain couleur café caché derrière les longues pattes de sa mère. La jument d'un joli brun doré hennit doucement à leur approche. Elle les contemple tour à tour de ses yeux tendres et humides, et hoche la tête de haut en bas comme pour les saluer.

— C'est dommage qu'on n'ait pas un croûton de pain à lui donner ! s'exclame Violette.

La petite fille d'ordinaire si craintive se sent pousser des ailes. Elle est la seule de leur groupe à connaître la campagne. La seule à avoir grandi dans ces pâturages, au milieu des animaux paisibles, bien plus prévisibles que les humains. L'appréhension de ses camarades l'amuse, on voit qu'ils viennent tous de la ville ! Même le maître et la jolie maman d'Apolline n'ont pas l'air si rassurés que ça. Quand la jument s'ébroue, ils sursautent tous en même temps et Violette éclate de rire.

— Tu te moques de nous, coquine ! souligne Benoît, ravi de voir la gamine se détendre.

Violette est celle qu'il connaît le moins, car elle n'a pas fait la route avec eux, mais il l'apprivoise peu à peu. Le soir où ils sont arrivés à la ferme des Moreau, elle était déjà là, silencieuse et discrète dans un coin de la cuisine, tel un renardeau apeuré. Benoît a mis deux jours avant d'entendre le son de sa voix, à tel point qu'il a fini par demander à Angèle si la petite était muette. Elle semblait fascinée par la présence de tous ces enfants inconnus. Quelques jours plus tard, quand Apolline lui a proposé de s'occuper avec elle de son baigneur, elles ne se sont plus quittées. Désormais mise en confiance, plus les jours passent, plus Violette s'ouvre et se dévoile.

Benoît se sert des connaissances de la gamine pour la mettre en valeur auprès des autres, pour lui donner une importance qu'elle pense ne pas mériter. Combien d'enfants s'étiolent ainsi en pensant qu'ils sont des bons à rien parce que leur famille les néglige… Ils font alors en sorte de correspondre à l'étiquette qu'on leur colle, et ils s'appliquent à devenir aussi transparents que possible, inexistants, insignifiants. Ou bien ils se rebellent, comme Émilienne, et se rendent insupportables pour l'entourage, ce qui est une autre façon d'exister. *« Puisque vous pensez que je ne vaux rien, autant vous donner raison ! »*

En tant que fils et petit-fils d'instituteur, Benoît Colson est fasciné depuis toujours par la question du déterminisme social et de l'égalité des chances. La transmission, l'enseignement, l'éducation sont au cœur de sa vie. Seuls des individus éclairés peuvent résister aux extrémismes, à la tentation de l'obscurantisme, tellement plus confortable que l'apprentissage de nouvelles théories ! L'ouverture d'esprit est la clé du progrès humain, la tolérance son moteur. Nulle société ne peut fonctionner si elle n'offre pas à chacun de ses membres l'opportunité d'y trouver sa place. Qu'elle soit à l'usine, dans les champs ou derrière un bureau, l'essentiel est d'avoir eu, à un moment donné, la possibilité de choisir. Et, selon lui, seule l'école de la République permet à ce choix d'exister.

Depuis son plus jeune âge, Violette engrange un savoir instinctif sur la nature, simplement en observant le monde et l'alternance des saisons. Or, un savoir laissé en friche expose à subir toute sa vie les injonctions de ceux qui en savent moins, mais qui en parlent mieux. C'est là que l'éducation prend tout son sens : apprendre, certes, mais surtout apprendre à penser, à raisonner, à se défendre. Donner aux enfants les outils nécessaires pour ne pas se laisser dominer ; voilà, pour Benoît Colson, l'accomplissement ultime de son métier d'enseignant.

— Dis-moi, Violette, tu penses qu'il est né quand, ce poulain ?

La petite répond du tac au tac.

— Y a pas longtemps, monsieur ! Hier, sûrement.

— Ah oui ? Pourquoi ?

Elle hausse les épaules, puis s'aperçoit que tous la regardent avec attention. Ils attendent sa réponse, même les grands. Même Joseph, qui répond toujours avant tout le monde. Violette rosit de plaisir.

— Parce que ses pattes tremblent encore. Ça va passer quand il aura tété.

— Il a peut-être froid ? questionne Apolline.

— Non, regarde, sa maman ne le lèche plus, ça veut dire qu'il est sec.

Tous acquiescent gravement. Même Émilienne semble intéressée par la « leçon », pour une fois. Mission accomplie, Benoît est satisfait.

Le poulain frotte son museau contre les jambes de sa mère pour attirer son attention, mais, soudain, celle-ci se fige. Ses douces oreilles qui suivaient les voix des enfants se tournent dans une autre direction. Seule Violette perçoit le changement. Les naseaux de la jument se dilatent et elle pousse un souffle bref, sonore, qui fait rire Apolline et Germain. Le poulain aussi a compris la montée de tension chez sa mère, et il se plaque instinctivement contre son flanc.

Émilienne interroge Violette.

— Qu'est-ce qu'elle a ? Elle a pas l'air contente.

— Comme toi ! se moque Joseph.

Mais avant que Mimi ait eu le temps de répliquer, une vibration dans le sol les fait tous tressaillir. *Pour une fois, ça vient pas du ciel,* pense Gaspard.

Jeanne et Benoît se rapprochent spontanément l'un de l'autre, en écran devant le petit groupe d'enfants. Au bout du chemin viennent d'apparaître des véhicules motorisés inconnus. Ils arrivent aussi vite que le permettent les ornières et les mottes de terre de l'accès boueux le long du pré et, bientôt, Jeanne distingue nettement la silhouette de deux hommes casqués à bord d'un side-car, précédant un camion bâché militaire. Des soldats.

D'un seul coup, le ciel auparavant si bleu se pare d'un voile gris. Le soleil ne brille plus pour elle. Sa respiration s'accélère, au point que Benoît, malgré son propre trouble, s'en aperçoit.

— Ça va aller, Jeanne. Ils ne vont rien nous faire. Reculez, les enfants !

Il les entraîne alors sur un petit monticule en retrait du chemin principal, tandis que les enfants assistent, médusés, à l'entrée dans leur village des premières colonnes de l'armée allemande.

6

Les visages sont jeunes, impénétrables, rasés de près. Par rapport à la crasse et aux uniformes ternis des derniers soldats français que Jeanne a croisés, elle est frappée par les équipements de ceux-ci, réglés au millimètre. Les canons des fusils, sanglés et portés haut, luisent dans le soleil, les casques sont ajustés, les lacets des bottes bien serrés. Ces hommes-là n'ont pas l'air d'avoir souffert. Ils arrivent en conquérants, et leur calme apparent est presque plus impressionnant que la violence des précédents bombardements.

Tandis que le convoi de camions défile devant eux, chargés de soldats qui ne leur lancent pas un regard, les enfants sortent peu à peu de leur réserve. Une fois le dernier véhicule passé, Gaspard s'élance sur le chemin pour les voir s'éloigner. L'un des soldats assis à l'arrière du camion lui adresse un petit signe en souriant, auquel Gaspard répond par mimétisme. Claude lui envoie aussitôt une pichenette sur le haut du crâne.

— Ça va pas ? Faut pas saluer l'ennemi, enfin !

Gaspard secoue ses cheveux blonds d'un air ingénu. L'ennemi ? Quel ennemi ?

— T'as pas compris ? intervient Joseph, soudain pâle comme s'il avait vu la mort en face. C'était des Boches !

— Ça s'peut pas ! proteste Gaspard, indigné. Les Boches, d'abord, ils ont des grosses têtes ! Et des avions qui font peur à tout le monde, dans le ciel !

— Puisque j'te dis que c'en était ! Hein, monsieur ?

Joseph prend le maître à témoin.

— Oui, tu as raison, Joseph. Mais ça ne sert à rien de s'énerver. Je propose qu'on rentre tranquillement à la ferme, c'est bientôt l'heure du déjeuner. Qui a faim ?

— Moi !

Ils répondent tous en chœur, sauf Émilienne. Une fois le moment de stupeur passé, ils ressentent tous un vif besoin d'exprimer leur étonnement et se coupent la parole les uns les autres.

— T'as vu ces fusils ?

— Ouais ! Et leurs camions ?

— Ils étaient énormes !

— Tu crois qu'ils sont méchants ?

— Oh oui ! Faut pas les embêter, à mon avis.

— Ils vont nous tirer dessus ?

— Mais non !

— Qu'est-ce qu'ils viennent faire ici, alors ?

— Ils viennent voler les affaires des Français ! C'est m'sieur Armand qui l'a dit !

— Moi, quand je serai grand, j'irai leur casser la figure !

— Vous croyez qu'ils ont fait du mal à mon papa et à ma maman ? intervient Germain d'une petite voix.

Tous les enfants regardent Claude. C'est lui qui rassure Germain, en temps normal.

— T'en fais pas, lui répond-il. Je suis sûr que tes parents vont bientôt venir te chercher.

— C'est dommage que t'aies pas fait comme le Petit Poucet, renchérit Gaspard. Tu les aurais pas perdus, au moins.

— C'est qui, le Petit Poucet ? interroge Violette.

— Je vais te raconter son histoire, répond Apolline. Je la connais par cœur. Il était une fois un bûcheron et une bûcheronne qui avaient sept garçons… Un soir, alors qu'il y avait beaucoup de misère dans le pays, le bûcheron a dit à sa femme qu'il ne voulait pas voir ses enfants mourir de faim et qu'il devait aller les perdre dans la forêt…

Tous écoutent le conte, fascinés. Benoît Colson sourit. L'orage est passé. Il aime particulièrement voir les enfants réguler ensemble leurs inquiétudes. Il n'y a pas à dire, malgré leurs différences d'âge et de statut, l'alchimie fonctionne entre eux. *Ils se respectent.* Les adultes feraient bien d'en prendre de la graine, surtout en ce moment.

Benoît essaie de faire bonne figure, mais il est inquiet. La présence de ce convoi militaire ennemi au beau milieu des champs, presque comme si de rien n'était, alors que retentissent encore au loin les éclats d'obscurs combats, tout cela ne lui inspire rien de bon. Il a entendu comme les autres le discours de Pétain, mais il refuse d'adhérer à ces paroles défaitistes. Dès son rattachement au service auxiliaire, au moment de la mobilisation générale, il a su qu'il tiendrait un rôle particulier dans cette guerre. Même s'il s'est retrouvé affecté à des missions civiles au lieu de finir sur le front, il n'en a pas moins son propre combat à mener. *Et les choses ne font que commencer…*

Au départ de Paris, il espérait pouvoir entraîner les enfants jusqu'en zone libre, mais jamais à ce moment-là il n'avait imaginé que les Allemands iraient si vite, si loin. Le havre de paix qu'il pensait avoir trouvé de ce côté-ci de la Loire ne sera en réalité qu'un repaire de plus pour les envahisseurs. Saint-

Sébastien-sur-Loire se retrouve en fin de compte en territoire occupé, et cette déconvenue fait écho à son immense déception du 17 juin.

Lui qui met un point d'honneur à enseigner la notion de responsabilité aux enfants, le respect de la parole donnée, il s'est senti trahi par les paroles du Maréchal. Alors que l'école est censée préparer des citoyens libres, voilà qu'il va falloir obéir aveuglément à des principes en lesquels on ne croit pas.

Le discours de Pétain, pour lui, n'a pas été autre chose qu'une trahison pédagogique. Sur le coup, il n'a rien laissé paraître de la colère qui a flambé dans sa poitrine, par respect pour Angèle qui espère le retour de son fils. Mais la lucidité douloureuse qui a suivi lui a fait comprendre avec plus d'acuité encore à quel point la renonciation est dangereuse. Malgré tout ce qui donne envie de baisser les bras, il faut continuer d'y croire.

Il était sincère avec Jeanne, tout à l'heure. L'espoir, c'est la vie. Et c'est tout ce qui leur reste.

7

Le retour à la ferme est morose. Malgré l'excitation des enfants et la douceur du soleil de midi sur ses épaules, quelque chose s'est éteint en Jeanne. Benoît Colson a senti instantanément son revirement d'humeur. Il a compris aussi que ses paroles rassurantes n'y changeraient rien. Sous ses dehors réservés, il perçoit chez elle une sensibilité à fleur de peau, une faille béante. *C'est au-delà de la peur*, songe-t-il en s'éloignant d'elle pour lui laisser le temps de se reprendre. *Cette jeune femme a l'air brisée de l'intérieur.*

Lorsqu'ils arrivent dans la cour, Gaspard se précipite vers la grange pour s'assurer que son petit protégé à quatre pattes va bien malgré la présence autour d'eux de tous ces vilains Boches. Décidément, il n'y comprend plus rien, à cette guerre. Entre les soldats français qui volent la voiture et ces Allemands qui se déguisent en gentils, comment s'y retrouver ?

Ils n'ont pas revu le convoi croisé durant la balade. Ces premiers soldats venus en éclaireurs vont vouloir prendre leurs marques avant de s'installer. Benoît frémit. S'installer où ? Ici, peut-être ? Il songe à l'école vide, qu'il espérait un temps réhabiliter. Ce sera sûrement le premier endroit qu'ils vont réquisitionner. Est-ce qu'il va réellement falloir cohabiter avec l'ennemi ? Comme si elle suivait le même chemin de pensées que lui, Jeanne le questionne avant d'aller annoncer la nouvelle aux autres.

— Vous pensez qu'ils vont rester ? chuchote-t-elle.

— J'en ai bien peur. Mais vous avez vu comme moi qu'ils n'étaient pas menaçants.

— Seigneur… Je n'oserai même plus aller à la messe.

— Vous n'irez pas seule.

— Non ! Je n'irai plus ! De toute manière…

Son regard fuit celui de l'instituteur. S'il pouvait cesser de la regarder ainsi, comme s'il sondait le fond de son âme…

— Jeanne, vous savez comme moi que tout cela est temporaire. Les enfants ont besoin de nous. On doit tenir pour eux, quoi qu'il en coûte.

— Oui, vous avez raison…

Il a su prononcer la seule parole qui ait encore du sens pour elle. Les enfants. Son unique raison de vivre.

— Allez, venez.

Il s'efface pour la laisser entrer dans la cuisine sombre où s'affaire Madeleine, sous la direction d'Angèle. Les piaillements des enfants ont déjà envahi l'espace et les deux femmes se tournent, incrédules, vers Jeanne et Benoît.

— C'est vrai ce qu'ils disent, les mioches ? Les Frisés sont à Saint-Sébastien ?

— Oui. On a croisé plusieurs camions sur le chemin des prés.

— Et nos hommes ? gronde Angèle. Quand est-ce qu'ils vont nous les rendre ? C'est bien beau de venir parader chez nous, mais, en attendant, mon Michel, je sais toujours pas où il est, ni s'il est mort ou vivant !

Jeanne frémit. Son cœur de mère comprend tellement Angèle ! Que viennent faire ici tous ces soldats étrangers, insolents de bonne santé, alors que les enfants du pays croupissent on ne sait où ? La rumeur enfle selon laquelle des dizaines d'entre eux auraient été faits prisonniers lors de la bataille de Dunkerque, mais le courrier fonctionne si mal que rien n'est confirmé.

Henri entre à son tour en se tenant les reins. Le fauchage et le retournement de l'herbe lui scient le dos, mais il ne peut tout de même pas se plaindre devant Armand, qui a presque le double de son âge ! En apprenant la mauvaise nouvelle, les deux hommes se crispent, chacun à leur manière. Le visage d'Armand se ferme face aux lamentations d'Angèle, tandis que celui d'Henri devient rouge de colère. Il lâche un juron sec entre ses dents, que personne ne comprend distinctement, mais son expression est sans équivoque. Jeanne lui adresse une supplique silencieuse. *« Pas devant les enfants... Contiens-toi, s'il te plaît... »*

Au même moment, Gaspard surgit dans la cuisine, catastrophé. Il hoquette et n'arrive pas à stopper les longs sanglots incontrôlables qui lui coupent la respiration. Jeanne se précipite vers lui.

— Qu'est-ce qu'il y a, mon chéri ? Tu as peur des Allemands ?

— N... non ! crie le petit garçon en pleurant de plus belle. Ils... ils ont disparu !

— Mais qui ? s'affole Jeanne. De quoi parles-tu ?

— Les petits chats ! Dans la grange !

— Bon Dieu, c'est pas vrai ! gronde Henri. Encore des histoires pour des stupides chats ? Mais qu'est-ce que tu as avec ces foutues bestioles ? Tu veux que je t'en colle une autre ?

Sans laisser le temps à Jeanne de s'interposer, il se penche vers Gaspard comme s'il voulait le frapper. Il n'est pourtant pas un homme à cogner ses mômes, bon sang, mais la réaction de son fils le rend fou ! Elle lui paraît tellement disproportionnée avec cette nouvelle qui lui met les nerfs à vif… L'intrusion des Boches dans leur paisible retraite le secoue plus qu'il ne l'aurait cru. Alors qu'il pensait enfin avoir trouvé le moyen de mettre sa famille à l'abri, voilà que de nouvelles questions l'assaillent. Faut-il reprendre la route ? Mais pour aller où ? Comment ? Avec quel argent ? Henri se sent plus que jamais dépendant des autres, de la bonne volonté du maire et de la générosité des Moreau, et cela lui est insupportable. Sa fierté d'homme est une fois de plus mise à mal. Et dire qu'il devra peut-être faire des courbettes aux envahisseurs, maintenant, et même s'estimer heureux s'ils ne l'embarquent pas dans un de leurs satanés camions pour aller moisir dans un camp de prisonniers au fin fond de l'Allemagne ! Alors, les chats, dans ces conditions, hein !

Jeanne pousse un petit cri, mais elle est trop loin de Gaspard pour empêcher son mari de le bousculer. C'est Benoît qui s'interpose. Il attrape Gaspard par l'épaule avant qu'Henri ne l'atteigne et le tire hors de portée.

— C'est de ma faute, je suis désolé. J'ai découvert une nichée de chatons dans la grange, et je la lui ai montrée.

— Oh ! Et nous ? râle Apolline derrière lui.

— La maman aurait eu peur si vous étiez tous venus.

— Ben, la maman du poulain, elle a pas eu p…

— Ça suffit ! crie Henri. C'est pas aux gosses de décider ! Et vous, n'allez pas encourager mon fils dans ses lubies, non plus !

— Henri ! proteste Jeanne.

Les deux hommes s'affrontent du regard, mais Benoît ne se sent pas en faute. Au lieu de s'excuser, il entraîne Gaspard dehors afin que tout le monde reprenne ses esprits.

— Allez, allez, souffle Angèle. C'est les Teutons qui nous mettent la tête à l'envers, j'vous l'dis ! Qui veut des pommes de terre ?

— Moi, moi !

Les enfants crient d'une seule voix.

— Alors, asseyez-vous pendant que Madeleine vous sert.

Ils s'installent à leur place le long des bancs, la fourchette en l'air. Angèle retient un sourire. Même si ça coûte cher, toutes ces bouches à nourrir, elle aime les voir ainsi, alignés comme autant d'oisillons affamés attendant leur pitance. Les joues rondes, les cheveux soyeux et les accents de voix aiguës lui rappellent son petit Michel au même âge… Toute cette jeunesse lui fait du bien, à elle qui aurait rêvé d'avoir une famille nombreuse. Mais elle a beau avoir brûlé des cierges à l'église, le Bon Dieu n'a jamais voulu lui donner qu'un seul enfant. C'est ainsi.

Pendant ce temps, Armand rejoint Benoît dehors. Le petit a peut-être une lubie, comme dit son père, il est quand même drôlement malheureux. Faudrait pas que ça tourne au vinaigre, cette histoire, sans compter que le Henri, il a l'air calme, comme ça, mais au fond de lui, ça bouillonne… Il le voit bien, Armand, quand ils travaillent ensemble et qu'Henri fauche l'herbe comme s'il voulait frapper quelqu'un. Ses gestes sont trop larges, et il ne s'arrête pas s'il heurte une pierre ou une motte de terre trop dure, au contraire, il cogne encore plus fort. C'est pour ça qu'il a mal au dos. Comme il l'a déjà dit à Angèle, cet Henri, il a la rage au corps. Et c'est pas bon, de tout garder à l'intérieur.

— J'les ai fait passer, articule-t-il à l'intention de Benoît.

Celui-ci se fige tout en attirant Gaspard contre lui.

— Tous ?

— Non, j'en ai laissé un à la mère, pour le lait, sinon elle deviendrait zinzin. Et puis, pour les souris aussi. Mais y en avait cinq ! J'avais pas l'choix…

Benoît lui fait signe de ne pas en dire plus.

— Tu entends, Gaspard ? Il reste un chaton quelque part. Si Armand est d'accord, ce sera ton chat, tant que tu vis ici.

— Oh pour ça, oui, j'suis d'accord ! confirme le fermier. Qu'est-ce que j'irais fiche avec un chat, bon diou d'bon diou !

Gaspard relève la tête, le visage radieux à travers ses dernières larmes.

— C'est vrai ? C'est bien vrai ?

— Mais oui, puisqu'on te le dit ! Tu n'auras plus qu'à lui trouver un nom et à l'apprivoiser, répond l'instituteur.

— Et les autres petits chats ? C'est les Boches qui les ont pris ?

Armand retourne s'asseoir, vexé. Être mis dans le même sac que les Frisés, même par un gamin, ça ne passe pas. Il préfère reporter son attention sur son assiette et ignorer l'ambiance glaciale de cet étrange déjeuner. Angèle est absorbée dans ses pensées, sûrement en train d'imaginer Michel perdu quelque part loin d'ici. Jeanne, les larmes aux yeux, touche à peine à son repas, tandis qu'Henri et Benoît s'ignorent. Seule Madeleine, pipelette comme à son habitude, trouve encore le moyen de jacasser. Certains jours, Armand regrette sincèrement l'atmosphère calme et sereine d'antan, quand ils n'étaient que deux et quelques saisonniers taiseux à leur table…

La vie était tout de même plus simple, en ce temps-là.

8

Jeanne plonge ses mains dans la terre sombre, encore fraîche en profondeur malgré la chaleur du jour. Elle s'est changée après le déjeuner ; sa jolie robe claire n'était pas adaptée aux travaux du potager. Elle aurait pourtant aimé la garder. Cela faisait si longtemps qu'elle ne s'était pas sentie aussi légère, presque insouciante, sous ce doux soleil de juin… Du moins, jusqu'à l'arrivée des soldats. Depuis, entre l'angoisse qu'elle a éprouvée à ce moment-là et l'altercation avec Henri juste avant le repas, son ventre est resté si noué qu'elle n'a rien pu avaler. Pourquoi s'en est-il encore pris à Gaspard ? Devant tout le monde, en plus !

Elle se redresse pour contempler les carrés de pommes de terre, dont les feuilles larges se touchent d'un rang à l'autre. Les sillons bien marqués, la terre remontée proprement au pied des plans la rassérènent. Elle poursuit le désherbage jusqu'aux tiges fines des haricots verts, qui s'enroulent sur elles-mêmes, puis tend la main vers une petite fleur blanche dont elle relève la corolle. Elle sursaute quand une ombre se superpose soudain à la sienne. La haute silhouette de Benoît Colson semble surgie de nulle part.

— Pardon, je ne voulais pas vous faire peur. Je peux vous donner un coup de main ? Les petits sont à la sieste et les grands aident Angèle à ranger les réserves.

— Ah bon ? Ce n'était pas prévu.

— L'arrivée des Allemands non plus. Ils vont sûrement faire l'inventaire des ressources du coin, alors si on peut éviter de leur donner trop de choses…

Il lui fait un clin d'œil afin de ne pas s'appesantir sur un sujet déjà difficile. Jeanne sourit. La présence de cet homme l'apaise, sans qu'elle sache trop bien pourquoi. Malgré le contexte éprouvant, il a l'art de rendre les choses graves plus légères, comme avec les enfants. Au moment où il se penche pour saisir une binette posée par terre, la cloche du village se met à résonner au loin. Aussitôt, Jeanne se fige. Le son plein et régulier, assourdi par la distance, n'a rien de normal à cette heure-ci.

— Ça ne peut pas être l'angélus, on est en plein après-midi, murmure Jeanne.

— Le curé ou le maire ont sûrement décidé de prévenir les habitants de l'arrivée des Allemands. Les gens risquent de paniquer.

Les coups espacés se prolongent comme un avertissement lugubre, jurant avec la gaieté estivale d'une nature en pleine explosion.

— Qu'est-ce qui se passe ?

— Vous voulez que j'aille voir ?

— Non ! Restez ici ! S'il vous plaît… Pardon, je suis trop émotive, mais nous avons vécu tant de catastrophes, ces derniers temps…

— Vous n'avez pas à vous excuser. Je comprends vos craintes, ne vous inquiétez pas.

Benoît Colson lui adresse un sourire plein, franc, qui dévoile ses belles dents blanches et creuse une fossette sur sa joue droite. Instantanément, l'anxiété de Jeanne baisse d'un cran. Au même moment, les tintements de la cloche cessent, et le discret bourdonnement des premiers insectes revient au premier plan, rassurant et familier. Les senteurs de terre chaude, d'herbe coupée et de fumier un peu ancien se mêlent à celles d'une peau tiédie par l'effort, de savon et de poussière, et Jeanne ne sait dire s'il s'agit de sa propre odeur ou d'effluves émanant du corps de l'instituteur, qui s'est remis au travail à côté d'elle. Il est bien plus efficace qu'elle.

— Où avez-vous appris à soigner la terre ainsi ?

— Quand j'étais petit, je passais mes vacances d'été chez mes grands-parents, dans le Perche. Ce n'était pas des paysans, mais à la campagne, tout le monde a son potager, pour ainsi dire…

— Que faisaient-ils ?

— Mon grand-père était instituteur, comme mon père d'ailleurs. C'est un virus familial, sourit Benoît.

— Un virus bien sympathique ! Vous avez donné le goût des récitations à mon fils, ce qui n'était pourtant pas gagné !

— Il est si sensible, votre petit Gaspard, sous ses dehors fanfarons…

Jeanne frémit, touchée en plein cœur.

— Mais oui ! C'est ce que j'essaie de faire comprendre à son père, mais… c'est compliqué. Je suis tellement désolée de la façon dont il vous a parlé, ce midi…

— Oh, ne vous faites pas de souci, c'est déjà oublié ! Si vous saviez combien certains parents sont pénibles ! Enfin, ce n'est pas ce que je voulais dire, excusez-moi…

Jeanne éclate de rire devant son air penaud.

— Vous ne me vexez pas, je vous assure !

Benoît penche la tête sur le côté, amusé. C'est la première fois qu'il entend le rire de Jeanne. Elle fait si jeune tout à coup, ses yeux pétillent comme si elle s'apprêtait à faire une bêtise. Il regrette un peu qu'elle se soit changée. Sa robe, ce matin, lui donnait un petit air de vacancière en goguette, et Dieu sait qu'ils ont besoin d'évasion, en ce moment…

— Je ne sais pas combien de temps nous resterons tous ici, poursuit-elle en reprenant le désherbage, mais c'est une grande chance pour nous de vous avoir trouvé sur notre route. Grâce à vous, les enfants apprennent en s'amusant, et surtout, ils oublient un peu toute la misère à laquelle nous avons été confrontés jusqu'ici… J'espère vraiment que le plus dur est derrière nous.

— Je le sais bien. Ils sont tous fragilisés, ces pauvres gamins. Je les ai à l'œil, mais je fais des bourdes, moi aussi, sans le vouloir… Cette histoire de chats, par exemple ! Si j'avais su qu'Armand s'apprêtait à les noyer, jamais je ne les aurais montrés à Gaspard ! C'est un peu de ma faute, votre mari n'a pas tort, finalement…

— Non, vous ne pouviez pas savoir. Gaspard est très affecté par la séparation avec notre chat, qui est resté à Armentières.

— Mitsou ?

— Oui, sourit Jeanne. Et Henri ne comprend pas son attachement à cet animal, pas plus que l'intérêt qu'il manifeste envers les autres…

— Et que j'ai encouragé sans le vouloir.

— Vous avez bien fait, s'insurge Jeanne. Moi aussi, j'aime les animaux ! Et je ne l'avoue pas à Henri, mais je m'inquiète aussi pour Mitsou, que nous avons abandonné du jour au lendemain. Je lui donnais les restes du lait du petit déjeuner tous les matins, la carcasse du poulet, le gras du jambon… Quand les enfants étaient à l'école, il restait près de moi, il me tenait compagnie, il me répondait quand je lui parlais… Il jouait avec les chutes de tissu de mes travaux de couture et… et…

Elle se met à pleurer, honteuse de se dévoiler ainsi devant cet homme qu'elle connaît à peine. Mais c'est comme si elle avait ouvert des vannes qu'elle ne parvient plus à refermer. En parlant de son chat, de sa maison et du cocon rassurant d'un quotidien peut-être perdu à jamais, elle réalise à quel point elle se sent comme une déracinée, combien l'exil lui pèse.

— Je suis désolée, hoquette-t-elle devant les plants de salade. Je ne vaux pas mieux que mon fils… mais lui n'a que cinq ans…

Touché, Benoît se rapproche de Jeanne et elle hume à nouveau cette odeur tiède et familière de peau propre et salée. C'était donc la sienne. Il pose son bras sur son épaule et la serre doucement contre lui.

— La sensibilité, ce n'est pas une question d'âge. Et je suis certain que votre Mitsou, c'est un peu l'arbre qui cache la forêt, non ? Qu'est-ce qui a bien pu se passer dans votre vie, Jeanne ? murmure-t-il tout contre ses cheveux.

Cette courte étreinte la fait vaciller. La voix douce de cet homme, ses paroles bienveillantes, ce contact inattendu et rapproché… Elle a si peu l'habitude que l'on fasse attention à elle, à ce qu'elle ressent vraiment derrière les couches de bienséance qu'on lui a appris à arborer en toutes circonstances. Sous ses dehors joviaux, Benoît la regarde réellement, comme s'il voyait au-delà des apparences. Il n'a pas besoin d'en dire plus.

Ils se remettent tous deux à désherber en silence. Un silence doux, habité, que rien ne vient troubler ni embarrasser. Pour la première fois depuis de longues semaines, sans qu'elle le sente arriver, un grand apaisement descend sur le cœur de Jeanne.

9

Saint-Sébastien-sur-Loire, 10 juillet 1940

Il a drôlement grandi, le petit Chaussette, en à peine trois semaines ! C'est Gaspard qui a trouvé son nom, grâce aux délimitations blanches bien marquées de son pelage sur ses pattes minuscules. Il passe des heures à l'observer dormir, téter et jouer. Sa mère s'est habituée à cette présence discrète. Elle accepte maintenant qu'il le caresse et le prenne dans ses bras quand elle s'absente. Malgré les températures qui ont grimpé d'un seul coup, Chaussette recherche toujours la chaleur de son contact, et Gaspard n'aime rien tant que sentir ce petit animal si doux se lover contre lui et s'endormir en toute confiance.

Tout en observant sa truffe rose et ses pattes aux griffes transparentes, il se sent important, responsable de son bien-être et de sa survie. Quand la maman revient, il s'écarte pour qu'elle reprenne sa place auprès de son bébé. Il a compris que les frères et sœurs de Chaussette ne reviendraient pas, mais il n'a pas envie d'en savoir plus. Tout comme les corps au bord des routes, ça fait partie des choses que son esprit n'assimile pas.

— Je peux venir ? chuchote une petite voix derrière Gaspard.

— Oui, mais ne fais pas de bruit. Ils font dodo.

Joseph se faufile à côté de lui sur le foin frais. Il entoure ses genoux sales entre ses bras et penche la tête sur le côté. Son visage renfrogné s'éclaire en découvrant Chaussette, blotti contre sa mère.

— Il est si petit ! s'exclame-t-il. T'as vu, on le confond avec sa maman, ils sont de la même couleur…

— Moi, je les confonds pas, crâne Gaspard. Je suis sa mam… son papa de remplacement !

Au lieu de se moquer de lui, comme il l'aurait sûrement fait auparavant, Joseph esquisse une moue découragée.

— Il en a de la chance, ce Chaussette, d'avoir une vraie maman et un faux papa. Moi, je suis comme Germain, j'ai plus rien du tout.

— Ah bon ? Mais ils sont où, tes parents ?

— Je sais pas.

Gaspard réfléchit. Cette réponse le laisse perplexe, parce qu'en temps normal, Joseph sait tout. Malgré ses huit ans, il est très malin, peut-être même encore plus que Claude. Il donne les bonnes réponses au maître si vite qu'Émilienne et Claude, pourtant les plus grands, n'ont même pas le temps de réfléchir, alors que Claude est très fort, lui aussi. Le maître n'arrête pas de dire que « ces enfants sont beaucoup trop intelligents » pour lui, mais, en vrai, Gaspard sait qu'il rigole. Les maîtres, ils adorent les bons élèves. Pas comme lui, même si monsieur Colson est vraiment très gentil et ne le punit presque jamais, contrairement au vieux maître râleur d'Armentières.

Il a l'air drôlement triste, Jojo. C'est la première fois qu'il vient se réfugier dans la cachette de Chaussette. Sans comprendre la détresse de son camarade, Gaspard lui propose de caresser le chaton quand il se réveillera. Joseph le remercie d'un sourire.

— Tu veux que je te dise un secret ?

— Oui.

— Tu jures de rien dire à personne ?

— Croix de bois, croix de fer, si je mens, je vais en enfer ! récite fièrement Gaspard.

— J'ai entendu Monsieur Colson parler avec Armand. Il lui a dit qu'ils allaient compter les juifs.

— Ah oui ? C'est quoi, un juif ?

— C'est des gens. Ils aiment les mêmes choses, et ils vivent ensemble. Comme une famille.

— Comme nous, alors ?

— Oui.

Gaspard se méfie des définitions approximatives. Depuis qu'il a vu le camion des Boches, il a compris que les choses étaient souvent bien plus compliquées qu'elles n'en avaient l'air. Au moins, avec les gros mots, on sait où on met les pieds.

— Alors moi, je suis juif aussi ? questionne-t-il.

— Toi, non. Mais moi, oui.

— Pourtant, on aime les mêmes choses, on vit ensemble et…

— C'est pas aussi simple, tranche Joseph.

— Ben moi, j'veux bien faire partie de ta famille, en tout cas !

Gaspard aime beaucoup Joseph. Il représente le grand frère qu'il aurait rêvé d'avoir à la place d'Apolline, les jours où celle-ci le chicane un peu trop. Et puis, non seulement c'est un champion de course, mais en plus, il grimpe aux arbres comme personne ! Rien que pour ça, il mérite son respect total.

— Moi aussi. Mais j'crois qu'il vaut mieux pas. Tu sais, c'est pour ça que mes parents m'ont fait quitter Paris. Peut-être que je pourrai pas rester ici non plus, d'ailleurs…

Alors là, ça change tout ! Ces histoires de juif, de famille, c'est une chose, mais que son Jojo s'en aille, c'en est une autre !

— Ah non ! Et pourquoi tu t'en irais ? On est bien, ici ! Armand et Angèle sont drôlement gentils. Même Madeleine, elle nous crie dessus, mais après elle nous donne des bonbons… T'en veux ?

Gaspard sort une petite masse sucrée et gluante de sa poche, qu'il tend vers Joseph. Celui-ci fait une moue écœurée.

— Berk, ils sont pleins de poils, tes bonbons ! Non, merci.

— C'est ceux de la maman de Chaussette, c'est rien.

Il enfourne aussitôt dans sa bouche le berlingot à la texture douteuse. C'était pourtant un beau cadeau.

— Regarde, elle se réveille ! s'exclame Joseph. T'as vu ça comme elle lèche son bébé ! En deux coups de langue, il est tout mouillé !

— Heureusement que nos mamans à nous font pas ça, note Gaspard d'une petite moue dégoûtée. Déjà que j'aime pas trop me laver…

— Pourtant, j'aimerais bien être à sa place.

— Elle te manque, ta maman ?

— Oh oui ! Monsieur Colson est chouette, mais c'est pas pareil.

— Dis, Jojo, tu crois qu'on pourra bientôt rentrer chez nous ? Je l'aime bien, Chaussette, mais c'est pas mon Mitsou.

— J'en sais rien. L'armistice est signé, maintenant, alors…

— L'ami… qui ?

— Laisse tomber. Ça veut dire que les Allemands vont s'installer chez nous pour un moment, et comme ils aiment pas les juifs, eh ben moi, je vais devoir me cacher.

— T'as qu'à rester avec Chaussette. Ici, ils viendront pas, les vilains Boches ! Tu veux qu'on te fabrique une cabane ?

Les yeux de Gaspard se mettent à briller, comme s'il venait de trouver l'idée du siècle. Jojo acquiesce, soudain sérieux.

— Tu crois qu'Armand serait d'accord ?

— Oui ! Par contre, faut pas en parler à mon père.

— Pourquoi ?

— Je sais pas. Il est tout le temps fâché, en ce moment.

— Ça, c'est à cause des Allemands.

Gaspard soupire. Décidément, tout est toujours de leur faute, à ces *cochons d'Teutons*.

10

Saint-Sébastien-sur-Loire, 22 août 1940

Jeanne n'aime pas plus les jours de lessive à Saint-Sébastien qu'à Armentières, mais elle tient à montrer à Angèle qu'elle n'est pas une ingrate. Cela fait maintenant deux mois qu'ils ont posé leur unique valise ici, dans cette ferme rude et accueillante, et ils se félicitent chaque jour de ne plus errer sur ces routes si dangereuses, comme des malheureux en quête d'un abri.

Même si quatre adultes jeunes et en bonne santé sont à n'en pas douter une main-d'œuvre inespérée pour ce couple de paysans vieillissants, surtout à la belle saison, Jeanne reste lucide. Toutes ces bouches à nourrir, tout ce linge à laver, les pièces communes à entretenir : elle sait ce que cela représente pour eux en termes de logistique et d'organisation. Ils sont tout de même dix en tout à loger chez les Moreau, onze, si l'on compte la petite Violette, qui passe la majeure partie de son temps ici. Or, la cohabitation inopinée de six adultes et sept enfants n'a rien d'évident, même quand on a toujours rêvé d'une famille nombreuse, d'autant plus en ces temps incertains.

Madeleine l'a rejointe, tôt ce matin, pour la corvée du jour. Elle s'en serait bien passée. La spontanéité de cette jeune femme un peu simplette n'est pas désagréable, mais Jeanne aurait préféré rester seule. Tant de pensées envahissent son esprit sans qu'elle parvienne à y mettre de l'ordre… Madeleine rit fort, parle beaucoup, et se plaint trop souvent de ne pas avoir de mari pour que Jeanne puisse s'en faire une amie. Suzanne aussi est sans filtre sur le sujet, mais son humour est tellement plus fin ! Et puis, il s'agit de sa petite sœur… Elles s'écrivent toutes les semaines, depuis leur arrivée ici. Suzanne a eu de bonnes nouvelles de Lucien, contrairement à Angèle et Armand, qui ne savent toujours pas ce qu'est devenu leur fils.

Plusieurs familles à Saint-Sébastien ont été durement touchées depuis le début des hostilités, et aucun des hommes mobilisés n'est encore revenu du front ou de captivité. Il faut dire aussi qu'entre les nouvelles contradictoires, les rumeurs affolantes qui se propagent comme une traînée de poudre et la présence contraignante des soldats au village, on ne sait plus où on en est. La vie a tellement changé, à tous les niveaux ! Jeanne supplie Henri de ne pas trop sortir, de ne pas se montrer. Tant d'hommes se sont fait arrêter sans que l'on sache pourquoi ! « Paraît qu'on les envoie dans des camps de travail ». Travailler pour l'Allemagne, après l'humiliation du wagon de Rethondes ? Et puis quoi encore ? Henri ne décolère pas à ce sujet.

Il se lève avant elle, au petit matin, soi-disant pour éviter les grosses chaleurs, mais lorsqu'elle se réveille en pleine nuit, Jeanne le surprend souvent les yeux grands ouverts, en train de fixer le plafond. « Tu ne dors pas ? » « Je m'inquiète pour notre pays, pour notre maison. Et je vis ici comme un planqué, avec toi qui ne veux même plus que je sorte. Je suis tout juste bon à traire les vaches et à rentrer les foins pour le compte d'un autre, à mon âge ! J'ai l'impression de ne servir à rien. » C'est la seule fois où Henri a consenti à lui confier son désarroi. Tout comme elle s'applique à lui cacher ses propres tourments pour ne pas aggraver les siens, Henri contient sa rage et fait de gros efforts pour ne pas retourner celle-ci contre ses proches, avec plus ou moins de succès.

L'air se réchauffe rapidement autour des grandes cuves en métal des lessiveuses que Madeleine et Jeanne ont traînées dans la cour, avant le lever du soleil. Elles ont rempli les seaux à la pompe en laissant l'eau froide éclabousser leurs avant-bras et leurs chaussures, une eau qui maintenant se trouble sous les allers retours vigoureux des brosses à linge. Pour l'occasion, Jeanne a revêtu une des deux robes qu'elle s'est confectionnée avec de vieux draps et des nappes élimées dont Angèle ne se servait plus. Le résultat a épaté tout le monde, elle n'a pas perdu la main !

Pour la peine, Angèle et Madeleine lui en ont « commandé » d'autres, et une chasse aux vieux tissus a été organisée à la ferme et chez leurs voisins les plus proches pour lui constituer un stock digne de ce nom. Depuis, elle coud chaque jour ou presque, pour les grands et les petits. Entre deux tâches moins gratifiantes, comme cette satanée lessive, elle crée ou raccommode ce qui peut l'être en y prenant un plaisir infini.

Grâce à Benoît. C'est lui qui a récupéré cette vieille Singer inutilisée, quand ils cherchaient des planques pour cacher les réserves de la ferme avant les réquisitions. Elle dormait dans un coin, lourde et inutile, jusqu'à ce qu'il la teste et la remette en état. Pour elle. Il s'est souvenu de ses pleurs dans le potager, du chat qui jouait avec les chutes de tissu… Il en a déduit qu'elle aimait coudre et que cela lui manquait peut-être. Un soir, après le dîner, avec l'air facétieux qu'il réserve habituellement aux enfants, il l'a entraînée vers le vieux débarras plein de poussière. « J'ai une surprise pour vous. J'espère ne pas m'être trompé. » Elle a repéré tout de suite la silhouette familière de la Singer dans l'ombre, et son cœur a accéléré en posant une main sur le métal froid de l'outil, comme la promesse d'un refuge silencieux, une continuité douce et intime avec sa vie d'avant qui lui manque tant. Encore une fois, sa première pensée a été de se demander comment Benoît Colson, la connaissant si peu, avait pu deviner à quel point cela lui ferait plaisir. Son propre mari était pourtant passé plusieurs fois dans cette même pièce, et il savait mieux que personne à quel point elle aimait coudre…

Alors qu'elle frotte énergiquement les vêtements tachés d'herbe et de terre des enfants en les imprégnant de savon râpé, l'instituteur traverse la cour, tous ses élèves autour de lui comme une nuée de canetons derrière leur mère. Jeanne lui est tellement reconnaissante de si bien s'occuper d'eux ! Grâce à lui, Gaspard et Apolline ont presque une vie normale, un peu comme s'ils passaient leurs vacances chez des cousins éloignés et qu'ils découvraient les joies de la vie en plein air… Elle les trouve grandis, dégourdis, leurs joues bien roses et rebondies. Gaspard, qui aime tant courir et se dépenser, ne semble jamais avoir été aussi heureux, au milieu de la nature et des animaux. Quant à Apolline, les liens qu'elle tisse avec Violette compensent chaque jour un peu plus ceux qu'elle a perdus avec ses amies d'Armentières. Elle dort mieux et ne parle presque plus des « pauvres gens » sur les routes, morts ou vivants.

L'anxiété de Jeanne aussi se régule. Elle fait pleinement confiance à Benoît Colson. Même si elle ignore où sont ses enfants alors que des soldats traînent un peu partout dans les environs, du moment qu'ils sont avec lui, elle parvient à ne pas trop s'inquiéter. Quand elle pense aux parents de Germain, qui ne savent même pas si leur enfant est mort ou vivant ni s'ils le retrouveront un jour… Elle en a la nausée. Tout ce qui leur arrive est si terrible. « Et ce n'est que le début », annoncent les pessimistes.

Benoît tourne la tête vers elle, un grand sourire aux lèvres. Elle le lui rend, tout en regrettant de se retrouver devant lui les mains dans l'eau, transpirante, une mèche collée sur son front et sûrement le rouge aux joues. Elle baisse les yeux, confuse. La présence de l'instituteur lui fait éprouver des sensations étranges, qu'elle recherche et rejette tout à la fois. Un mélange de gêne et de joie. Oui, de joie. Une joie profonde, sourde et intense. Une joie qu'elle n'a jamais éprouvée de sa vie.

Une terre inconnue.

11

— Il est drôlement beau, hein ? Si y vous mangeait pas du regard comme ça, j'aurais déjà tenté ma chance ! ricane Madeleine.

Jeanne rougit violemment.

— Vous racontez n'importe quoi !

— Oh, ça va, pas la peine de faire vot'mijaurée ! On m'la fait pas, à moi… J'dis pas qu'vous y êtes pour quelque chose, mais si vous aviez pas déjà un mari… La vie est pas juste, tout d'même ! Moi, y en a pas un seul qui m'regarde, et vous…

— Madeleine, taisez-vous ! Sinon, je vous jure que vous finirez cette lessive toute seule !

Les yeux de Madeleine s'égarent. Un vers la droite, un vers la gauche… Elle est contrariée de ne pas pouvoir s'exprimer librement, mais elle le serait encore plus si elle devait laver ce tas énorme de linge sans l'aide de Jeanne. Déjà qu'à deux, c'est éreintant… Surtout avec cette chaleur ! Dire qu'il n'est même pas midi…

Jeanne frotte le linge si fort qu'elle s'attend à tout moment à le voir se déchirer sous sa brosse. Pourquoi faut-il que cette lourdaude de Madeleine vienne tout piétiner avec ses gros sabots ? Elle n'y comprend rien, pas étonnant qu'elle soit vieille fille ! Comme si Benoît et elle… Jeanne sent ses joues chauffer, son cœur accélérer. Cette allégresse nouvelle et inconnue qui lui emplit la poitrine depuis quelques semaines se teinte d'un sentiment trouble, désagréable, honteux, comme si les yeux bigles et la grossièreté de Madeleine venaient de salir quelque chose de sacré, d'unique et précieux. Quelque chose qui n'existait peut-être que dans son imagination, mais dont la réalité vient de lui être brutalement confirmée.

À cette pensée, la joie revient. Pure, intacte, à la fois brûlante et déchirante, court-circuitant tous ses réflexes et ses schémas connus. « Y vous mange du regard ». Les mots de Madeleine s'entrechoquent dans sa tête. Certes, Jeanne a déjà surpris les yeux sombres et lumineux de Benoît posés sur elle, intenses, rêveurs, si profonds. Mais à chaque fois leur échange de regard était si fugitif qu'elle se demandait vaguement si elle ne l'avait pas inventé. Après tout, quand Benoît parle avec un enfant, que ce soit pour l'écouter ou pour lui enseigner ce qu'il sait, il le regarde aussi avec une intensité particulière. Voilà. *Cet homme a une capacité hors norme de donner de l'importance à ses interlocuteurs, quel que soit leur âge ou leur statut, comme si, pour lui, tout le monde était au même niveau. Et moi, je n'ai pas l'habitude d'être considérée ainsi.*

Non, Jeanne ne sait pas ce que ressentent les femmes sûres d'elles et de leur place en ce monde, celles qui ne doutent pas en permanence de leur valeur, de la légitimité de leur chagrin. La seule fois de sa vie où elle s'est vraiment écroulée sans tenir compte des autres, c'est à la mort de sa petite Marguerite. Parce qu'elle n'avait pas le choix. Son corps ne la portait plus, son esprit était comme anesthésié par la douleur, et son cœur ne battait plus pour personne. Elle en a honte, mais s'il était arrivé quelque chose de grave à Henri pendant cette période, elle se dit qu'elle n'aurait rien ressenti. Il n'y avait plus de place pour lui, comme si la perte de son enfant l'avait ramenée à l'os de ce qui faisait battre son cœur, et, contrairement à ce qu'elle croyait au moment de leur rencontre, elle a découvert qu'Henri ne faisait pas partie de cet essentiel. Au lieu de se réconforter mutuellement, ils s'étaient recroquevillés sur leur douleur en excluant celle de l'autre. Surtout elle.

Depuis, Jeanne s'oblige à refaire une place à Henri dans sa vie intime, elle demande même l'aide de Dieu dans ses prières du soir pour enfin renouer un lien authentique avec son mari, un élan qui ne serait pas forcé. Mais comme Dieu lui-même semble s'être détourné d'elle…

— Arrêtez donc de frotter cette chemise, elle vous a rien fait !

Confuse, Jeanne essore le bout de tissu qu'elle malmène depuis que Benoît est passé devant elles, puis le pose dans une bassine de linge mouillé qu'elle saisit à bras le corps pour aller l'étendre. Elle doit s'éloigner de cette femme avant de lui tordre le cou.

— Allez pas vous faire mal, hein ! Elle est plus lourde que vous, c'te bassine, ricane Madeleine en louchant de plus belle.

Au moment où Jeanne s'éloigne sans un mot, vacillant sous le poids de sa charge, Benoît retraverse la cour. Elle sent le regard de Madeleine dans son dos et prie pour qu'il ne s'arrête pas pour lui parler, mais il vient carrément lui ôter la bassine des mains. Leurs doigts se touchent quand il en saisit les poignées, et les joues de Jeanne flambent à nouveau. Satanée Madeleine ! Heureusement qu'il fait chaud, elle pourra mettre cette rougeur soudaine sur le compte de l'effort physique.

— C'est bien trop lourd pour vous ! Laissez-moi vous aider.

Elle ne parvient même pas à le remercier tant elle est mal à l'aise, et repense alors aux confidences de Suzanne sur le plaisir physique. « C'est comme un grand tourbillon, ma chérie ! Ça te prend là, et ça irradie de partout ! Comme s'il y avait le feu à l'intérieur », et Suzanne posait ses mains sur son bas-ventre… Tout en étendant les draps à ses côtés, Jeanne réalise, abasourdie, que les sensations diffuses qu'elle ressent en présence de l'instituteur viennent aussi de son ventre, et même de plus bas… Cette zone interdite à laquelle elle ne veut plus penser depuis le vol de la voiture. Cet endroit maudit qu'Henri n'a plus le droit d'approcher.

Le linge claque légèrement dans l'air chaud, d'un blanc si éclatant au soleil qu'il les oblige à plisser les yeux. Tant mieux, cela permet à Jeanne de camoufler son trouble. Alors, c'est cela ? C'est donc cela, l'amour ? Cette joie inquiète, cet élan sourd qui monte des entrailles, ce désir de toucher encore les doigts qui viennent d'effleurer les siens ?

Pourquoi ? Pourquoi est-ce que cela lui arrive maintenant, au pire moment de sa vie, quand elle pensait avoir tout perdu, ou presque ? Sa maison, son foyer, sa dignité, sa foi… et même une certaine forme d'espoir, jusqu'à ce que Benoît lui enjoigne de ne pas renoncer. On dirait qu'il la connaît sans même avoir besoin de lui parler. Pour elle, si renfermée sur ses problèmes, dévorée par l'anxiété sans pouvoir s'en ouvrir à quiconque, il lui semble qu'une fenêtre s'ouvre en grand sur une pièce qu'elle pensait condamnée, vouée à la moisissure et aux relents de salpêtre, pour lui redonner vie…

Comment y renoncer ?

Je suis folle. Tout ça m'a rendue folle. Mon Dieu, aidez-moi à retrouver la raison... je vous en prie. Oui, je doute de Votre présence, de Votre existence même, et peut-être est-ce ma punition... Mais, par pitié, délivrez-moi de ces tourments ! Je ne me reconnais plus.

Sans se douter de la nature de ses pensées, Benoît sifflote à côté d'elle tout en accrochant les vêtements qui menacent de s'envoler.

— Le linge va vite sécher, sourit-il. Ça m'arrange, même si j'ai moins besoin de draps qu'au début. Les conseils que vous m'avez donnés pour Germain sont formidables, merci beaucoup !

— J'en suis ravie pour vous deux.

Benoît accentue son sourire, et sa fossette réapparaît.

— Je dois me rendre au village après le déjeuner. Ça vous dit de m'accompagner ? On affrontera l'envahisseur ensemble...

Non ! Tu ne dois pas.

— Avec plaisir.

12

Folie. Folie. Je commets une folie.

Ces mots martèlent le cerveau de Jeanne en même temps que les pas qu'elle allonge aux côtés de Benoît. Jusqu'à la grande lessive de ce matin, elle pouvait encore se leurrer, jouer à croire que rien n'était grave, que tout était le fruit de son imagination. Et même maintenant, tant qu'ils n'en parlent pas, tant qu'ils ne s'avouent rien, finalement, ces sentiments sont-ils bien réels ? Après tout, si Madeleine n'avait pas joué les entremetteuses sans le vouloir, elle ne se poserait pas toutes ces questions.

Mais cette révélation, survenue entre deux draps humides à l'odeur de coton propre, frôlant ses bras ou son visage à chaque coup de brise, elle ne peut pas l'ignorer. Pas complètement, en tout cas. Pendant tout le déjeuner, elle a repensé à ses débuts avec Henri, à l'excitation qui s'emparait d'elle lors de leurs premiers rendez-vous, à l'impatience qu'elle éprouvait chaque fois à l'idée de le revoir. Elle ne ressent rien de comparable avec Benoît. De par son statut de femme mariée et son attachement à Henri, elle n'a jamais envisagé Benoît sous l'angle de la séduction.

Quand elle avait dix-neuf ans, et qu'elle était encore une vraie oie blanche, Henri lui a révélé qu'elle était une femme susceptible d'attiser le désir d'un homme, qu'elle aussi avait le droit d'entrer dans la danse. Peut-être est-elle alors tout simplement tombée amoureuse de l'amour… Elle se souviendra toujours de son désarroi le jour de ce premier baiser langoureux, qui l'avait laissée à la fois pantelante et honteuse. Cet homme la désirait, oui, et tout son entourage valorisait cet élan vers elle. Une femme n'est rien sans un homme, il suffit de voir la pauvre Madeleine, recueillie par son oncle et sa tante comme une malheureuse… De plus, elle avait déjà éconduit un amoureux, et sa mère lui avait bien fait comprendre qu'il était temps pour elle de se marier. Alors, Henri ou un autre… Au fond, elle ne s'est jamais posé la question de savoir si elle l'aimait ou non. Il l'avait choisie, elle allait être sa femme devant Dieu, pour une vie entière, la messe était dite. Et son destin tout tracé.

Aussi, quand une sensation d'apaisement a commencé à l'envahir en présence de Benoît, à aucun moment Jeanne n'a songé qu'elle nourrissait pour lui des sentiments interdits. Elle était d'abord heureuse pour Gaspard, qui bénéficiait enfin d'un regard masculin bienveillant sur ses fragilités à l'école, ce qui tombait à pic pour compenser les sautes d'humeur d'Henri. Puis elle a très vite apprécié la place de Benoît au sein de leur groupe d'adultes, à la ferme. Entre le silence d'Armand, la colère rentrée d'Henri et les jacasseries de Madeleine, l'ambiance aurait été pesante s'il n'avait pas été là. D'humeur égale, toujours prêt à rendre service et à lancer la bonne plaisanterie au bon moment pour détendre l'atmosphère, Benoît s'est révélé être le colocataire idéal, tout simplement.

Alors pourquoi ces ressentis envers lui, on ne peut plus respectables, se sont-ils mués au fil des jours en ce tourbillon incandescent, comme le dirait Suzanne ? *Ou alors, il était là depuis le début, ce tourbillon, mais j'ai trop honte de l'admettre. Tout comme j'ai honte de m'être changée pour lui avant de partir... Je sais qu'il aime cette robe, il me regarde différemment quand je la porte. Qu'est-ce qui m'a pris ? On dirait qu'une autre personne agit à ma place. Je ne me reconnais plus.*

— Tout va bien, Jeanne ?

Elle sursaute. Ils sont partis de la ferme depuis environ un quart d'heure, et elle n'a pas encore ouvert la bouche. Benoît lui a parlé des enfants, comme d'habitude, mais, au lieu de renchérir et de lui poser des questions, elle s'est contentée d'acquiescer, la tête ailleurs, en se cachant à moitié sous son grand chapeau de paille.

— Vous avez peut-être trop chaud ? On aurait dû attendre un peu, le soleil cogne fort, cet après-midi.

— Non, ça va très bien. J'étais juste en train de penser que j'avais oublié de ramasser le linge, il risque d'être tout cartonné…

— Madeleine s'en chargera.

— Oh, Madeleine…

— Elle vous agace, je me trompe ?

— Elle est si… intrusive. Et bruyante !

— Mais elle n'est pas méchante, c'est le principal.

Jeanne hausse les épaules. Après ses réflexions déplacées devant la lessiveuse, elle n'est pas non plus convaincue de sa totale bienveillance.

— Cela dit, je suis un peu comme vous. Certains jours, je donnerais tout pour retrouver le calme de mon petit appartement parisien, à corriger mes copies devant un vrai café…

— Les enfants vous en font voir de toutes les couleurs, non ? Vous êtes si patient avec eux.

— Vous savez, sept enfants en comparaison d'une classe entière, c'est du gâteau ! C'est plutôt que la ferme a beau être grande, c'est difficile de trouver un petit moment juste seul avec soi, vous voyez ?

— Oh oui ! Moi qui étais habituée à passer mes journées en tête-à-tête avec ma machine à coudre, quand les enfants étaient à l'école... Ma maison me manque tellement. Si j'avais su, le jour où nous avons quitté Armentières, qu'on ne reviendrait pas avant de longs mois...

— À un moment donné, il faudra bien que les choses rentrent dans l'ordre. Mais ce n'est pas pour tout de suite.

— Si même vous, l'éternel optimiste, le reconnaissez !

— Je ne suis pas un éternel optimiste, proteste Benoît. Plutôt réaliste. Je refuse le fatalisme. D'ailleurs...

Il ralentit le pas en arrivant au bourg. La route est plus dure, ici, moins terreuse, les grands prés aux mares asséchées laissent place à de petites maisons basses éloignées les unes des autres, aux fenêtres aveugles et aux volets fermés. Jeanne frissonne.

— Je ne m'y ferai pas à cette absence de vie. C'est lugubre. Mais vous étiez en train de me dire quelque chose...

— Oui. C'est à propos de Joseph. Je n'en ai parlé qu'avec Armand, pour l'instant, car nous habitons chez lui, mais je sais que je peux vous faire confiance.

Il plante alors son regard brun dans le sien, avec une intensité qui la déconcerte. Un mur recouvert d'affiches à moitié arrachées apparaît, ainsi que le rectangle clair et frais d'une affiche neuve collée sur les anciennes. Benoît et Jeanne plissent les yeux pour en lire le contenu, mais ils sont encore trop loin.

— Bien sûr que vous pouvez me faire confiance, bafouille Jeanne. Je vous écoute.

— Il s'appelle Joseph Lévy. C'est un enfant juif.

— Et alors ?

— Vous avez raison, cela devrait n'avoir aucune importance, mais… ça en a. Les parents de Joseph avaient de sérieux motifs de craindre pour leur sécurité, à Paris. Ils m'ont donc demandé d'emmener leur fils avec moi à l'arrière, officiellement pour le placer à l'abri des bombardements, mais vous savez comme moi que, sur les routes, nous étions plutôt exposés, et nous le sommes encore.

— Oui, bien entendu.

— En réalité, ils étaient bien informés. Le père de Joseph a encore quelques amis haut placés en Allemagne, il pense qu'il y aura bientôt un recensement obligatoire de toutes les personnes juives en France. Une loi est passée en juin à ce sujet.

Ils arrivent alors devant l'affiche fraîchement collée. La partie droite est écrite en allemand, la partie gauche en français.

« AVIS OFFICIEL

Toute personne hébergeant des Anglais est tenue de les déclarer à la KOMMANDANTUR allemande la plus proche avant le 1er septembre 1940. Les personnes qui, après cette date, continueraient à héberger des Anglais sans les avoir déclarés seront FUSILLÉES.

Nantes, le 20 août 1940 »

Jeanne se met aussitôt à trembler. À la ferme, ils sont encore préservés de toute cette violence. À part les réquisitions de nourriture, de quelques poules et du dernier cheval, les Moreau s'en tirent plutôt bien, pour l'instant. Sans les échos des bombes au loin la nuit, ils pourraient presque imaginer que la guerre n'existe pas et qu'ils sont revenus à une vie simple, hors du temps. Un été ordinaire, comme autrefois. Mais la parenthèse, en réalité, est tout sauf enchantée.

— Ce doit être à cause de l'avion qui s'est écrasé à Saint-Sébastien au mois de juin, murmure Benoît.

— Celui qui a été abattu au-dessus du cimetière ?

— Oui. Ou alors, les choses vont encore plus vite que ce qu'on craignait. Et, dans ce cas, mes inquiétudes à propos de Joseph sont justifiées. Venez, allons voir s'il y a du nouveau à la mairie.

Il pose sa main sur son dos au moment de repartir, et ce simple contact la fait tressaillir de la tête aux pieds. Elle cherche un bref instant à croiser son regard, mais il a visiblement la tête ailleurs. Alarmé par le contenu de cette affiche agressive, qui donne le ton à propos des intentions de l'occupant, Benoît avance sans faire plus attention à elle. *Quelle idiote je suis ! Quelle égoïste ! Me préoccuper de choses aussi insignifiantes alors que des enfants sont en grave danger… Ce petit Joseph, si mignon, si intelligent… Que va-t-il lui arriver ?*

Jeanne se soucie du sort des Français, juifs ou non-juifs, et plus encore du petit Joseph Lévy. Mais elle ne parvient pas à occulter de ses pensées l'empreinte chaude que la main de Benoît a gravée dans son dos.

13

Saint-Sébastien-sur-Loire, 15 septembre 1940

— J'en ai marre, ça fait deux fois que je fais les Boches, on change ! râle Claude.

— Pas moi, répond Joseph. C'est hors de question !

Les regards se tournent vers Émilienne, la deuxième « grande » du groupe. Elle soupire exagérément en levant les yeux au ciel.

— Y a pas de filles chez les soldats !

— Eh ben, c'est pas grave, tu fais comme si t'avais un zizi, provoque Joseph.

Tous ricanent. Émilienne, piquée au vif, les menace.

— Faites gaffe, le premier que j'attrape, j'vous préviens, il passera un sale quart d'heure ! Pour de vrai !

Pour une fois qu'elle accepte de jouer avec eux, les garçons ne mouftent pas. Gaspard et Germain, les plus jeunes, ne sont toutefois pas tranquilles. C'est qu'elle rigole pas, Mimi ! Quand elle s'énerve, mieux vaut ne pas se trouver dans les parages… Certains jours, même le maître prend des pincettes en s'adressant à elle. Une fois, elle a tapé sur la tête de Joseph avec une cuillère en bois parce qu'il l'avait traitée de dégonflée. Elle avait refusé d'aller voler une cigarette au vieil Armand qui, pour une fois, faisait la sieste et avait oublié son paquet sur la table de la cuisine. Ce n'était pas pour l'allumer – quoique, ça aurait été drôle ! –, mais plutôt pour jouer à faire « comme si ».

Cet après-midi aussi, ils font comme s'ils étaient à la guerre, comme s'ils combattaient l'ennemi, mais eux, ils gagnent ! Enfin, ceux qui sont dans le bon camp, évidemment… Germain, qui a toujours peur de tout, accepte en général de jouer l'otage, celui qui a été fait prisonnier des Allemands et que les Français doivent délivrer. Quant à la troupe des héros, elle est invariablement menée par Jojo, qui a sous ses ordres Gaspard, Violette et Apolline, tandis que Claude joue les cowboys solitaires.

Ils en profitent pour explorer la ferme et ses environs dans ses moindres recoins, et se réjouissent de cette rentrée des classes à la campagne, si éloignée des obligations rigides de la « vraie ». L'école publique de Saint-Sébastien se prépare à rouvrir bientôt officiellement, mais tant qu'il le peut encore, monsieur Colson s'est engagé à leur faire la classe dans la grange des Moreau. Ils le croient.

Grâce aux chiffons que leur a donnés la maman d'Apolline, ils se sont confectionné des brassards de repérage, comme ceux qu'ils ont vus sur les bras du maire ou de certains policiers lors de leurs passages à la ferme. Apolline et Violette se sont octroyé celui des équipes de soin. « On est les infirmières des soldats », rôle que leur ont volontiers laissé les garçons et qu'a ignoré Émilienne d'une moue de dédain.

Ils se répartissent aux quatre coins de la cour, chacun dans sa cachette habituelle. Apolline pointe du doigt un corps imaginaire à l'attention de Violette :

— Il est mort.

— Ah bon ? Comment tu le sais ?

— Regarde ses chaussures. Elles bougent plus.

— Qu'est-ce qu'on fait, alors ?

— Ben rien.

— Les animaux, au moins, on les enterre.

— On peut pas, y a des avions qui arrivent…

— Ah bon ? J'entends rien.

— Mais si, écoute mieux ! Vite, il faut aller se cacher avec les autres !

Les deux fillettes se faufilent alors dans la grange, sous un tas de paille qui leur pique le nez. Des yeux guettent partout l'ennemi, derrière une charrette, un tas de bois ou des caisses empilées. C'est le temps crucial de l'attente, le calme avant la tempête. Claude pense avoir trouvé la meilleure planque, celle sous l'appentis, entre la brouette et les vieux seaux en métal. Seul contre tous, il a intérêt à faire attention à ses arrières.

Soudain, alors que le silence dans la cour commence à devenir pesant, Claude voit fondre sur lui un Joseph hurlant de rage qui le plaque au sol si violemment qu'il ne parvient pas à amortir sa chute et se fracasse le menton sur les graviers.

— L'ennemi est vaincu ! triomphe Jojo en s'asseyant sur le dos du pauvre Claude.

— Ça va pas ? Tu m'as fait mal, espèce d'idiot !

— Tais-toi et donne-moi ton arme, sale Boche !

— Je joue plus, dégage de là !

Claude se relève brusquement et envoie valser le frêle Joseph loin derrière lui. Émilienne accourt alors et le plaque à nouveau au sol. Gaspard et Germain se joignent à la mêlée en criant pour se donner du courage et cognent dans le tas à l'aide de leurs petits poings efficaces.

— Arrêtez ! hurle Apolline. Claude, ton menton saigne, t'en mets partout !

Mais la bagarre est lancée. Pour une fois, les codes ne sont pas respectés : au lieu d'imiter les Allemands dans leur démarche raide et de pister l'ennemi jusqu'à un affrontement final somme toute assez sage, les enfants se déchaînent. Ils ont l'habitude de se disputer. À force de se fréquenter au quotidien, des petits clans sont apparus, des duos, des affinités et des agacements qui régulent le groupe sans jamais exclure personne. Mais c'est la première fois qu'ils s'affrontent aussi violemment.

Alertée par leurs cris, Angèle sort de la cuisine en courant. Un torchon à la main, elle ouvre de grands yeux sur la mêlée poussiéreuse de bras et de jambes qui s'agite devant elle.

— Bande de sauvages ! Vous allez arrêter, oui ?

Mais personne ne l'écoute. Il faut dire aussi qu'Angèle est si gentille, sous ses dehors bourrus, qu'elle ne fait peur à personne. Les hommes sont aux champs, Jeanne et Madeleine au potager. Il n'y a plus qu'elle pour faire régner l'ordre, et ce n'est pas une franche réussite ! Il faut pourtant qu'elle rende tous ces enfants en entier à leur instituteur, ce soir. Pour une fois qu'il consent à s'éloigner d'eux, voilà qu'il va les récupérer en piteux état ! Seule la petite Violette se tient à l'écart du groupe, apeurée par le déferlement de violence soudain chez ses camarades. Joseph et Émilienne sont les plus virulents.

Angèle attrape un bras au hasard, qu'elle tire en arrière. C'est celui de Gaspard. Il a les genoux écorchés, une pommette toute rouge et un accroc sur sa chemise. Au lieu de se rendre, il se débat comme un beau diable pour retourner dans la mêlée. *Un si gentil p'tit garçon ! Quelle mouche les a piqués, tous ces mômes ! À croire qu'ils sont devenus fous, ma parole !* Angèle s'époumone à nouveau, mais rien n'y fait. Elle comprend alors que les enfants expriment à travers leur rage un besoin primaire, un élan d'attaque archaïque, et qu'ils se défoulent les uns sur les autres sans doute pour évacuer des inquiétudes plus profondes. Tout comme elle crie parfois sans raison sur Armand quand la tension de l'attente des nouvelles de Michel devient trop forte, ces enfants cognent au hasard et se libèrent de drames qu'ils pressentent, bien trop grands pour leur âge.

— Un Boche ! Y a un Boche !

— Ouais ! On t'a eu, cette fois-ci, sale Schleu !

— Non, non, y en a un vrai ! Regardez !

Statufiés, les enfants cessent instantanément de se battre. Angèle se retourne, saisie. Une grande silhouette hésitante vient d'apparaître dans un coin de la cour.

Même à distance, les enfants ne s'y sont pas trompés. Ils ont su reconnaître la casquette rigide à la visière propre, la vareuse impeccable et les bottes noires cirées.

— T'as vu son pistolet ? chuchote Joseph.

— Ouais, répond Claude. J'peux te dire que celui-là, c'est pas un faux.

— Taisez-vous, bande de nazes, grogne Émilienne. Il nous regarde.

Les coups les plus cuisants sont oubliés. Les nez qui saignent, les écorchures et les bleus, aussi. Lorsque l'officier allemand se rapproche de leur petit groupe en faisant crisser ses pas sur le gravier de la cour, les enfants se serrent les uns contre les autres en se tenant par la main. Angèle s'avance vers l'intrus, qui soulève sa casquette. La peau de son visage est rose et glabre, ses cheveux d'un blond métallisé étrange. Il ajuste son ceinturon et vérifie un papier plié en quatre dans sa main.

— Madame, par ordre de l'autorité allemande, vous allez devoir nous céder une chambre.

Son intonation raide semble alourdir chaque mot qu'il prononce. Impressionné par l'officier, mais amusé par cet accent ridicule, Gaspard, qui n'a jamais vu de Boche d'aussi près, se retient de toutes ses forces pour ne pas l'imiter. C'est si tentant ! Il essaie d'établir une connivence avec Germain, mais celui-ci s'est recroquevillé derrière Claude comme s'il avait vu le diable en personne. Quant à Jojo, il semble encore plus en colère que pendant la bagarre. Décidément, les copains ne sont pas drôles.

— J'suppose qu'on a pas le choix, grommelle Angèle.

— Effectivement.

— Suivez-moi.

L'homme entre dans le bâtiment à la suite d'Angèle. Les enfants n'en reviennent pas.

— Pourquoi elle le fait rentrer chez nous ?

— Y a un Allemand dans la cuisine !

— Il va vivre ici ?

— Mais non !

— Si ! Elle va lui donner une chambre, elle a dit !

— Faut aller prévenir m'sieur Colson tout de suite ! Et Armand ! Qui vient avec moi ? tranche Claude.

— Moi ! répondent en chœur Joseph et Germain.

— Moi, je reste avec Chaussette, murmure Gaspard. On sait jamais…

— Il s’en fiche, de ton chat ! le gronde Apolline.

— Non, il a raison de se méfier, glisse Émilienne. J’ai entendu dire que les Boches faisaient rôtir les chats et les chiens à la broche ! Et ils font pareil avec les enfants pas sages ! On a intérêt à se tenir à carreau !

— N’importe quoi !

— Bon, on y va ? s’impatiente Claude.

Tandis que Violette et Apolline se réfugient dans un coin de la grange, Gaspard grimpe voir son petit protégé. C’est un vrai diablotin qui l’attaque à coups de petites dents pointues et de griffes fines et acérées. Les bras de Gaspard sont couverts d’égratignures, mais il le laisse faire, comblé par cette présence joyeuse et bondissante. Le chaton finit par s’endormir entre ses jambes, comme d’habitude, et Gaspard le caresse d’une main hésitante.

— Si jamais il essaie de te faire rôtir à la broche, ce gros plein d’soupe, je le tue. Croix d’bois, croix d’fer, si je mens j’vais en enfer.

14

L'ambiance pendant le dîner est glaciale. Angèle et Madeleine ont essayé de préparer le repas comme d'habitude, en bavardant de choses et d'autres tout en triant les lentilles et en épluchant les oignons, mais tout a changé. La présence du lieutenant Ernst Bauer sous leur toit, même discrète, fige adultes et enfants dans une stupeur similaire. Chacun réagit comme il le peut, à la hauteur de son aversion ou de ses craintes. Seul Benoît reste à peu près égal à lui-même, alors qu'il est le plus directement touché par cette arrivée : c'est sa chambre qui a été réquisitionnée, ce qui pose un problème pour les plus jeunes, notamment pour Germain.

Cela fait maintenant trois mois que les enfants dorment tous ensemble dans le grenier aménagé à cet effet, avec un coin pour les filles et un coin pour les garçons. Même s'ils ont pris leurs marques et que monsieur Colson les rappelle de moins en moins souvent à l'ordre, le fait que sa chambre soit juste en dessous de la leur est un élément rassurant pour tout le monde. Il n'a qu'à ouvrir sa porte et à faire quelques pas dans le couloir pour atteindre l'échelle meunière qui mène au dortoir improvisé des enfants. Bien souvent, un petit coup de semonce d'une voix forte suffit à rétablir le calme si nécessaire.

Or, voilà que non seulement leur instituteur quitte le navire pour s'installer dans une remise à côté de la grange, mais, en plus, il est remplacé par un soldat allemand ! Leur pire cauchemar semble se réaliser… Gaspard et Jojo envisagent déjà quel genre de mauvaises blagues ils pourront lui jouer, mais le petit Germain reste pétrifié devant son assiette de lentilles, qui commence à refroidir. Benoît le surveille du coin de l'œil. Il s'inquiète pour la nuit à venir et les draps qu'il faudra forcément relaver demain matin…

Dans ce silence inhabituel, les cuillères tintent fort contre les assiettes, venant accentuer le malaise ambiant. Gaspard lorgne du côté de celle de Germain. Il rallongerait bien sa part, mais Émilienne est plus rapide que lui. Sans faire de bruit, elle récupère sa portion et commence à l'engloutir en douce. Gaspard essaie de lui flanquer un coup de pied sous la table, mais ses jambes sont trop petites. Il fauche l'air. Personne ne réagit. Il fait alors semblant de s'étirer et bouscule Émilienne juste au moment où elle portait une grosse cuillérée de lentilles à sa bouche, dont le contenu se répand sur sa robe.

— Espèce de crétin ! rugit-elle. Tu peux pas faire attention ?

Pour toute réponse, il lui tire la langue. Furieuse, Mimi saisit son verre d'eau et le lui jette à la figure. Il pousse un grand cri, qui fait sursauter tout le monde.

— Ah, ça va pas recommencer, hein ! tonne Angèle en se levant de table.

Benoît bondit avant que les adultes ne s'en mêlent. Il retire aussitôt l'assiette litigieuse et sépare les deux enfants.

— Je t'ai vue, Mimi. Et toi, Gaspard, on ne règle pas ses problèmes comme ça ! Sortez de table, tous les deux. On verra ça plus tard.

L'urgence est de calmer les esprits échauffés. Quelle journée ! Entre la nouvelle choquante de l'intrusion de cet officier chez eux et le spectacle des visages tuméfiés et des habits déchirés des enfants au retour des champs, il ne manquait plus que ça ! Le père de Gaspard est suffisamment à cran sans en rajouter une couche. Benoît lui lance un regard discret, mais, contre toute attente, Henri n'intervient pas. Le visage défait, il guette les pas lourds qui martèlent le plancher à l'étage, la porte de la chambre qui s'ouvre en grinçant, le bruit des bottes dans l'escalier.

Lorsque le lieutenant Bauer apparaît dans l'encadrement de la porte, un silence de mort s'abat sur la cuisine, qui semble rétrécir autour de cette silhouette massive. Son visage plein, ses traits épais et son uniforme vert-de-gris tendu sur son ventre en font un homme impressionnant. *On dirait un ogre*, pense aussitôt Gaspard, qui s'attend à tous moments à le voir dégainer son arme pour les attaquer. Mais l'officier se contente d'ôter sa casquette et de les regarder placidement. Sa voix basse résonne sous les poutres.

— Ils ne sont pas très sages, ces enfants !

Gaspard se ratatine sur sa chaise, partagé entre une envie de se cacher sous la table et celle de rire pour se moquer de cet accent cocasse. Il n'arrive pas à s'y faire, et ne comprend pas pourquoi ses camarades ne réagissent pas. Germain est blanc comme un linge, on dirait qu'il va s'évanouir, le pauvre. Jojo et Mimi froncent les sourcils, tandis que les trois autres baissent le nez dans leur assiette.

— Ils se chamaillent, comme tous les enfants, répond Benoît du tac au tac.

— Chamaillent ? interroge Bauer.

— Ils se disputent, si vous préférez.

— Ah ! *Ja*. Bonne soirée, messieurs dames.

C'en est trop pour Gaspard. Dès que l'homme referme la porte derrière lui, il pouffe de rire en plaquant ses mains sur sa bouche. Comment des guignols pareils ont pu gagner la guerre ? Voilà encore quelque chose de parfaitement incompréhensible. Claude secoue la tête, consterné.

— C'est pas drôle, Gaspard.

— Oh si ! *Ya ! Ils se tispoutent ! Ponne souarée, messieurs tames !*

Gaspard s'en donne à cœur joie. Benoît retient difficilement un sourire en croisant le regard de Jeanne. *Voilà la force des enfants*. Mais il faut aussi canaliser le petit garçon. Il a beau n'avoir que cinq ans, si l'officier apprend qu'on se moque de lui ouvertement dès qu'il a le dos tourné…

— Il va falloir apprendre à être plus discret ! Et ça vaut pour vous tous, d'ailleurs. Je ne veux pas que, demain matin, cet officier vienne se plaindre à moi du bruit que vous aurez fait pendant la nuit…

— Oui, m'sieur.

Gaspard envoie en douce une dernière grimace à Émilienne, qui lève en retour une fourchette menaçante. Un petit frisson de peur lui parcourt l'échine. Ça lui plaît. Il adore détester Émilienne, cette fille opposée en tous points à sa sœur si douce, qui veut toujours soigner tout le monde. Mimi, à l'inverse, n'est pas du genre à s'attendrir. Elle se moque des états d'âme d'Apolline et de son amitié avec Violette. Toutes les occasions sont bonnes pour voler la nourriture des autres, faire punir quelqu'un à sa place ou mentir pour esquiver une corvée. Sans compter les innombrables disputes et bousculades qu'elle provoque « pour faire son intéressante », comme dit Claude.

« Elle a un fort caractère », selon monsieur Colson. Gaspard est d'accord avec lui. Malgré leur différence d'âge, il se heurte quotidiennement à Émilienne, au point qu'il s'ennuie quand elle n'est pas là. Et puis, il trouve son visage fascinant. Elle a de grands yeux bleus, des pommettes hautes et des dents en avant qui mordent légèrement sur sa lèvre inférieure. C'est très joli, même si ça ne l'empêche pas de la traiter de « dents de lapin » quand elle l'énerve, et ça arrive souvent, surtout lorsqu'ils jouent à chat perché ou à colin-maillard et qu'elle triche en soulevant son foulard. Mais, ce qu'il admire par-dessus tout chez Émilienne, c'est sa grande connaissance des plus beaux jurons de la langue française. Avec elle, il en apprend un peu plus chaque jour. Alors, ça vaut bien quelques mauvais coups, même si elle le taxe de nouille ou de minus à tout bout de champ.

— Il a quand même fière allure, cet officier, lâche tout à coup Madeleine.

Tous la regardent sans rien dire. Jeanne rentre son pouce dans son poing. Elle se sent mal sans comprendre pourquoi. Ce n'est pas elle qui a prononcé ces paroles gênantes, pourtant.

— Mado, faut vraiment que t'arrêtes de dire des conneries, grogne Armand.

— Ben quoi ? s'insurge Madeleine, dont les yeux convergent sous l'affront.

Pour dissiper le malaise, Benoît tape dans ses mains et ordonne aux enfants d'aller se préparer pour la nuit.

— Quant à moi, je n'ai plus qu'à aller installer ma paillasse dans un coin de la remise !

— Je vais vous aider, énonce Jeanne.

— Merci, c'est très gentil à vous.

Madeleine laisse échapper un ricanement discret, que seule Jeanne comprend. Elles échangent un regard peu amène : *« Tu me laisses tranquille et j'en ferai autant. »*

Henri et Armand restent seuls à table devant les restes du dîner, aussi abattus l'un que l'autre. Au bout d'un long moment, Armand propose une cigarette de sa fabrication à Henri, et ils fument dans la pénombre en se laissant envelopper par un silence dense, entrecoupé du rire des enfants qui descend du grenier.

— Nous v'là bien, finit par souffler Armand entre deux bouffées d'une fumée âcre et épaisse. Si on m'avait dit qu'un jour, j'hébergerais un Frisé… Mon père doit s'retourner dans sa tombe, pour sûr !

L'œil sombre, Henri acquiesce.

— Le mien est mort au combat. Il aurait honte de moi s'il me voyait aujourd'hui. Moi, j'ai honte, en tout cas.

— Et qu'est-ce qu'on peut y faire, maintenant ?

— Rien. C'est trop tard.

15

— Les enfants sont sur les nerfs, je suis inquiète pour cette nuit. J'irais bien les surveiller, mais si je tombe nez à nez dans le couloir avec ce… comment, déjà ? Bauer ?

— C'est ça. Ne vous faites pas de souci, je pense qu'il sera aussi gêné que vous. Ça n'a pas l'air d'être un mauvais bougre, on aurait pu tomber plus mal.

— Vous êtes sérieux, Benoît ?

Il rit devant l'air effaré de Jeanne.

— Mais oui ! Tous les Allemands ne sont pas des monstres sanguinaires, et Bauer n'est pas un S.S. Il fait partie de l'armée régulière, c'est déjà ça.

— La Werhmarcht ?

— Oui. Je me suis renseigné, au cas où, pour Joseph. Je l'ai prévenu, cela dit. Si on lui demande son nom, il doit déclarer qu'il s'appelle Joseph Martin. Et si les enfants sont recensés, je ferai pareil.

— Armand est d'accord ?

— Bien sûr. C'est même lui qui me l'a suggéré. C'est un brave homme, vous savez. Sa femme aussi. On leur doit une fière chandelle, tout autant que nous sommes.

Tout en discutant, Jeanne et Benoît s'activent pour aménager un coin à peu près habitable dans cette remise de quelques mètres carrés, qui sent encore le foin frais.

— Je suis navrée que vous deviez dormir ici, c'est quand même très rustique !

— J'ai connu pire. Quand le train s'est arrêté à Angers à cause d'une panne de charbon et qu'il a fallu continuer à pied avec les enfants, je peux vous dire que nos conditions de voyage ont été plutôt spartiates !

— Oui, nous avons vécu la même chose. Déjà qu'avec deux enfants, je trouvais ça compliqué, alors avec quatre !

— Détrompez-vous, ils ont été admirables. Claude a tout de suite pris Germain sous son aile. Jojo ne s'est pas plaint une seule fois, et Mimi défendait le groupe avec ses méthodes habituelles... On formait une bonne petite équipe !

— Pourquoi se sont-ils bagarrés comme ça, aujourd'hui ? Vous avez vu dans quel état ils se sont mis ?

— Il fallait bien que ça arrive, Jeanne. Ça reste des gosses, et ça fait des mois qu'ils mènent une vie de patachon. Même si les bombardements se sont calmés, c'est compliqué, pour eux. Ils n'en parlent pas, mais ils ressentent notre inquiétude... Je le vois bien, moi qui passe beaucoup de temps avec eux. Tenez, attrapez ce bout de drap.

Elle le saisit au vol avant d'en recouvrir la paillasse en toile rayée, au travers de laquelle percent quelques brins de paille dure et sèche.

— Vous pensez qu'elle est assez rembourrée ? s'inquiète-t-elle. Vous risquez d'avoir mal au dos, demain matin. On peut défaire l'ouverture pour rajouter quelques fougères, si vous voulez, ça sera plus doux. Je vous la recoudrai en deux minutes avec la machine.

Benoît se gratte la tête devant la couche rêche, au bombé irrégulier. Il finit par s'étendre dessus pour la tester. Lorsqu'il croise ses mains derrière sa tête dans une posture comique, Jeanne prend soudain conscience qu'elle se trouve dans la chambre d'un homme qui n'est pas son mari. Un homme qui ne doit surtout pas se rendre compte des sentiments qu'elle éprouve pour lui. Elle s'efforce de garder le petit air sérieux qui la caractérise.

— Alors ? finit-elle par demander.

— C'est plutôt pas mal.

— Vous sentez le sol sous vos fesses, non ?

— Non, je ne crois pas. Vous voulez essayer ? propose-t-il en se levant.

Elle rit, et ses joues s'empourprent malgré elle, une fois de plus. Benoît redevient sérieux et tend le bras vers son visage. Que fait-il ? Le cœur de Jeanne accélère à n'en plus finir.

— Vous aviez ceci dans les cheveux, murmure-t-il en lui tendant une minuscule plume au duvet aérien.

— Oh ! D'où sort-elle ?

— Une plume dans une ferme, cela n'a rien de très surprenant, sourit-il.

— Ne vous moquez pas de moi ! J'ai grandi en ville, et je fais de mon mieux.

— Et vous le faites très bien. Je suis heureux que nos chemins se soient croisés, même si j'aurais préféré que cela arrive dans d'autres circonstances, et peut-être même…

— Oui ?

— Dans une autre vie.

Le silence à cet instant devient assourdissant. Les fenêtres de la ferme s'éteignent une à une pour respecter le couvre-feu. La cour est prisonnière d'un noir opaque et dense qui les isole du reste du monde. La lueur jaune de la lampe-tempête que Benoît a suspendue à une poutre donne une coloration douce à leurs visages, presque irréelle. Ils échangent un long regard, et, cette fois-ci, Jeanne ne détourne pas le sien. Ils sont suffisamment proches l'un de l'autre pour qu'elle ressente son odeur de musc et de laine séchée, et peut-être aussi une pointe d'essence de lavande. Elle inspire un peu plus fort pour mieux s'en souvenir, pour imprégner en elle ce moment unique, précieux. La culpabilité viendra bien assez tôt. Pour l'instant, elle veut juste profiter de l'instant présent, de ce cadeau que la vie lui fait. Ce court espace de temps où elle n'est plus mère ni épouse. Seulement une femme, traversée par un désir nouveau.

Benoît souffle sur la petite plume sans la quitter des yeux. Il effleure le bras de Jeanne, puis laisse retomber sa main le long de son corps. Il respire un peu plus vite, comme elle. Elle n'est plus une oie blanche. Elle sait ce que cela signifie. Henri aussi devient fébrile quand il se rapproche d'elle avec ces yeux brûlants de désir. Mais, cette fois-ci, elle partage la pleine puissance de cet élan. Il est en elle, brut et impérieux. Elle n'a pas besoin de l'accepter ni de l'apprivoiser, et encore moins de s'en protéger, comme lorsque ce soldat ignoble s'est jeté sur elle pendant l'exode.

Elle a réellement cru qu'il avait tué sa vie de femme, ou ce qu'il en restait : *cet endroit-là* était sûrement mort en même temps que sa foi… Elle sent encore en elle les doigts râpeux de l'homme aviné, son haleine fétide, son désir sale, dégueulasse.

« Alors, comme ça, on veut pas participer à l'effort de guerre, ma p'tite dame ? On veut pas soutenir les soldats français ? » Tout en proférant ces paroles abjectes, il la plaquait contre la voiture sous les rires gras des autres, il lui malaxait les seins, il se collait contre elle en mimant un rapport sexuel. Plus elle le repoussait, plus il s'acharnait. Heureusement pour elle, ses acolytes étaient pressés de reprendre la route. Après avoir rempli le réservoir de la voiture et jeté une valise au sol, ils se sont installés au volant et l'ont sommé de faire « sa petite affaire » au plus vite, car ils devaient tailler la route. Tous puaient l'alcool à plein nez. Son agresseur est alors passé à la vitesse supérieure. En quelques secondes à peine, il a introduit sa main sous sa robe pour venir au contact de son intimité, tout en déboutonnant son pantalon. Jeanne a eu le temps d'apercevoir sa chair rose, molle et obscène, mais, au lieu de la forcer, il s'est brusquement détourné d'elle. Peut-être avait-il trop bu. Toujours est-il qu'il est monté dans la voiture et que Jeanne ne l'a plus jamais revu.

Après leur départ, elle est restée prostrée durant de longues minutes au bord de la route, les pieds dans l'herbe humide, à contempler cette valise abandonnée à côté d'elle. Elle se sentait comme elle, échouée sur un rivage hostile, exilée. Seule au monde. Aux termes d'un effort inouï, elle a fini par trouver le courage de rejoindre ses enfants après avoir réajusté sa robe et lissé ses cheveux. Puis, elle a attendu le retour d'Henri, qui arriverait de toute manière trop tard. Le mal était fait.

Durant les semaines qui ont suivi, Henri a mis son état de prostration sur le compte de la frayeur qu'elle avait éprouvée ce soir-là, mais il n'a jamais cherché à comprendre ce qui s'était réellement passé, même quand elle a essayé de lui en parler. Il faut croire que lui aussi a ses propres démons. Comme après le décès de Marguerite, il semble prendre son parti de leur éloignement et de leur absence totale de rapports physiques, depuis plusieurs mois maintenant.

Dans ces circonstances dévastatrices, comment Jeanne aurait-elle pu deviner que son désir n'était pas mort ? Comment aurait-elle pu savoir qu'elle était en train de tomber amoureuse, pour la toute première fois de sa vie, à trente ans passés ?

C'était tout simplement inconcevable.

16

Le temps s'étire dans la petite remise. Ce tête-à-tête silencieux vient confirmer tout ce que Jeanne et Benoît ne se sont pas encore dit. Ce qu'ils ne se diront peut-être jamais. « Dans une autre vie », a dit Benoît… Mais, dans une autre vie, Gaspard et Apolline n'existeraient pas, ce qui est impensable. La seule réalité tangible est celle qu'ils sont en train de vivre, il n'y a pas d'échappatoire possible. À moins d'imaginer une dimension parallèle et secrète, un ailleurs vertigineux où la morale ne compterait plus, où les seules lois en vigueur seraient celles du cœur… Un tel monde n'existe pas.

— Et vous ? finit par murmurer Jeanne. Quelle est votre vie, Benoît ? Pourquoi n'avez-vous pas d'enfants, vous qui les aimez tant ?

Il soupire. Le caquètement bref d'une poule tirée de son sommeil vient troubler la quiétude de l'instant. Jeanne lance un regard par la porte entrouverte de la remise. Le silence revient, à peine dérangé par le souffle lent des vaches dans l'étable voisine. Ils sont seuls, dans une bulle hors du temps propice aux confidences.

— Si je vous raconte mon drame personnel, vous me confierez le vôtre ?

— Comment savez-vous ?

Il sourit d'un air triste.

— J'ai reconnu chez vous les signaux de ma propre souffrance. Vous êtes si entière qu'ils sont beaucoup plus lisibles que chez moi. Je suis le roi de l'entourloupe !

— Pourtant, vous êtes bien le seul à vous en rendre compte.

Il esquisse alors un mouvement vers elle, et la densité du moment revient, intacte. Jeanne fixe cette main brunie par le soleil qui s'avance vers la sienne. Elle tend ses doigts pour attraper ceux de Benoît. Sa poitrine est sur le point d'exploser.

— Je ne veux pas vous faire de mal, chuchote-t-il. Et je ne veux plus souffrir non plus. J'ai perdu l'amour de ma vie il y a quelques années. Nous devions nous marier, tout était prêt pour la cérémonie. Gabrielle a passé quelques jours dans sa famille, à Joinville. Il faisait beau, un temps parfait pour aller faire un tour en barque sur la Marne, mais, comme personne n'a voulu l'accompagner, elle est partie seule.

Pressentant la suite, Jeanne accentue la pression de ses doigts sur ceux de Benoît, dont le regard flotte loin derrière elle en fixant un point imaginaire. Ainsi, lui aussi se débat avec ses propres fantômes…

— Personne n'a su ce qui s'était réellement passé. Est-ce qu'elle a fait une fausse manœuvre et s'est retrouvée coincée dans les algues, sans pouvoir remonter à la surface ? Elle savait nager, pourtant, mais à certains endroits, les courants pouvaient être imprévisibles. Et puis, l'eau était froide, elle a dû être gênée par le poids de ses vêtements et de ses chaussures…

— Vous continuez de chercher des réponses, l'interrompt Jeanne d'une voix douce. Mais il n'y en a pas. Quand on perd un être cher, rien ne justifie notre chagrin. Rien ne l'apaise.

— Qui avez-vous perdu ?

La question, abrupte, la déstabilise. Jeanne ne parle jamais de Marguerite. Même Suzanne se garde bien d'y faire la moindre allusion. C'est sa blessure secrète, celle qu'elle gratte les jours où rien ne va, celle qui continue de hanter ses pensées et qui lui fait croire que le pire peut toujours arriver.

— Je… je ne suis pas comme vous, bredouille-t-elle. Vous pensez qu'il y a toujours de l'espoir, mais…

— Non, détrompez-vous. La mort de Gabrielle m'a appris que rien n'était jamais acquis. Tout peut toujours s'écrouler du jour au lendemain, j'en suis bien conscient. Mais l'espoir, ce n'est pas de croire que tout s'arrangera comme par miracle… C'est s'autoriser à penser que le pire est derrière nous et que le meilleur peut encore arriver, sous peine de s'en donner les moyens ! Sinon, à quoi bon continuer…

La chaleur des doigts de Benoît irradie jusque dans son ventre. L'endroit maudit. Est-ce qu'elle lui en parlera, de *ça* aussi ? Bizarrement, cette idée ne la dérange pas. Puisque cet homme lit en elle, pourquoi lui cacher ce qu'il devine déjà à moitié ? Pourquoi devrait-elle toujours se montrer sage et raisonnable, elle à qui l'on a appris à s'effacer depuis sa plus tendre enfance ? À se faire oublier, purement et simplement ? *« Ne fais pas de bruit, tiens-toi tranquille, laisse ton père dormir, obéis, tais-toi, fais ce qu'on te dit de faire, tu dois faire avec, c'est comme ça… »* Toutes ces injonctions déferlent sur son crâne au moment où elle fait un pas en avant pour presser sa poitrine contre celle de Benoît. Il resserre ses bras autour d'elle et cette proximité la renverse. Elle hume son cou, cette odeur familière, déjà…

À cet endroit-là, elle parvient à lui raconter son histoire. Lui parler de Marguerite. Du désespoir sans nom dont elle pensait ne jamais se relever. Des mois qui ont suivi, mornes et tristes, jusqu'à ce qu'elle tombe enceinte d'Apolline. La vie reprenait, mais elle ne retrouverait jamais les couleurs d'antan. L'espoir, oui, d'une certaine manière, était revenu, mais un espoir timide, prêt à se rétracter à la moindre menace…

Et des menaces, depuis un an, il y en a tant ! De fil en aiguille, encouragée par les bras rassurants de Benoît et son regard bienveillant, elle en vient à lui raconter aussi la route, la terreur de perdre ses enfants, la peur viscérale de mourir, et cette agression ignoble dont elle a été victime, juste avant d'arriver à la ferme des Moreau.

— Ce salopard mériterait de moisir en prison pour ce qu'il t'a fait ! Et ses complices aussi… Est-ce qu'il t'a blessée ? Physiquement, je veux dire ?

Troublée par le passage au tutoiement, Jeanne enfouit son visage dans le cou de Benoît, si rassurant. Parler enfin de ce qui lui est arrivé lui enlève un poids qu'elle n'avait même plus conscience de porter.

— Pas vraiment. Enfin, ses mains ont… tu vois ? Ça m'a fait mal, sur le coup, mais il n'a pas… il n'a pas continué.

Ils s'écartent l'un de l'autre, sonnés par la profondeur de leurs échanges et par le pas qu'ils viennent de franchir en quelques minutes. Ils ne pourront pas revenir en arrière, mais faut-il pour autant continuer d'avancer sur ce terrain dangereux ? Toutes les certitudes de Jeanne volent en éclats. Elle n'aurait jamais imaginé partager avec qui que ce soit des confidences aussi intimes, encore moins s'abandonner comme elle vient de le faire entre les bras d'un autre homme qu'Henri, même sans échanger le moindre baiser. Qu'a-t-elle fait ?

Soudain, Benoît se précipite vers la porte entrebâillée de la remise. Jeanne entend à son tour le crissement de pas dans la cour. Elle reprend contact avec la réalité.

— *Gute Nacht !*

Benoît répond d'un bref salut de la tête.

— C'est l'officier qui rentre. Viens, je t'accompagne. Je vais en profiter pour aller voir les enfants, et peut-être récupérer Germain pour la nuit. Je crois qu'il préfèrerait encore dormir au pied des vaches que juste au-dessus d'un soldat allemand…

Ils traversent la cour dans l'obscurité et se faufilent dans la grande cuisine à la suite d'Ernst Bauer, qui grimpe déjà l'escalier sans aucune discrétion. Il n'y a pas un bruit à l'étage, les enfants ont sans doute entendu le claquement de ses bottes et ils ne mouftent pas. Jeanne quitte Benoît sans un mot. Elle réalise peu à peu l'ampleur de ce qui lui arrive, et prie pour qu'Henri soit déjà endormi. Quand elle pousse la porte de leur chambre, il est étendu sur le lit, comme d'habitude, ses yeux fixés sur le plafond. Une odeur écœurante de papier brûlé et de tabac brun flotte encore dans la pièce, et Jeanne aperçoit un mégot posé par terre à côté de ses chaussures.

— Tu es restée bien longtemps avec l'instituteur.

— Je l'ai aidé à…

— Je sais.

Toujours sans la regarder, Henri se redresse et s'assied sur le bord du lit.

— Cet officier allemand qui dort de l'autre côté de la cloison, je vais pas le supporter. On va devoir partir.

17

Saint-Sébastien-sur-Loire, 22 septembre 1940

Les éclats de voix s'amplifient encore. Angèle et Armand se disputent ! C'est si nouveau que, pour une fois, les enfants mangent en silence, comme le soir où le lieutenant allemand a débarqué dans la cuisine, et que seul Gaspard arrivait à en rire. Voilà déjà une semaine que Bauer vit chez eux, et le bel équilibre qu'ils étaient parvenus à mettre en place malgré les contraintes de l'Occupation se trouve mis à mal, comme si l'air était devenu électrique à la ferme des Moreau. Même Benoît Colson, toujours de bonne humeur, s'enferme parfois dans un silence qui ne lui ressemble pas.

À croire que ce Boche a contaminé toute la maisonnée. Il n'est pas désagréable, pourtant, et c'est peut-être ce qui est le plus déroutant. Ce serait plus facile de le haïr si on pouvait l'accabler sur des évidences, des impolitesses, sur ce côté barbare et sans pitié dénoncé par la rumeur. Mais non. Malgré les affiches menaçantes en ville où le mot *Verboten* – « Interdit » – fleurit au point que l'on se demande si respirer librement est encore possible, malgré les tickets de rationnement, les arrestations arbitraires, les réquisitions… Le lieutenant Ernst Bauer reste courtois, discret, respectueux. Aimable. C'en est presque insupportable.

Sur un défi de Mimi, Claude et Joseph sont entrés dans sa chambre en son absence, le cœur dévoré par l'angoisse et l'excitation à son comble. Ils sont revenus fort déçus de leur expédition. Au lieu de l'antre du diable qu'ils s'attendaient à découvrir, ils ont trouvé un lit impeccable, fait au carré, sans aucun pli sur la couverture, et un oreiller si lisse qu'on aurait pu croire que personne n'y avait jamais posé sa tête. Des vêtements étaient soigneusement pliés sur le dossier d'une chaise, et la fenêtre était entrouverte selon un angle précis, qui laissait passer l'air sans faire bouger les rideaux. Hormis une odeur persistante de cuir et de savon, rien ne pouvait indiquer que quelqu'un y vivait en ce moment même.

— Tu crois quoi ? Qu'il va te donner des bons points ? Tu veux pas aussi lui laver sa culotte, pendant que tu y es ?

— C'est toi qui comprends rien ! Il est là, de toute manière ! Alors, un peu plus ou un peu moins, qu'est-ce que ça change ?

— Ça change tout ! Déjà qu'il se croit chez lui, ce gros porc, si en plus tu le bichonnes, il va penser quoi ? Qu'les Français sont juste bons à lui cirer les bottes ?

— Bon ! J'lui ai seulement recousu un bouton, c'est pas comme si j'lui apportais son café au lit !

— Manquerait plus qu'ça ! fulmine Armand. Quoique, j'suis sûr qu'il y en a une que ça dérangerait pas, hein ?

L'allusion à Madeleine est grossière, mais justifiée. La connivence qui s'installe au fil des jours entre elle et Ernst Bauer est tout simplement inqualifiable.

— Mélange pas tout. Et puis, c'est ta nièce, après tout, t'as qu'à lui remonter les bretelles si t'es pas content.

Les accents de la dispute retombent. Ils sont au moins d'accord sur quelque chose, et en condamnant l'attitude de Madeleine, Angèle revient du côté d'Armand, du côté des « fiers », de ceux qui défendent l'honneur de la patrie malgré les outrages subis. Jusqu'ici, ils se sont toujours compris, les époux Moreau. L'accueil de réfugiés et d'enfants en déroute s'est fait sur ce principe, comme tout le reste.

Non, ce qui a mis le feu aux poudres, avant-hier, c'est cette photo du maréchal Pétain qu'Angèle a tenu à afficher dans la cuisine, au-dessus du grand buffet. Henri et Benoît ont failli s'étouffer en la découvrant, et Armand n'a pas osé lui demander de l'ôter, parce qu'il sait qu'Angèle met tous ses espoirs en lui pour qu'enfin cette guerre cesse définitivement et que son fils lui soit rendu. Pétain, c'est le héros de la Première Guerre mondiale, le protecteur de la nation. Même s'il a abdiqué un peu vite devant les Allemands, il l'a fait pour éviter un carnage, non ? Et ça, une mère ne peut que lui en être reconnaissante.

En plus, avec ce Teuton qui écoute toutes leurs conversations, il vaut mieux afficher patte blanche, si on ne veut pas qu'il arrive malheur à l'un d'entre eux. Cette histoire de recensement des juifs, par exemple, il ne faudrait pas que ça oblige le petit Joseph à chercher refuge ailleurs. Cela dit, contrairement à son mari, Angèle ne croit pas qu'il soit plus en danger qu'un autre. Jojo a beau être juif, même si ce Hitler ne les aime pas, il ne va quand même pas s'en prendre à des enfants, si ? C'est sacré, les enfants. La preuve, tous ces soldats qui ont envahi Saint-Sébastien : dès qu'ils croisent un gamin, surtout les blondinets qui leur rappellent les leurs, ils lui font des risettes, ils ont même pris le petit Pierrot dans leurs bras, l'autre jour, au marché ! Non, un homme digne de ce nom ne fait pas de mal aux enfants. Allons.

En revanche, il y a des limites à ne pas dépasser, que franchit allègrement Madeleine. Depuis que le lieutenant Bauer vit à la ferme, elle se farde, elle parle encore plus fort que d'habitude et ne manque pas une occasion de croiser son chemin, c'en est ridicule. *D'ici à ce qu'on la retrouve dans son lit,* frémit Angèle sans oser formuler cette pensée à haute voix. *Armand serait capable de la tuer.* Il faut croire que chaque famille porte son lot de brebis galeuses, et Mado sera la leur.

— Qu'est-ce que j'y peux si elle a pas d'honneur, grogne Armand. À son âge, j'vais pas refaire son éducation. C'est mon frère qui aurait dû lui apprendre ce genre de choses. On fricote pas avec l'ennemi, point barre !

Dans la pièce voisine, les enfants n'en perdent pas une miette.

— Ça veut dire quoi, fricoter ? demande Violette à voix basse.

— Ça veut dire se frotter tout nus l'un contre l'autre, répond Mimi d'un air docte. Et après ça, on peut avoir des enfants !

— Berk, grimace Gaspard. J'ferai jamais ça !

— Oh si, tu le feras, minus. Et même que t'aimeras beaucoup ça ! Ma mère dit que les hommes sont tous des cochons !

— Cochon toi-même !

— Ferme-là, le nabot ! T'y connais rien !

— Taisez-vous, on n'entend plus rien, râle Joseph. Juste au moment où ça devenait intéressant !

Mais ils ont beau tendre l'oreille, la discussion est close. Les époux Moreau reviennent s'asseoir à table, sous l'œil morne du Maréchal.

— Vous êtes tout seuls ? s'étonne Angèle.

— Ils sont allés voir Blanchette, répond Claude. Elle meuglait bizarrement.

— Elle va avoir son bébé ? demande Apolline. J'aimerais bien aller voir, moi aussi !

— Non, restez là, répond Armand en se précipitant vers l'étable. C'est pas pour les gosses, ce genre de choses !

S'ils n'avaient dû voir que ce qui était « pour les gosses », depuis le début de cette guerre, ça se saurait ! Mais Angèle les a à l'œil, impossible de se faufiler hors de la pièce sans qu'elle s'en aperçoive. Ils tendent alors l'oreille vers la cour, espérant capter un bruit nouveau. Au même moment, un long beuglement déchire le silence.

— Vous croyez qu'il est né ?

— Angèle, on peut y aller ? S'te plaît !

Gaspard grimpe sur les genoux d'Angèle et lui fait son plus beau sourire.

— Toi, alors ! T'es un sacré garnement, ronchonne-t-elle. Bon, on va aller voir ce qui s'passe, mais vous restez bien derrière moi, compris ? Faut pas déranger la Blanchette si elle est en train de vêler.

— Promis ! Merci, Angèle !

Une fois devant la porte de l'étable, ils se bousculent et se marchent sur les pieds pour voir par-dessus l'épaule d'Angèle, mais seuls Claude et Émilienne, les plus grands, parviennent à voir quelque chose. Le visage de Mimi, toujours si dur, s'ouvre alors comme une fleur au soleil. Gaspard se dit qu'elle est décidément très jolie. Quand il sera grand, il voudrait bien avoir une amoureuse qui lui ressemble, avec des dents en avant, des taches de rousseur et un nez qui remonte vers le haut comme le sien.

— Alors ? lui demande-t-il sur un ton impatient.

Et là, miracle ! Au lieu de le rabrouer en le traitant de minus, elle le saisit à bras-le-corps et le porte à sa hauteur pour qu'il puisse profiter du spectacle. Blanchette est couchée sur le flanc, la tête soutenue par Madeleine. Elle souffle fort, comme après une course. La paille est toute écrasée autour d'elle, et papa se tient debout dans un coin, avec sur le visage une expression plus douce que d'habitude. Une drôle d'odeur, douceâtre et sucrée, parvient aux narines de Gaspard, et, soudain il le voit. Le petit veau nouveau-né. Minuscule par rapport à sa mère, et tout mouillé. Ses pattes glissent et se replient sous lui, comme s'il ne savait pas quoi en faire, et les yeux de Gaspard se remplissent de larmes. L'émotion gagne petits et grands. Même monsieur Colson, accroupi devant Blanchette, les mains toutes sales, se retient de ne pas pleurer.

— Il tremble, murmure Gaspard en contemplant le veau fragile. Il faut que sa maman le sèche.

Au même moment, Blanchette tourne la tête vers son petit et lui donne de grands coups de langue en émettant un bruit râpeux et régulier. À chaque nouveau coup, Gaspard observe avec satisfaction que son bébé ferme les yeux et tremble un peu moins.

Armand adresse un clin d'œil à Angèle.

— De vrais paysans, tous ces citadins ! Ils se sont débrouillés comme des chefs. Guerre finie ou pas, moi, je vous embauche tous !

Jeanne et Benoît échangent un regard bref et douloureux.

Si seulement…

TROISIÈME PARTIE

TENIR

1

Armentières, 3 novembre 1940

Comme chaque jour depuis leur retour, Jeanne frotte, balaie, astique, récure sa maison jusqu'à l'épuisement. Cette activité monotone, répétitive et abrutissante lui évite les ruminations et fatigue son corps pour la nuit à venir. Le simple fait de remettre ses pas dans sa vie d'avant en reproduisant des gestes connus, familiers, cent fois répétés l'apaise, même si sa relative tranquillité d'esprit a bel et bien disparu en même temps que leur quotidien dévasté, explosé comme les rues d'Armentières.

Quel choc ! Quel épouvantable effroi ont-ils éprouvé en retrouvant leur ville dans un tel état. Jeanne ignorait qu'elle aimait à ce point les lieux qui l'ont vue naître jusqu'à ce qu'elle les découvre ainsi. Pulvérisés. Anéantis. En un sens, ces ruines font écho à son chagrin secret, à cette peine immense qu'elle n'a même pas le droit de ressentir et qu'elle camoufle derrière la détresse, bien compréhensible, de devoir vivre dans ces conditions.

Et encore, la famille Delaunay n'a pas trop à se plaindre. Ils sont tous vivants, entiers, et leur maison n'a pas été rasée, contrairement à beaucoup d'autres. Lorsqu'ils ont débarqué à la gare d'Armentières, un soir d'octobre, avec pour seuls bagages leur unique valise et un petit sac de toile, hébétés et épuisés, ils ont cru atterrir dans un autre monde. Grâce aux laissez-passer qu'Henri avait réussi à leur obtenir en sa qualité de commis de mairie, ils ont franchi toutes les étapes de ce voyage angoissant sans aucun problème, ou presque. Seuls les contrôles et les vérifications sèches de leurs papiers d'identité par des militaires hargneux leur ont fait craindre par deux fois un possible retour en arrière, mais rien de tel ne s'est produit.

Le départ de Saint-Sébastien-sur-Loire a été aussi brutal qu'inattendu. Sans se l'avouer vraiment, Jeanne était convaincue qu'ils ne repartiraient pas avant la fin de la guerre, quand la France ne serait plus coupée en deux par la ligne de démarcation, quand les routes seraient de nouveau sûres et que l'on ne redouterait plus la présence des soldats à chaque coin de rue. L'avenir demeurait flou, incertain, mais elle se sentait en sécurité à la ferme des Moreau. Elle se raccrochait alors à cette maxime que Benoît lui avait demandé de retenir : un jour à la fois.

Cependant, quand Jeanne avait compris que la décision de partir d'Henri était irrévocable et qu'elle n'avait pas son mot à dire, les choses s'étaient accélérées. Ainsi, la vie décidait pour elle, une fois de plus. Elle se trouvait de toute façon dans une situation inextricable, et Benoît le savait. Afin de ne pas mettre le feu aux poudres, il s'était mis en retrait durant les jours qui avaient suivi leur tête-à-tête dans la remise, au cas où. Au lieu d'organiser des jeux et des sorties avec les enfants, il partait se promener seul pendant de longues heures et revenait à la nuit tombée, parfois même après le dîner. Quand Jeanne le questionnait sur ses absences, il lui répondait qu'il ne voulait pas la mettre en difficulté. « Si Madeleine n'a pas été dupe de mes sentiments pour toi, ton mari ne l'est peut-être pas non plus. Laissons le temps agir, afin que les choses retombent. D'ici à ce qu'il parvienne à obtenir un *Ausweis*, l'eau aura coulé sous les ponts… »

Mais les prédictions de Benoît s'étaient avérées fausses. Contrairement à ce qu'il pensait, Henri avait été redoutablement efficace, car moins de quinze jours plus tard, il était revenu un soir à la ferme, triomphant, avec une petite enveloppe qui contenait tous les papiers dont ils avaient besoin pour partir. Devant la mine déconfite de Jeanne, il avait lancé : « Tu n'es pas contente ? Depuis le temps qu'on en rêve de récupérer notre maison ! » Qu'aurait-elle bien pu lui répondre ? Bien entendu, la crainte de retourner dans les zones de combat et de subir une occupation encore plus dure qu'ici était légitime, sans compter le risque de se retrouver à la rue si leur quartier avait été bombardé, mais Henri balayait tous ces arguments d'un revers de main. « À ce compte-là, on ne rentrera jamais ! La mairie a besoin de moi, et si jamais on est en difficulté, je suis sûr qu'ils nous aideront à nous reloger. Ne t'inquiète pas. »

Le départ avait été fixé deux jours plus tard, et cela avait été un déchirement pour Jeanne et les enfants. Quitter ce havre de paix, ce petit paradis préservé comme une enclave au milieu de la tourmente ressemblait presque à un deuxième exode. Certes, l'ambiance était moins sereine depuis que le lieutenant Bauer occupait la chambre en dessous du grenier, mais il était si discret que, la plupart du temps, il se faisait oublier. Enfin, sauf pour Madeleine…

Jeanne se souviendra longtemps de ce petit matin frileux où elle était descendue du dortoir des enfants à tâtons. Elle avait passé les dernières heures de la nuit auprès de Gaspard, qui avait pris froid, et s'était trouvée nez à nez avec Madeleine sortant tout juste de la chambre de l'officier. Ses cheveux en bataille et sa chemise de nuit à moitié ouverte sur sa poitrine ne laissaient aucun doute possible sur la nature des relations qu'elle entretenait avec Bauer. Jeanne en était restée bouche bée. Mais, ce qui l'avait encore plus marquée, c'était l'expression de Madeleine, l'espèce de haine méprisante qu'elle avait lue dans son regard. Elle s'était rapprochée de Jeanne et lui avait chuchoté : « Me jugez pas. Sous vos airs de sainte-nitouche, vous valez pas mieux qu'moi. » Et elle était repartie dans sa chambre. À partir de ce jour-là, Jeanne aussi avait évité de se retrouver seule en présence de Benoît. Sans pouvoir se l'expliquer, elle se sentait salie par le miroir grossissant de cette relation obscène que Madeleine lui imposait. Elle ne niait pas coucher avec Bauer pour assouvir ses pulsions. Ça la regardait. Mais le fait qu'elle rabaisse sa propre connexion avec Benoît au même niveau l'atteignait profondément. *Ce n'est pas vrai, je ne suis pas comme elle.* Pourtant, ces élans incontrôlables qu'elle ressentait quand elle pensait à lui et s'imaginait dans ses bras, ces rêves où ils s'embrassaient à perdre haleine, son odeur chaude et salée qui la faisait chavirer… N'était-ce pas la même chose, au fond ? Un désir fou et coupable auquel Madeleine avait succombé et pas elle ? Ça changeait quoi ? Où commençait l'infidélité ? Où s'arrêtait-elle ?

Paradoxalement, c'est à peu près à ce moment-là que Jeanne avait retrouvé la foi. Elle ressentait à nouveau un apaisement familier inonder son cœur quand elle priait, et elle n'hésitait pas à demander l'aide de Dieu pour traverser cette nouvelle épreuve.

Mais, elle avait beau faire, dès qu'elle se retrouvait en présence de Benoît, aucune de ses résolutions n'était plus forte que l'envie de lui parler, de le frôler, de sentir sur elle la lumière douce de son regard. Elle aimait la manière dont il occupait l'espace, le jeu de ses mains quand il bricolait, sa façon bien à lui de se pencher sur un enfant en l'écoutant gravement… Mais aussi la naissance de son cou, ses avant-bras encore hâlés du soleil de l'été, sa fossette, son sourire, ses lèvres pleines et généreuses…

Quoi qu'elle fasse, depuis qu'ils sont rentrés, son image reste gravée en elle. Pour combien de temps, encore ? Elle l'ignore. Peu à peu, son profil s'effacera de sa mémoire, elle cherchera l'accent de sa voix, sa silhouette se floutera jusqu'à se transformer en une vision douce et lointaine, un joli souvenir qu'elle chérira avec tendresse, quelque chose d'unique, de précieux, mais qui appartiendra à son passé. C'est ainsi.

Jeanne se redresse, découragée. Malgré ses innombrables coups de balai, il lui semble que la pièce est toujours aussi sale. Dans cette ville en ruine, on dirait qu'un filtre de poussière grise recouvre tout, les gens comme les choses. On a beau le chasser à grande eau, il revient aussitôt. Tout est si triste. Les rues, les maisons à demi effondrées, l'atmosphère froide et humide, l'absence de nourriture, de chaleur, de rires, de chansons.

Et son âme, aussi.

2

Armentières, 11 novembre 1940

— Tu pars travailler un jour férié ? demande Jeanne, surprise.

Henri suspend son geste un bref instant, puis il finit de nouer son écharpe. En cette fin d'automne, le froid est déjà vif.

— Le 11 novembre n'est pas férié pour les Allemands, je te rappelle, grommelle-t-il. Et comme on leur obéit au doigt et à l'œil…

— Tu as pris les tickets ?

— Pain et lait, oui. J'espère qu'il n'y aura pas trop de monde. Un collègue m'a parlé d'une ferme à Vieux-Berquin qui fait de bons prix. J'essaierai d'aller y faire un tour en vélo, samedi. Si je pouvais ramener un lapin ou un poulet, ce serait formidable…

Quelle différence avec la relative abondance de nourriture dont ils bénéficiaient à Saint-Sébastien ! Pour cette seule raison, Jeanne aurait aimé rester là-bas. Elle se fiche de manger ou non à sa faim, mais ses enfants… Henri le sait, c'est pourquoi il ne ménage pas sa peine sur ses jours de repos pour trouver les meilleures combines possibles sur le marché noir, qui s'est développé comme une traînée de poudre depuis que des restrictions drastiques autour de l'alimentation ont été mises en place. Le ravitaillement commençait déjà à être difficile avant l'été : il est devenu obsessionnel. Les fermes dans un rayon de trente kilomètres autour d'Armentières sont prises d'assaut par les citadins affamés en quête de volaille, de beurre ou d'œufs dont ils se trouvent privés au quotidien. Et, bien entendu, les tarifs augmentent en même temps que la pénurie générale.

« J'ai faim, maman ! » Quelle phrase terrible. Jeanne a aussitôt donné sa part à Gaspard, mais sur le long terme, ça ne résout rien. Elle se retient tous les jours de ne pas reprocher à Henri leur départ précipité, car elle craint qu'il ne se méprenne sur le motif de sa rancœur. D'ailleurs, n'aurait-il pas un peu raison, dans le fond ? Elle-même ne parvient plus à y voir clair. Elle a tant rêvé de ce moment où elle retrouverait sa maison, ses repères, son foyer, sa ville… Et maintenant qu'elle y est enfin, elle donnerait tout pour être ailleurs. Elle ne reconnaît plus rien ni personne. Pas même son propre reflet dans le miroir. Cette femme aux joues pâles et creuses, aux grands yeux affamés, est-ce vraiment elle ? Elle lit quelque chose de nouveau dans son regard, l'expression d'une vie intérieure dense et tourmentée. Un secret qu'elle enfouit un peu plus chaque jour au fond de son cœur, mais qui la ronge en dedans.

Finalement, l'état de sa maison à leur arrivée correspond parfaitement au sien : une façade intacte, mais un intérieur dévasté. Une troupe de soldats s'est installée chez eux en leur absence. Allemands ou Français ? Impossible à déterminer. Mais les meubles déplacés, les mégots écrasés dans des assiettes, les bouteilles cassées, les couvertures militaires jetées par terre, les traces de bottes sur le sol… Tous ces signaux grossiers et désordonnés ont laissé dans la maison une impression durable de violation intime, d'appropriation vulgaire et brutale de lieux qui auraient dû rester privés, presque sacrés dans le souvenir de Jeanne. Elle a retenu des haut-le-cœur en découvrant leurs chambres, les matelas retournés, les draps souillés, une odeur étrangère flottant entre les pièces. Gaspard et Apolline erraient comme des âmes en peine dans ce lieu qui leur était à la fois familier et inconnu. Inquiétant. Ils ne reconnaissaient pas leur propre maison.

Et Jeanne a beau s'acharner à en récurer le moindre centimètre carré depuis qu'ils sont rentrés, elle ne s'y sent toujours pas chez elle. *Est-ce que cela reviendra un jour, ce sentiment d'être à ma place quelque part ?* Elle s'interdit de penser que, dans les bras de Benoît, elle se sentait en paix. *Ça ne peut pas être là. C'est impossible.*

Gaspard surgit entre ses parents. Lui aussi est malheureux, pour d'autres raisons. Privé d'espace, de nature et de copains, il se dispute sans cesse avec sa sœur et réclame « m'sieur Colson », tellement plus gentil que son vieux maître d'Armentières. Henri pince les lèvres chaque fois qu'il entend le nom de l'instituteur. « Tu n'as pas le choix. Et tu as intérêt à bien travailler. J'espère que les enfants n'auront pas pris trop de retard, avec ses méthodes à la noix… »

— Maman, je peux aller jouer dans la cour ?

— Oui, mon chéri. Mais tu ne grimpes pas sur le mur !

Si la ville occupée par les Allemands est plutôt calme, contrairement au mois de mai, Jeanne craint plus que tout l'attitude imprévisible des soldats. Son agression remonte à plusieurs mois maintenant, mais elle ne pourra jamais l'oublier, comme son effroi réactivé par la découverte de sa maison ravagée, voilà déjà plus d'un mois.

— Laisse-le donc se dépenser, ronchonne Henri avant de quitter la maison. Il en a bien besoin.

Si tu ne nous avais pas obligés à rentrer trop tôt dans cette ville fantôme, on n'en serait pas là ! se retient-elle de lui jeter à la figure. Mais elle se contente d'acquiescer d'un bref signe de tête.

— Passe une bonne journée.

— Toi aussi. À ce soir.

Voilà à quoi se résument leurs rapports, maintenant. Quelques banalités, des reproches sous-jacents, des politesses feintes le matin et le soir. Tant de non-dits qui viennent s'ajouter aux autres, à toutes ces strates de silences et de sous-entendus, de jugements muets qui continuent de hanter leurs jours et leurs nuits. Quel gâchis ! Si Henri a réellement perçu son inclinaison pour Benoît, il espère sûrement que le temps jouera en sa faveur… Il n'a pas tort. Jeanne sent déjà que la vie de couple reprend ses droits. Ils n'ont pas le choix. Autant, à la ferme de Saint-Sébastien, la communauté leur permettait de se retrancher les uns derrière les autres pour prendre les décisions collectives, autant ici, ils sont livrés à eux-mêmes. Confinée à la maison pour éviter de croiser des soldats, Jeanne ose à peine sortir pour emmener les enfants à l'école deux ou trois jours par semaine, et, même si ses relations avec Henri sont tendues, elle est soulagée de l'entendre rentrer chaque soir.

Peu à peu, sans le reconnaître encore tout à fait, ils remettent leurs pas dans les anciens, ils retrouvent une forme d'habituation à l'autre, ils se réapprivoisent tout en essayant de ne pas se laisser dévorer par l'amertume. Henri, notamment, fait de gros efforts pour empêcher la sienne de prendre toute la place, surtout depuis le dernier discours de Pétain à la radio. Encore. Le 30 octobre, quelques jours après sa rencontre avec Hitler à Montoire, le Maréchal a annoncé officiellement l'entrée de la France dans sa collaboration avec le Reich. Quelle honte ! Henri n'a pas desserré les mâchoires pendant deux jours, comme si Jeanne était responsable de cela *aussi*.

Avec un pincement au cœur, elle entend Gaspard appeler Mitsou dans la cour. C'est la première chose qu'il a faite. Chercher son chat. Se séparer du petit Chaussette a déjà été très difficile, rentrer à la maison sans retrouver Mitsou l'a été encore plus. Mais il ne désespère pas. La déception initiale passée, il s'est mis en quête de son chat depuis la cave au grenier, dans la cour, dans les rues adjacentes, et il continue de l'appeler sans relâche, chaque jour depuis leur retour. Personne n'ose le décourager dans cette entreprise, pas même Henri, tant il y met d'espoir et de persévérance. Après tout, si ça lui permet d'accepter un peu mieux sa disparition… Cette pauvre bête est sûrement partie ou morte dans un coin depuis longtemps, mais autant laisser Gaspard y croire encore. Il finira bien par se résigner de lui-même.

Il se met à pleuvoir. Jeanne entrouvre la porte de la cuisine.

— Gaspard ! Rentre, tu vas être trempé.

— Oui, m'man.

Quand il passe devant elle, Jeanne mesure à quel point son petit garçon a grandi ces derniers mois. L'air de la campagne lui a fait tant de bien ! Là-bas, ses joues étaient toujours roses et rebondies, son regard vif, ses vêtements sales et ses genoux écorchés… Ici, son apparence est redevenue sage, mais il bouillonne à l'intérieur.

Comme elle.

3

Armentières, 10 janvier 1941

Gaspard jubile. Depuis qu'ils sont mélangés avec les grands à l'école, il apprend des tas de choses. La cour de récréation étant plutôt petite, il se faufile entre les groupes et chante à tue-tête avec les autres le refrain « Ali Alo » cher aux soldats allemands, en rajoutant la rime « bande de salauds » qui lui donne tout son sel. Il y met tant de cœur qu'il ne voit pas l'instituteur débouler à grands pas derrière lui. Les grands se taisent d'un coup, mais lui lance sa tirade en s'égosillant, tout seul, en insistant bien sur le mot « salauds » qui monte dans les aigus.

Une main lourde sur son épaule le cloue sur place. Quelques ricanements ponctuent l'intervention du maître, mais la plupart des élèves restent sérieux. Monsieur Vannier toise Gaspard d'un air sévère, sa moustache grise hérissée de mécontentement. Il s'adresse d'abord au groupe.

— Bande d'inconscients ! Vous savez qu'on vous entend, de la rue ? Vous me copierez tous cent fois la phrase : *« Je dois réfléchir avant de parler »*.

Les regards fuient. Les sourires en coin persistent. Tout le monde sait que le vieux Vannier voue une admiration sans bornes au Maréchal et qu'il est « au mieux » avec les Allemands.

Pour lui, la collaboration, ce n'est pas une option, c'est le respect de la loi, tout simplement. Il se tourne vers Gaspard.

— Et toi ? Tu n'as pas honte de répéter ces sottises ?

Gaspard baisse la tête. Non, il n'a pas honte, mais il ne doit pas le dire sous peine d'énerver encore plus le maître. « On va lui faire friser sa moustache, puisqu'il aime tant les Frisés ! » Ce sont les grands qui disent des choses comme ça, ou qui l'écrivent sur de petits papiers qui arrivent parfois jusqu'à la sacoche de monsieur Vannier, alors il est à cran, le vieil instituteur. Mais, malgré son jeune âge, Gaspard devine que cette rébellion n'est pas seulement de la provocation envers les aînés. Elle correspond aussi à ce qu'il entend chez lui. Cela fait plusieurs fois que son père condamne les affiches intitulées *« Appel au calme »* relayées par le maire d'Armentières. Entre autres menaces, elles retranscrivent les punitions que le Commandant de Place inflige en représailles des insultes adressées aux soldats allemands. La dernière en date s'est soldée par la fermeture d'un café pendant quinze jours et à une semaine d'emprisonnement pour une femme qui leur avait crié : « Cochons ! », suivi de « À bas Hitler ! ».

Gaspard a aussitôt voué une admiration sans bornes envers cette femme, et, lorsqu'il croise des Boches, il se retient de ne pas leur tirer la langue malgré la frayeur qu'ils lui inspirent encore. Malheureusement pour lui, ses cheveux blonds lui attirent bien souvent la sympathie de ces hommes privés de leurs enfants, et il se contente de baisser la tête lorsqu'ils tendent la main vers lui pour lui proposer des bonbons. Une fois, il a failli accepter tant la tentation était grande : on lui offrait un caramel mou ! Ses préférés ! Il n'en avait pas mangé depuis si longtemps qu'il ne se souvenait même plus de leur goût… Mais maman l'a tiré brutalement en arrière en lui faisant la leçon. « Tu n'en parles pas à papa, surtout ! » a-t-elle rajouté. Et Gaspard n'avait rien raconté de l'incident à la maison, pas même à Apolline.

— Au coin ! poursuit le maître en le tirant par l'oreille, juste assez fort pour qu'il sente son lobe chauffer et le rouge de la honte envahir son front.

Jamais monsieur Colson n'agissait ainsi, même lorsqu'il faisait de bien plus grosses bêtises. Alors qu'il se dandine face au mur en tapant des pieds pour se réchauffer, Gaspard repense à la grange douce et chaude qui abritait leurs jeux et leurs leçons, à son Chaussette chéri qu'il a abandonné là-bas et qui venait jouer avec son crayon quand il traçait des lettres bien rondes sur un vieux bout de cahier, à ses copains Jojo et Germain, à Émilienne, au petit veau qu'il a presque vu naître… Son nez pique fort, tout à coup, et il renifle pour éviter de pleurer, ce qui serait une catastrophe. Tout le monde va penser qu'il chouine à cause de sa punition et le traiter de gros bébé, l'insulte suprême !

Pour se changer les idées, Gaspard souffle par la bouche, tentant de dessiner des ronds de vapeur dans l'air glacé, puis il racle le bout de sa chaussure contre une petite flaque gelée pour en fissurer la surface, mais la glace est prise en masse. Une boue mêlée de neige forme de petits tas compacts qu'il essaie en vain de décoller du mur. Quel ennui, cette punition ! Lui qui a tant besoin de courir !

Lorsque la cloche sonne, le froid dans la classe est presque aussi intense que celui de la cour. Même en gardant leur manteau et leurs gants, les élèves peinent à se réchauffer et à rester concentrés, sans compter le mauvais éclairage et les livres usagés. Apolline elle-même, qui collectionnait les bons points avant la guerre, a du mal à retrouver son niveau d'antan. Papa accuse monsieur Colson de les avoir fait régresser avec « ses méthodes au rabais » et « son manque total d'autorité ». Pourtant, Gaspard n'a jamais aussi bien appris ses leçons que durant les séances improvisées sous la grange. Monsieur Vannier l'a même félicité de ses progrès. Bon, les louanges ont été de courte durée, car avec lui, Gaspard a vite récupéré son bonnet d'âne et sa place de cancre au fond de la classe. Mais, il déchiffre tout de même mieux qu'avant son alphabet, et grâce à la méthode de monsieur Colson, qui lui conseillait de chanter pour apprendre ses poèmes, il parvient enfin à récolter quelques bonnes notes.

Monsieur Vannier, les mains derrière le dos, son manteau boutonné jusqu'au cou, égrène avec sa baguette de bois les syllabes qu'il vient de copier sur le tableau noir. « M-A MA ». La buée blanchit peu à peu les vitres de la salle de classe, et Gaspard s'amuse à deviner les formes qu'elle représente. Un nuage, une vache, un arbre… Ici, ça serait plutôt un fusil, et là, un casque… « R-É RÉ ». Tiens, une armée entière de soldats de plomb. Voilà au moins une chose que Gaspard est content d'avoir retrouvée. Ses billes et ses osselets aussi. Même s'il donnerait tous les jouets du monde pour une partie de chat perché avec Claude, Jojo, Mimi et Germain, cela lui fait tout de même plaisir. « C-H-A-L CHAL ».

— Gaspard !

Il sursaute. La voix du maître est sévère.

— Au lieu de rêvasser, lis ce qu'il y a écrit au tableau.

C'est un mot drôlement compliqué, il exagère, monsieur Vannier ! Sans même essayer de le déchiffrer, Gaspard se concentre sur les murmures qui lui soufflent la bonne réponse et, devant la mine impatiente de monsieur Vannier, il se contente de répéter en phonétique ce qu'il entend.

— Mare chat.

Les premiers rires fusent. Gaspard comprend qu'il s'est trompé. Zut, alors ! Il va encore se ramasser une punition pour rien ! Il retente le coup.

— Maréchou ?

Un éclat de rire général suit cette seconde proposition. La moustache du maître frémit d'indignation.

— Tu le fais exprès ? Au coin !

Gaspard s'y rend en traînant les pieds. Il le connaît si bien, ce coin, que c'est presque devenu son deuxième pupitre, l'endroit où il se sent comme chez lui. D'une oreille distraite, il écoute les explications de l'instituteur à la classe.

— Maréchal, évidemment ! Qui est le Maréchal ? Je vous écoute.

Quelques voix hésitantes se lancent.

— C'est le chef de la France.

— Pétain ?

— Le ma-ré-chal Pétain veille sur la France. Il veut que les enfants travaillent bien et obéissent. Compris, Gaspard ? Retourne à ta place.

Ouf ! Pour une fois, la punition n'aura pas duré très longtemps. Le maître voulait sans doute marquer le coup pour les gros mots dans la cour de récréation. Il savait très bien que Gaspard ne parviendrait pas à lire ce mot. C'est l'inconvénient des classes à plusieurs niveaux : on est avec les grands, mais, du coup, les leçons sont souvent plus difficiles. Monsieur Colson, lui, s'adaptait à chaque élève. C'était bien.

Gaspard se demande s'il reverra un jour monsieur Colson, Chaussette, Angèle et Armand, Jojo, Mimi, Claude, Violette et Madeleine. Toutes ces personnes qui, le temps d'un été, étaient devenues celles qui comptaient le plus au monde pour lui, après papa et maman.

Il l'espère de tout son cœur, même si papa lui a dit qu'il ne devait pas y compter, et que maman a rajouté : « Ils doivent retrouver leur vie d'avant, mon chéri. Comme nous. »

En prononçant ces mots, elle avait l'air encore plus triste que lui.

4

Armentières, 15 janvier 1941

Jeanne frissonne. Le poêle ronronne à peine, mais elle ne peut pas se permettre de le recharger. Le sac de charbon de cinquante kilos qu'Henri est allé chercher en brouette la semaine dernière touche déjà à sa fin et, malgré leurs bons mensuels, les livraisons ne sont jamais garanties, surtout depuis que le froid s'est installé durablement. En décembre, ils avaient réussi à se dépanner avec du bois de récupération, mais les ressources s'épuisent vite.

Elle écoute d'une oreille distraite Gaspard lui raconter ses éternels déboires avec monsieur Vannier, tandis qu'Apolline se concentre avec elle sur le tri des pois cassés. Quand elle trouve des petits cailloux oubliés, la fillette les brandit devant elle en imitant la voix d'Angèle : « Regarde-moi ça ! On aurait pu s'casser la dent dessus ! » Jeanne sourit. Ses enfants rivalisent de gentillesse et de drôlerie pour adoucir un quotidien alourdi par les privations en tous genres, mais elle a du mal à faire bonne figure. Depuis leur départ de Saint-Sébastien-sur-Loire, il lui semble être entrée dans un long tunnel sombre dont elle ne voit pas l'issue.

Cela fait pourtant trois mois qu'ils sont partis. Mais, le temps a beau s'écouler, sa tristesse d'avoir quitté Benoît ne faiblit pas. Peut-être est-ce à cause de leurs conditions de vie si austères, ou des nombreuses patrouilles allemandes casquées et armées qui se promènent dans tous les quartiers de la ville ? Jeanne l'ignore. Elle a froid dedans, froid dehors. Seule la présence de ses enfants autour d'elle, comme en ce début de soirée morose de janvier, parvient à réchauffer un peu son âme.

Et le souvenir des lèvres de Benoît sur les siennes, aussi, qu'elle se repasse en boucle tous les soirs dans son lit. À force de convoquer ces images, elle a fini par en graver chaque détail dans sa mémoire. Du moindre mot au geste le plus infime, elle cisèle la scène jusqu'à en obtenir la reproduction la plus fidèle, la plus précieuse, celle qu'elle enferme à double tour dans le secret de son cœur.

Jeanne prend garde à ne jamais prononcer le prénom de Benoît à voix haute, en espérant qu'Henri finira par l'oublier, et qu'il oubliera aussi ses soupçons, cette faute qu'elle ne lui a jamais laissé confirmer. Ainsi se donne-t-elle l'illusion d'un accès préservé à un monde qui n'appartient qu'à elle. Un territoire clandestin et sûr, où elle seule peut se rendre lorsqu'elle en éprouve le besoin : un continent inconnu qui l'embarque dans cette soif inextinguible d'un grand amour inassouvi.

Après avoir rincé plusieurs fois les pois cassés dans une bassine émaillée remplie d'eau glacée, Jeanne ne sent plus ses doigts. Elle les rapproche du poêle et les frictionne vigoureusement au-dessus de la marmite noire qui commence à frémir. Elle y jette les pois cassés, un oignon émincé et une carotte coupée en rondelles, tout en rêvant d'y ajouter un morceau de lard, qu'elle remplace par une simple pincée de sel.

Les enfants démarrent une partie d'osselets. Depuis qu'on ne chauffe plus les chambres, ils ont pris l'habitude de rester à côté d'elle, dans la cuisine. Le cœur battant de la maison. En attendant que la soupe épaississe, Jeanne s'installe sur un coin de table avec ses travaux de couture. On est bien loin de ses commandes d'avant-guerre, mais elle parvient tout de même à bricoler des chemises et des manteaux pour les enfants à partir de vieux vêtements. Ils grandissent si vite ! Gaspard a déjà les poignets à l'air, et on dirait que les robes d'Apolline raccourcissent à vue d'œil. Entre leurs exclamations joyeuses, le léger bouillonnement de la marmite sur le feu et les derniers crépitements du poêle, Jeanne se sentirait presque apaisée. Elle laisse ses doigts courir sur le tissu tandis que son esprit s'échappe pour vagabonder loin d'Armentières, vers une contrée aimée qu'elle connaît par cœur.

Le dernier jour à Saint-Sébastien. Ils avaient si peu d'affaires à rassembler qu'elle n'a pas mis longtemps à préparer leurs bagages. C'était autant de temps de gagné pour le reste, pour ces heures précieuses qu'elle voulait absolument consacrer à Benoît, une dernière fois. Bien entendu, dans le chaos du départ, il a fallu aussi consoler les enfants, remercier les Moreau, ignorer Ernst Bauer, qui rôdait comme un oiseau de mauvais augure autour d'eux en cherchant à savoir « quelle mouche avait piqué » la famille Delaunay… Seule Madeleine semblait se réjouir de leur départ. Malgré ses menaces envers Jeanne, elle n'était pas tranquille chaque fois qu'elle rejoignait l'officier dans sa chambre en pleine nuit. Que cette mijaurée bégueule et son énervé de mari fichent le camp arrangeait bien ses affaires…

À l'inverse, Angèle tournait en rond comme une poule qui aurait perdu un de ses poussins. Elle n'arrêtait pas de prendre Gaspard dans ses bras et répétait à l'envi : « Mais pourquoi est-ce que vous partez maintenant ? Attendez donc que les choses se calment. Si ça s'trouve, y a encore des bombardements, là-haut ! » Armand s'en mêlait. « Allons, arrête un peu de leur faire peur ! Si ça passe pas, ils reviendront, et pis c'est tout ! Hein, Henri ? Vous prendrez pas de risques, au moins ? »

Henri souriait et rassurait tout le monde en tapotant la poche intérieure de sa veste, comme pour s'assurer que leurs papiers en bonne et due forme s'y trouvaient toujours, puis partait fumer avec Armand dans le potager. Quand il s'était absenté pour aller vérifier les horaires de train le lendemain à Saint-Sébastien, Jeanne s'était précipitée dans la remise. Benoît ne s'y trouvait pas. Les enfants étaient seuls, assis en rond dans la cour, tristes à pleurer. Après avoir vécu les uns avec les autres, jour et nuit pendant plus de trois mois, ils avaient du mal à réaliser qu'ils allaient être séparés pour de bon, surtout les plus petits. Germain, traumatisé par les séparations, ne quittait pas Gaspard d'une semelle. Apolline et Violette pleurnichaient dans les bras l'une de l'autre en se promettant de ne jamais s'oublier. Quant à Chaussette, on aurait dit qu'il avait senti le futur départ de son petit maître. Niché au creux de ses jambes, il ne bougeait pas d'une oreille.

Mais Benoît n'était toujours pas là.

Le cœur battant, Jeanne s'était élancée sur le chemin menant aux prés, celui où ils avaient croisé des soldats allemands pour la toute première fois. Elle *devait* le voir avant de partir. En accélérant le pas, elle avait fini par apercevoir sa silhouette, de loin, marchant lentement en sens inverse. Il faisait gris, ce jour-là, mais il ne pleuvait pas. Benoît s'était d'abord figé, puis s'était presque mis à courir pour être plus vite à sa portée. Son regard était toujours aussi intense, mais sombre, pour une fois.

« Pourquoi est-ce que tu es venue jusqu'ici ? Ton mari… »
« Henri est parti au bourg pour vérifier les billets de train, ou je ne sais quoi d'autre, et je m'en fiche… »

Il lui avait alors attrapé le bras pour l'emmener hors du chemin. Ils avaient sauté un talus, puis marché dans les herbes hautes jusqu'à atteindre un petit bosquet en contrebas, bien à l'abri des regards. Une odeur de foin frais et de fraises des bois flottait dans l'air. C'était le paradis. *Mon petit coin de paradis*. Comme dans la remise, le premier soir, ils ont ouvert une parenthèse enchantée, une bulle hors du temps. Une bulle préservée de la guerre et des séparations, des convenances, de la morale et des regrets. Une bulle où ils auraient pu s'aimer sans réserve.

Jeanne en sort à contrecœur pour aller remuer la soupe qui commence à épaissir. Les pois éclatent et collent aux parois de la marmite dans un borborygme rassurant. L'eau devient verte, crémeuse, et forme une écume jaunâtre qu'elle retire au fur et à mesure avec une grosse cuillère en métal avant de retourner s'assoir. Apolline lit une histoire à Gaspard devant le poêle, et Jeanne y voit l'occasion de replonger dans sa bulle. Après tout, elle ne fait de mal à personne en s'évadant ainsi par la pensée. À part peut-être à elle-même, lorsqu'il faut en sortir…

Elle se remémore ce pas qu'ils ont fait l'un vers l'autre sous les arbres. Tout lui paraissait si naturel, fluide, sans fausse note. Benoît a posé une main sur sa nuque et s'est penché sur elle avec une douceur infinie. De tous ses souvenirs, c'est celui que Jeanne préfère, celui qu'elle chérit entre tous. Elle suspend son aiguille en l'air un instant et entrouvre la bouche, comme si elle se trouvait face à Benoît en ce moment même. Elle se concentre de toutes ses forces pour sentir à nouveau la chaleur de ses lèvres sur les siennes, le foudroiement qui l'a balayée de haut en bas, ce soleil neuf et brûlant qui éclatait *là. Juste là.* Elle s'est collée à lui pour qu'il prolonge son baiser. Elle a goûté la saveur de sa langue. Elle a tant aimé cette ivresse.

Ses enfants quittent la pièce. Tant mieux. Ce sera plus facile pour se souvenir du reste. Ce moment où Benoît a laissé sa main descendre jusqu'à sa poitrine, où il l'a caressée à travers le tissu de sa chemise. Elle haletait. Lui aussi. D'une main fébrile, il a ouvert un bouton, puis deux, puis trois… Jusqu'à libérer un de ses seins, rond et charnu, qu'il a enserré dans sa paume chaude tout en continuant de l'embrasser. Ses lèvres ont ensuite cherché la peau de son cou, la naissance de son décolleté, pour venir à leur tour se poser sur son aréole brune. Elle se rappelle avoir gémi à ce moment-là. Ça ne lui était jamais arrivé.

Benoît a parcouru son visage de multiples baisers légers, tendres, avant de l'aider à reboutonner son corsage en tremblant. « Voilà… voilà pourquoi je t'évitais… » « Tu regrettes ? » a chuchoté Jeanne, troublée. « Non ! Bien sûr que non… Si ça ne tenait qu'à moi, si tu n'avais pas d'enfants, je crois bien que… je t'aurais déjà proposé de t'enfuir avec moi », a-t-il souri. « On le savait, n'est-ce pas ? » « Oui. On le savait. Mais ça n'empêche pas la souffrance. »

Non, ça n'empêche pas la souffrance, Jeanne peut encore le confirmer ce soir, alors qu'elle entend Henri franchir le seuil de la porte d'entrée. Elle pose son nécessaire à couture pour aller au-devant de lui.

C'est lui, mon mari. Le père de mes enfants. Il n'y a pas d'autre alternative possible.

5

Armentières, 18 mai 1941

Gaspard se concentre. Il inspire à pleins poumons et souffle de toutes ses forces sur les six bougies dépareillées pour être bien sûr de les éteindre en même temps. Une acclamation joyeuse suit sa performance.

— Bravo ! Bon anniversaire, Gaspard !

Maman se penche sur lui et l'embrasse en serrant son visage entre ses mains. Ses yeux pétillent, elle a l'air heureuse, pour une fois, et Gaspard la remercie d'un large sourire édenté. La gaieté de maman, c'est un cadeau à lui tout seul. Il lui a demandé de réaliser le même gâteau que l'année dernière, celui qui avait fini dans le seau à ordures le jour du grand départ. Mais, cette fois-ci, pas question de laisser filer sa part ! Il en surveille d'un œil jaloux la découpe et ne peut s'empêcher de noter que les morceaux de pommes sont vraiment très petits. Maman a fait au mieux, mais les rations de sucre étant ce qu'elles sont, celui-ci sera moins bon que l'autre. Tant pis. C'est toujours mieux que rien.

— Dire qu'il y a un an jour pour jour, nous prenions la route dans la panique générale, soupire papa. Tout ça pour quoi, finalement ?

— Vu l'état de la ville, on a bien fait, répond maman. Qui sait ce qui serait arrivé si on était restés.

— On a perdu la voiture, nos affaires, et on a bien failli y passer aussi. Tu te rappelles à Hesdin ?

— Comment oublier ? soupire maman. Mais je préfère ne pas parler de tout ça aujourd'hui. C'est un jour de fête ! Les six ans de notre grand garçon !

Le voile qui a obscurci son regard pendant quelques secondes se dissipe. Gaspard respire. Chaque fois que papa et maman parlent de l'exode, ils finissent toujours par se disputer. C'est agaçant, à la fin. Maintenant qu'il commence à faire moins froid, la vie n'est plus aussi triste, pourtant. Gaspard peut à nouveau jouer dehors, parfois même maman le laisse retrouver Éloi, un nouveau copain qui vient tout juste d'emménager dans le quartier. Avec lui, Gaspard a l'impression de recouvrer un peu de cette liberté formidable qui était la sienne à la ferme. Pour commencer, Éloi a huit ans. Il est moins malin que Jojo, mais il connaît aussi des tas de choses, et il a de bonnes idées. À condition de ne pas s'éloigner de la maison et de ne surtout pas aller vers la gare, Gaspard a le droit de se promener seul avec Éloi. Autant dire que, pour deux garnements de leur âge, les maisons bombardées et les jardins abandonnés constituent un terrain de jeux extraordinaire.

Les journées commençant à rallonger, pas plus tard qu'hier, ils ont trouvé un éclat d'obus derrière une façade en ruine, ce qui a été le point de départ d'un simulacre de guerre auquel Claude et Joseph auraient été fiers de participer. Ensuite, Éloi a décidé que Gaspard serait un espion de la cinquième colonne, un terme bien mystérieux qu'il a résumé en un mot : « Traître ». Ils se sont alors bagarrés pour de vrai pendant quelques minutes, et c'est bien parce que c'était son anniversaire aujourd'hui que maman n'a pas grondé Gaspard quand il est rentré à la maison, sa veste trouée au coude et son pantalon maculé de poussière. À Saint-Sébastien, elle se fichait bien de l'état de ses vêtements, pourtant. Vu qu'il passait son temps dans les champs ou caché dans la grange, quand il ne grimpait pas aux arbres avec Jojo, elle avait fini par en prendre son parti.

Gaspard garde un souvenir émerveillé de ce séjour chez les Moreau. Dans son cerveau d'enfant, la route, les avions semant la mort et les bombardements forment un magma indifférencié qui s'efface doucement derrière tout le reste. Les copains, les jeux, les bagarres, la campagne, les animaux… La seule chose qui continue de le hanter durablement, c'est la disparition de Mitsou. Et ça, même le plus beau des gâteaux d'anniversaire ne pourra jamais le remplacer. Hier, la vieille Yvonne a affirmé à maman qu'elle avait vu un chat noir et blanc errer dans le quartier. « J'ai vraiment cru que c'était l'vôtre ». Mais maman lui a fait les gros yeux et, après avoir senti son cœur se soulever sous l'effet d'un espoir immense, Gaspard a compris. Dans son esprit, les taches noires et blanches de Chaussette et Mitsou commencent à se fondre les unes dans les autres. Il ne sait plus lequel des deux en avait une en forme de cœur sous le menton ni si les pattes de Mitsou étaient aussi blanches que celles de Chaussette. Ce qu'il sait, en revanche, c'est qu'il n'a toujours pas le droit d'en parler devant papa, et qu'ils lui manquent drôlement tous les deux.

Maman lui tend son cadeau, enveloppé dans du papier journal sur lequel Apolline a dessiné quelques fleurs. Il contient un petit sac de billes en terre. Ce ne sont pas les plus jolies, mais Gaspard est ravi. Avec ça, il a de quoi en rafler plein d'autres à la récré !

Au même moment, le son métallique et bref de la sonnette retentit. Maman sursaute comme si toute la famille devait repartir sur la route. C'est juste Éloi qui vient chercher son ami.

— N'allez pas trop loin, les enfants ! rappelle maman d'une voix inquiète.

— Laisse-les donc, bougonne papa.

Gaspard s'envole en faisant claquer ses semelles en bois sur les carreaux de ciment de l'entrée. La liberté, enfin ! Comme il aime ce moment où il referme la porte de la maison derrière lui… Même s'il ne s'éloigne jamais d'un périmètre connu, cela lui procure à chaque fois une bouffée de joie émancipatrice intense.

— T'as eu un cadeau ?

— Ouais. Un sac de billes.

— T'as du bol. Moi, j'ai rien eu du tout pour mes huit ans. Mon père m'a dit : en temps de guerre, déjà qu'on mange des cailloux, on va pas en plus te faire des cadeaux !

— Vous mangez des cailloux ? s'exclame Gaspard.

— Mais non, c'est une expression ! T'es nouille, toi, quand tu t'y mets !

— J'te signale que j'ai six ans, maintenant !

— T'es nouille quand même. Oh ! Attention, faut s'cacher ! Vite, suis-moi !

— Quoi ? Qu'est-ce qu'il y a ?

Gaspard court derrière Éloi. Il adore ces petits moments intenses et imprévus, surtout quand Éloi prend cet air de conspirateur aux abois. Les deux garçons se faufilent à l'intérieur d'une ruine qu'ils connaissent bien. Quand ils ont la chance d'avoir un goûter, ils l'amènent jusqu'ici pour le déguster à l'abri des regards. Assis sur un angle de mur effondré, Gaspard interroge Éloi.

— Alors ? T'as vu quoi ?

— Chut ! Tais-toi.

Au même moment, une patrouille de soldats longe le trottoir d'un pas lourd et cadencé. Le frottement des uniformes et le tintement léger des équipements font frissonner Gaspard. Bien à l'abri derrière le mur, il sait qu'il ne risque rien, et son sentiment d'effroi n'en est que plus délicieux. Éloi fanfaronne de son côté, mais il n'en mène pas large non plus. C'est une chose de croiser des Boches avec ses parents, c'en est une autre de se retrouver tout seul face à eux. Ils sont quand même sacrément armés.

Soudain, Gaspard se met à crier.

— Là ! Regarde !

— Mais tais-toi donc ! Tu vas nous faire repérer, abruti !

— C'est Mitsou ! J'en suis sûr !

Gaspard bondit de sa cachette pour suivre le chat noir et blanc qui vient de trottiner sur le haut du mur éventré. Il est bien plus maigre qu'avant, mais c'est lui, Gaspard en est certain ! Lorsque le chat disparaît de l'autre côté, il ne réfléchit pas.

— Mitsou ! Attends-moi !

Une forêt de jambes en uniforme le stoppe dans son élan. Furieux, il les repousse et se débat quand de grosses mains tentent de l'attraper. Il entend des rires, des phrases en allemand qu'il ne comprend pas. Où est passé Mitsou ? Soudain, il l'aperçoit. Tranquillement assis en haut du mur, le chat observe la scène, dans la même posture qu'avant, lorsqu'il guettait

Gaspard sur le chemin de l'école. C'est lui. C'est bien lui. Il est revenu !

Bouleversé, Gaspard tente de se dégager de l'emprise des militaires, mais ils ne bougent pas d'un pouce. Ces gros pleins de soupe vont faire peur à Mitsou ! Sans réfléchir, il donne un coup de pied au soldat qui le maintient par les épaules. Celui-ci, surpris, hausse la voix en le repoussant loin devant lui. Gaspard trébuche, mais il ne perd pas Mitsou de vue.

Le soldat mécontent jure en allemand, puis sans un mot, il lève son fusil en direction du chat.

6

Jeanne tressaille. Elle vient de se piquer le doigt avec son aiguille. Est-ce que c'était un coup de feu, là, dehors ? Elle lèche la goutte de sang qui perle et se lève précipitamment. Henri est chez les voisins, en train de les aider à réparer leur poste de radio. A-t-il entendu la même chose qu'elle ? Sa première pensée va à Gaspard. Il est parti avec le petit Éloi, juste après son déjeuner d'anniversaire. Même si les garçons ont pour obligation de rester à portée de voix, ils n'en demeurent pas moins exposés aux dangers de la rue.

C'est Henri qui a insisté pour qu'elle autorise Gaspard à sortir seul, comme lui au même âge, pendant une autre guerre. « Arrête de vouloir les mettre sous cloche. Laisse-les vivre leurs propres expériences, sinon ils arriveront à l'âge adulte sans jamais avoir rien connu d'autre que les jupes de leur mère ! » Jeanne se fait violence tous les jours pour ne pas étouffer ses enfants sous sa protection. Elle a de la chance avec Apolline, si sage qu'elle ne demande jamais à sortir, mais Gaspard ! Tel un petit animal sauvage, il ne semble heureux que dehors... *Nous aurions dû vivre à la campagne*, se disait-elle en les voyant si épanouis à Saint-Sébastien. Même elle, qui a toujours été citadine, s'est découvert un penchant surprenant pour cette vie rustique. Les mains dans la terre, elle oubliait tous ses soucis. Et puis, quelle satisfaction de cuisiner ce que l'on avait produit ! La fatigue physique n'était rien au regard des ruminations mentales qui l'envahissaient parfois. Au contraire, même, elle permettait bien souvent de les éloigner.

Lorsqu'elle ouvre à la volée la porte d'entrée pour appeler son fils, le cœur de Jeanne manque un battement. Au coin de la rue, juste devant la maison en ruines des Massenet, une troupe de soldats allemands entoure Gaspard ! Elle reconnaît immédiatement ses cheveux blonds et la chemisette bleue qu'elle a repassée exprès pour son anniversaire. Que fait-il là ? Pourquoi a-t-il l'air aussi en colère ? Au-delà de son effroi qui va en grandissant, elle en éprouve une bouffée de fierté. Son petit garçon tout seul au milieu de ces militaires armés, qui ne se démonte pas, qui semble même les invectiver du haut de ses six ans tous neufs !

— Gaspard !

Alors qu'elle arrive à leur niveau, Jeanne se jette sur son fils.

— Qu'est-ce qu'ils te veulent ? J'ai entendu un coup de feu, j'ai eu si peur…

— Il a voulu tuer Mitsou ! crie Gaspard en pointant du doigt un soldat au visage revêche.

— Voyons, reprends-toi ! Tu sais bien que ce n'est pas possible…

— Madame, votre fils est un petit garçon courageux ! intervient celui qui semble être le chef avec un accent à couper au couteau.

— Que voulez-vous dire ?

— Il n'a pas peur, c'est bien ! Mais il a failli y avoir des blessés. Surveillez-le !

Alerté par le raffut, Henri arrive à son tour, blême. Les hommes se tendent et replacent leurs fusils en bandoulière sur l'épaule, prêts à repartir.

— L'incident est clos ! Allez, circulez ! *Weitergehen* !

L'officier se tourne une dernière fois vers Gaspard.

— Et toi, fais attention ! La prochaine fois, on ne sera pas aussi gentils…

Sourcils froncés, Gaspard se retient de toutes ses forces pour ne pas rétorquer. Sans la pression vigoureuse de maman qui le maintient contre elle, il se serait déjà précipité derrière le mur pour aller vérifier que Mitsou va bien.

— Allez, on rentre ! Tu vas nous expliquer tout ça à la maison.

— Attendez ! C'est pas juste ! Il a voulu tuer Mitsou !

— Ça recommence, tes histoires de chat ? gronde papa. Tu nous fais prendre des risques pour ces foutus bestiaux, encore une fois ?

— Le grondez pas, monsieur !

Éloi surgit devant eux tel un diable de sa boîte. Le regard éperdu d'admiration, il leur raconte alors sa version des faits.

— On était bien cachés derrière le mur, promis ! On faisait pas de bêtises ! On a juste entendu les soldats passer sur le trottoir, et là, Gaspard a vu Mitsou en haut du mur !

— C'est vrai ! intervient Gaspard. Je vous jure que c'est vrai, c'était bien lui !

— On ne jure pas, soupire maman. Continue, Éloi.

— Il a pas pu s'empêcher de le suivre. Depuis le temps qu'il me bassine avec son chat, j'comprends ! On le croyait mort, depuis tout c'temps, pas vrai ? C'est là qu'il s'est trouvé pris par la troupe. J'ai pas osé y aller, alors j'ai regardé par un trou dans le mur… Le soldat qui le tenait avait pas l'air commode, mais Gaspard lui a donné un coup d'pied dans les tibias et… et ça l'a drôlement énervé, le Boche ! Alors il a levé son fusil vers Mitsou pour le tuer, comme ça ! Pan !

— Mon Dieu ! frémit maman. C'est vrai, Gaspard ?

— Oui ! Vrai de vrai ! Croix de bois, croix de…

— Bon, ça va ! interrompt papa. Que s'est-il passé, ensuite ?

— J'ai poussé son fusil vers le haut…

— …et le soldat a raté son coup ! termine fièrement Éloi. C'est un héros, Gaspard !

Comme pour confirmer la véracité du récit des enfants, une petite silhouette bien connue réapparaît en haut du mur, avant de sauter sur le trottoir pour venir à leur rencontre. Gaspard s'accroupit, autant pour caresser Mitsou que pour camoufler les larmes qui embrouillent ses yeux. Un héros, ça ne pleure pas ! Et un garçon non plus. Pourtant, ça lui ferait du bien de les laisser couler. Pleurer de joie, c'est possible ? Quel cadeau d'anniversaire extraordinaire…

— Tu vois ? murmure maman, qui semble presque aussi émue que lui en se penchant vers Mitsou. Tu l'as perdu le jour de tes cinq ans, tu le retrouves celui de tes six ans. Il ne faut jamais perdre espoir, dans la vie…

— Oui, maman, renifle Gaspard en se relevant avec son cher petit chat dans les bras.

Malgré sa frayeur et la confrontation avec ces soldats honnis, Jeanne ressent une grande douceur l'envahir. Le retour de Mitsou lui évoque un signe du destin. L'espoir… Cet espoir que Benoît lui enjoignait de chérir, de garder au fond d'elle comme un phare dans la nuit, sans s'appesantir sur le passé, mais en rêvant à l'avenir. Tout est possible. La preuve, ce pauvre chat que tous croyaient mort depuis belle lurette.

Reverra-t-elle un jour Benoît ? Rien n'est moins sûr, mais grâce à lui, elle a découvert ce qu'était l'amour, la chaleur de l'élan qu'il provoque. Elle se sent plus riche, plus entière depuis qu'elle *sait* ce que signifie la force d'un désir partagé. Il lui manque, oui. C'est indéniable. Mais, la joie ne va pas sans la peine, tout comme l'ombre n'existe pas sans la lumière. C'est un prix qu'elle accepte de payer. Celui de s'être sentie, le temps d'un été, plus vivante que jamais.

7

Armentières, 19 juin 1943

— C'est honteux ! Scandaleux ! Ces Allemands sont des brutes ! J'en ai assez de cette situation ! Quand tout cela va-t-il enfin se terminer ?

Les yeux de Jeanne brillent d'indignation. On est bien loin des incidents d'il y a deux ans, lorsque les soldats se contentaient d'une remontrance bon enfant à l'encontre de Gaspard parce qu'il s'était rebellé contre la cruauté de l'un d'entre eux… Elle ne risque plus de laisser sortir ses enfants, n'en déplaise à Henri.

— Tu te rends compte ? reprend-elle. Un officier qui s'en prend à des élèves et leurs parents, alors qu'ils attendaient simplement le résultat du bac ?

— Je sais, répond gravement Henri. C'est indigne. Quel abruti…

En voyant un homme sur le perron d'une faculté de Lille lire les noms des candidats, l'officier allemand à la tête d'une patrouille a cru à une commémoration de l'appel du général de Gaulle. D'après les témoins, les soldats, très agressifs, ont frappé les civils sans défense à coups de crosse et les ont menacés de leurs armes. Plusieurs d'entre eux ont été renversés et piétinés dans la cohue qui a suivi.

Cet incident reflète malheureusement le climat de terreur qui ne fait que s'amplifier depuis les débuts de l'occupation allemande. Après un printemps 1941 plutôt calme, les privations de toutes sortes, les menaces, les emprisonnements et même, depuis l'année dernière, la reprise de bombardements terrifiants, rythment le quotidien des Armentiérois.

Ce mois de juin 1943 a commencé sous les tirs d'avions alliés qui attaquaient la gare. Une semaine plus tard, ce sont des bombardiers qui ont provoqué dans le ciel d'Armentières un violent combat avec des chasseurs allemands. L'affrontement s'est déroulé à très haute altitude, mais cela n'a pas empêché les habitants de percevoir le crépitement des mitrailleuses, entrecoupé par le fracas brutal de violentes explosions. Jeanne se souviendra longtemps des rafales assourdissantes et du sifflement terrifiant des appareils en piqué. Même en s'abritant à la cave, ils étaient aux premières loges. Apolline s'inquiétait des morts qu'allait provoquer cette nouvelle attaque, Gaspard voulait en découdre avec les « sales Boches », et Henri se retenait de ne pas sortir de l'abri avant la fin des combats.

Il a beaucoup changé, depuis le début de la guerre. Après la stupeur de la mobilisation générale, sa froideur pendant l'exode a laissé place à une forme d'amertume qu'il dirige tantôt vers Laval et Pétain, tantôt vers Jeanne et les enfants. Sa mauvaise humeur n'a rien de spectaculaire, mais elle est omniprésente. Depuis leur séjour à Saint-Sébastien-sur-Loire, elle s'est installée dans la famille comme une mauvaise herbe rampante, insidieuse, qui envahit le moindre espace et vient gâcher leurs rares moments de joie. Jeanne culpabilise beaucoup d'imposer à Gaspard et Apolline une telle ambiance dans un quotidien déjà difficile, pour ne pas dire invivable.

Pourtant, l'humeur d'Henri a commencé à virer bien avant qu'elle ne tombe amoureuse de Benoît, même si cela n'a rien arrangé. Jeanne ne regrette pas ce qui reste l'un des plus beaux moments de sa vie, mais elle a tendance à se montrer de moins en moins indulgente avec sa propre conscience. Elle a d'abord voulu se persuader que son égarement avait été passager, que Benoît ne l'avait embrassée qu'une seule fois… Mais ce qui s'est joué entre eux n'était pas juste un baiser. Le rapprochement du dernier jour n'était que la partie émergée de l'iceberg. Sous la surface, les mois et les années pouvaient s'écouler : rien ne s'éteignait, rien ne mourait. Ni son désir de revoir Benoît, ni le souvenir de leurs échanges, ni cette certitude tenace de l'aimer par-delà les convenances.

Certains jours gris, Jeanne se persuade qu'elle a rêvé tout cela, que Benoît n'est qu'un homme comme les autres… Il l'a trouvée jolie et l'a séduite pour coucher avec elle, comme Madeleine, qui a fini dans le lit d'Ernst Bauer, voilà tout. En général, elle parvient à chasser ces idées noires, mais elle persiste à croire qu'il l'oublie et se console sans doute aujourd'hui dans les bras d'une autre. Une femme libre, jeune et sans attaches avec qui il aura tout le loisir de fonder une famille. Benoît est fait pour avoir des enfants. C'est une certitude. Si la perte dramatique de sa fiancée l'a empêché de réaliser ce projet, il est aussi mûr, maintenant, pour envisager l'avenir différemment. Avec ou sans elle… Comment lui en vouloir ? Ils ne se sont rien promis. Comme des enfants insouciants, ils se sont contentés de vivre ce que la vie leur offrait, au jour le jour, sans penser au lendemain, ou presque.

Après ce baiser enflammé sur le chemin des prés, ils ont convenu de ne pas s'écrire. À quoi bon risquer d'infliger à Henri une souffrance inutile ? Même si leurs sentiments réciproques ne sont plus au beau fixe, Jeanne n'en reste pas moins sa femme et la mère de ses enfants. Et puisqu'elle n'a aucun avenir possible avec Benoît, autant en prendre acte. Lorsqu'ils ont quitté Saint-Sébastien, Jeanne a fait un choix. Celui de la résignation. Elle n'a plus qu'à l'assumer.

Quelque temps après leur retour à Armentières, malgré leur différend qui persistait, Henri a manifesté le désir de reprendre une vie intime avec Jeanne. Mal à l'aise à l'idée d'accomplir son « devoir conjugal » alors qu'elle pensait à un autre, elle l'a d'abord ignoré. Mais ses refus polis ne faisaient qu'accroître la tension existant entre eux. En retrouvant sa chambre et sa maison, Henri faisait valoir son droit à retrouver aussi sa femme.

Le souvenir de l'agression que Jeanne avait subie dans la Vallée de la Bresle remontait à plusieurs mois à ce moment-là, mais, en se soumettant aux exigences de son mari sans envie, elle n'a pas pu s'empêcher de repenser aux gestes obscènes du soldat alcoolisé, à l'intrusion cauchemardesque de ses doigts à l'intérieur de son sexe, à la douleur et à l'humiliation que le viol de son intimité lui avait infligées.

Henri est doux, pourtant. Ses caresses, les mots qu'il lui arrive de prononcer à son oreille, les mouvements réguliers de son bassin… Il ne la heurte pas et ne donne jamais l'impression de la forcer. Et pourtant… Depuis le feu qui a embrasé cette zone sous l'effet des lèvres de Benoît sur sa peau, parfois même lors de sa seule présence à ses côtés, Jeanne sait que l'amour physique ne se résume pas à cette douceur, à cette gentillesse, à ce rituel consenti pour faire plaisir à l'autre. Elle n'a pas mal sous le poids d'Henri, certes. Mais elle n'en a pas *envie.* Et elle commence tout doucement à réaliser qu'elle a peut-être aussi le droit de l'exprimer.

8

Armentières, 8 septembre 1943

La guerre, la guerre. Toujours et encore, la guerre. Jeanne n'en peut plus. Trois ans de privations, d'angoisses, de nuits entières passées à guetter les alertes, la menace des explosions, à prier pour que les bombes annoncées par un sifflement lugubre tombent sur la maison du voisin plutôt que sur la sienne... Toutes ces humiliations, les patrouilles allemandes conquérantes dans les rues de la ville, le bruit de leurs bottes, les affiches de propagande, les Armentiérois fusillés, les familles en deuil... C'est trop. Trop pour une seule vie. *Dans quel monde grandissent donc nos enfants ? Combien de temps tout cela va-t-il encore durer ?* Il lui semble que ce maudit conflit n'aura jamais de fin.

Comme si l'Occupation ne suffisait pas à assouvir la soif de puissance de l'ennemi, des milliers de jeunes hommes sont envoyés dans des camps de travail en Allemagne, où ils meurent de faim et d'épuisement. Jeanne connaît plusieurs familles touchées de près par ces rafles, et Henri conseille maintenant à ceux qui en sont menacés de se cacher, de ne pas partir. Cela lui fait penser à Benoît, qui dissimulait la véritable identité du petit Joseph aux autorités. En 1940, on ne savait pas encore grand-chose du sort que les nazis réservaient aux Juifs, aux communistes, à la communauté tzigane... Mais, les cheminots commencent à parler. En sa qualité d'employé administratif, Henri sait de source sûre qu'ils sont envoyés en train en Pologne dans des conditions inhumaines, et qu'ils n'en reviennent jamais. Comme au début de la guerre, où sa mission de service public lui avait évité la mobilisation générale, elle lui permet aujourd'hui encore d'échapper au STO[4]. Même s'il ne s'agit pas d'une protection absolue, Henri ne fait pas partie de ceux que l'on envoie en première ligne.

Jeanne craignait que son statut particulier renforce ce sentiment persistant chez lui d'être un « planqué », mais, depuis quelque temps, et contre toute attente, Henri va mieux. Peut-être que le fait d'avoir à nouveau des rapports intimes avec sa femme y est pour quelque chose ? Toujours est-il qu'il se montre plus tendre avec elle, moins froid. S'il a eu un jour des doutes à propos de sa relation avec Benoît Colson, il peut au moins être rassuré sur ce point : plus les années passent, plus la menace s'éloigne. Jeanne ignore ce qu'est devenu l'instituteur. Elle entretient une correspondance erratique avec Angèle, au gré des caprices de la Poste, et elle sait simplement qu'il a quitté Saint-Sébastien au printemps 1941, emmenant avec lui tous ses petits protégés. Elle aimerait bien savoir ce qu'ils sont devenus, eux aussi. Germain a-t-il retrouvé ses parents ? Joseph est-il à l'abri de la déportation ? Elle prie pour eux, comme pour tous ceux qui sont dans la tourmente, de près ou de loin. Le pauvre Lucien est retenu prisonnier dans un stalag à Luckenwalde, au fin fond de l'Allemagne. Suzanne lui envoie régulièrement des colis, mais

---

[4] Service de Travail Obligatoire

elle ignore s'ils lui parviennent. Voilà plusieurs mois qu'elle n'a reçu aucune nouvelle de sa part.

Dans leur malheur, Jeanne se persuade qu'ils sont relativement chanceux. *Nous n'avons pas été séparés, nous avons encore un toit au-dessus de notre tête…* Tel un mantra quotidien, elle s'oblige à dépasser cette impression déprimante de s'enfoncer toujours plus loin dans des difficultés inextricables pour se nourrir, se vêtir, se chauffer… L'hiver passé a été terrible. Les températures ont été glaciales pendant de longs mois. Le charbon, réquisitionné en grande partie par les Allemands, se faisait plus rare que jamais, et les plus fragiles n'y ont pas résisté. Les personnes affaiblies par la maladie ou le grand âge ont été nombreuses à ne pas voir le printemps suivant.

Soudain, Jeanne sursaute. La porte d'entrée vient de claquer et Henri l'interpelle d'un ton joyeux. Voilà bien longtemps que ça n'était pas arrivé !

— Jeanne ! Où es-tu ?

— Par ici, dans la cuisine. Qu'est-ce qu'il y a ?

— L'Italie a capitulé ! Tu entends ? Ça grouille de monde, dans la rue ! On avait tant besoin d'une bonne nouvelle, enfin !

Henri surgit à côté d'elle, les yeux brillants. Il semble avoir rajeuni de dix ans. Son enthousiasme touche Jeanne, mais elle a du mal à se réjouir tout à fait. Est-ce qu'il ne va pas y avoir des représailles ? Les bombardements ne vont-ils pas s'intensifier ?

— Ne pense pas à ça ! lui intime Henri. Les Italiens ont signé l'armistice avec les Alliés, ça veut dire que sans Mussolini, Hitler est seul ! C'est le début de la fin !

Si seulement… Sans tenir compte de ses réserves, Henri poursuit sur sa lancée.

— Tu vois, il faut tenir bon ! Pas seulement nous, mais tous les autres, tous ces jeunes qui pensent qu'on est foutus… J'en ai encore repêché un, ce matin. Le pauvre, il n'aurait pas fait long feu, en Allemagne…

— Comment ça ?

Henri hésite. Son enthousiasme lui en fait déjà dire plus qu'il en aurait voulu. Jusqu'ici, il s'est tu, pour ne pas alimenter les peurs de Jeanne et sa terreur de perdre ses proches. Elle est si sensible, si vite inquiète… Cela dit, elle a bien changé. Elle aussi s'est endurcie sous l'effet des privations. Mais peut-être que, s'il la mettait au courant, elle consentirait enfin à le regarder avec autant d'admiration que Colson ? Au fond, à part trimballer des gamins à qui il faisait la classe, qu'avait-il donc d'héroïque, ce type ? Alors que lui, maintenant… Plus les jours passent, plus Henri prend des risques. Des risques mesurés, à sa portée, mais quand même. Certains ont été fusillés pour moins que ça.

Quand le jeune Séraphin Potié s'est pointé à son guichet, à l'ouverture, accompagné de sa mère larmoyante, Henri a cru qu'il s'agissait d'une erreur. Ce petit blondinet naïf aux grands yeux bleus ne pouvait pas être réquisitionné, il était beaucoup trop jeune ! Pourtant, c'était bien le cas. Si ça continue, ils les prendront au berceau… Avec une sévérité un peu forcée, Henri a relu la fiche du jeune homme, la première dans sa pile de convocations pour le STO. *Ouvrier ajusteur. Classe mobilisable.* Il a ensuite consulté le registre des affectations locales, et signalé un poste « indispensable » à la scierie municipale, laissé vacant depuis un départ récent. Sans hésiter, il a trempé sa plume dans l'encrier, soufflé dessus légèrement et ajouté dans la case « Profession » : *Employé aux travaux municipaux. Affecté à la scierie.* Puis, plus bas, dans la marge : *Dossier à réexaminer.*

Il a refermé le registre, souri au jeune Séraphin et lui a annoncé qu'il pouvait défaire son sac. Le convoi partirait sans lui, pour cette fois. Éperdue de reconnaissance, sa mère laissait ses larmes couler. Henri a bien vu qu'elle ne comprenait rien à ce qui venait de se passer, mais, au moment de partir, elle lui a glissé : « Dieu vous le rendra. Vous êtes un héros. » D'apparence anodine, cette petite phrase a fait son chemin pour illuminer une zone grise dans le cœur d'Henri, une zone où il ne se rendait plus beaucoup depuis le début de la guerre. Cela fait peu de temps qu'il falsifie les dossiers ou, plutôt, qu'il les « interprète » à sa manière. C'est ce qu'il a prévu de donner comme explication si on lui demande des comptes. Après tout, une marge d'erreur est toujours possible, non ? Et le sourire éperdu de reconnaissance des Potié mère et fils en valait bien la peine.

La lueur qu'Henri lit dans les yeux de Jeanne aussi. Malgré toutes ses craintes, elle comprend qu'il s'agit là d'un intérêt qui les dépasse.

Il continuera, quoi qu'il en coûte.

9

Armentières, 10 septembre 1943

Jeanne serre contre elle Gaspard et Apolline en récitant un Notre Père. Les représailles ne se sont pas fait attendre. Durant toute la journée, des groupes de bombardiers ont défilé dans le ciel, escortés par des chasseurs anglais. Les alertes se sont succédé pendant toute la matinée, avant de laisser une pluie de bombes prendre le relais. Le vacarme était assourdissant, à faire trembler les maisons. Après la liesse de la veille, les habitants n'ont eu d'autre choix que se réfugier dans les abris, dans les caves, et prier pour que leur maison échappe au fracas terrifiant venu du ciel.

Gaspard, qui n'avait que quatre ans en 1939, ne semble même plus se souvenir de la vie d'avant la guerre, une vie simple et tranquille où il ne fallait pas courir se cacher toutes les cinq minutes, où l'on ne craignait pas de se faire tuer en allant acheter son pain, où l'on pouvait se nourrir et se vêtir sans ticket de rationnement… Une vie d'enfant ordinaire, sans Boches, sans fusillades, sans bombes mortelles à tous les coins de rue.

Jeanne desserre un peu son étreinte. Apolline reste blottie tout contre elle, mais Gaspard en profite pour prendre son chat dans ses bras. Il refuse de descendre à la cave sans Mitsou, ce qui lui vaut des remontrances de la part de son père, mais, la plupart du temps, le chat s'y trouve déjà. Il a appris à y chasser les souris lors de son abandon, et, en bon félin qui déteste le bruit, il aime y dormir durant de longues heures entre deux sacs de sable. Du reste, il quitte rarement son petit maître. Depuis ce fameux jour où Gaspard l'a sauvé de la mitraille, Mitsou reste dans son ombre, et Jeanne prie pour que le chat ne disparaisse pas de nouveau.

On ne compte plus le nombre de victimes, en ville. Entre les explosions, les rafales de mitrailleuses, les attaques en règle de la gare, des ateliers, et même des fermes alentour, la défense passive ne sait plus où donner de la tête. En sa qualité de citoyen engagé, Henri est chargé de coordonner la gestion des listes d'abris, l'accueil des sinistrés et l'enregistrement des dégâts. De ce fait, il appréhende de plus en plus les grosses sessions de bombardements, comme celle qu'ils sont en train de subir, d'autant plus qu'il est parfois recruté pour renforcer les équipes de premiers secours. Ce qu'il trouve alors sous les décombres vaut bien les horreurs des tranchées. C'est sa guerre à lui, finalement.

— C'est bientôt fini ? gémit Apolline. On a déjà passé toute la journée à la cave, et maintenant la nuit aussi… J'en ai marre, maman !

— Je sais, mon cœur. Moi aussi.

— Et si la maison s'écroulait au-dessus de nous, intervient Gaspard. On sortirait comment ?

— Ne dis pas de bêtises, gronde Jeanne. Ça n'arrivera pas.

— Non, il a raison d'en parler, rétorque Henri. Ça fait partie des consignes à connaître. Si jamais on se retrouvait coincés ici, il ne faudrait pas essayer de sortir tout seuls. Repousser les gravats pourrait aggraver les choses, à moins de le faire tout doucement, en stabilisant les éboulis au fur et à mesure. Il faudrait surtout trouver un moyen de signaler notre présence aux secours.

Gaspard écoute gravement.

— En criant ? demande-t-il.

— Plutôt en frappant à coups réguliers sur une canalisation, par exemple.

— Oh ! Mitsou pourrait nous aider ! Je suis sûr qu'il arriverait à se faufiler jusqu'à la sortie !

— Et puis après ? se moque Apolline. Tu crois qu'il irait gentiment demander aux secours de venir nous chercher ?

Avant que son frère puisse lui répondre, une détonation plus forte que les autres ébranle le plafond de la cave en faisant vibrer les poutres. La flamme de la bougie se couche presque à l'horizontale et noircit un instant avant de reprendre, plus petite. Les bouteilles rangées contre le mur tintent les unes contre les autres, et Apolline étouffe un cri. Un objet métallique tombe quelque part, dans le noir profond de la partie arrière du sous-sol. Gaspard sursaute à son tour. Tous ont encore à l'esprit le bombardement massif qu'ils ont subi à Hesdin, dans la maison du garde-barrière.

— Est-ce que les murs vont s'écrouler, papa ?

Henri reste figé, les yeux levés vers le plafond, comme si la réponse allait venir du ciel. Et, en quelque sorte, c'est bien le cas. Une fine pluie de poussière sèche se détache des joints, retombe sur leurs épaules et leur laisse dans la bouche un goût de plâtre.

— Tu crois qu'on a été touchés ? murmure Jeanne.

Elle fait preuve d'un calme étonnant. Le grondement au-dessus de leur tête cesse peu à peu.

— Je ne sais pas. Au cas où, on va attendre avant de sortir.

— Est-ce qu'on va rester coincés ici pour toujours ?

— Non, Gaspard, tranche Henri.

Le silence revient doucement. Apolline tousse, gênée par la poussière. Ses cheveux blonds, maintenant coupés au carré, paraissent presque gris dans la pénombre. À dix ans, elle est toujours très soucieuse du bien-être des autres, mais elle a aussi développé une anxiété envahissante à propos de tous les drames qui jalonnent leur quotidien depuis trois ans. Elle fait des cauchemars récurrents dans lesquels des chaussures usagées pointent vers le ciel avant d'exploser, disloquées par des bombes silencieuses qui projettent des corps aux quatre coins du monde. Gaspard l'entend crier, la nuit. Il s'y est habitué.

Du haut de ses huit ans, il s'est fabriqué une vision du monde qui lui permet de fonctionner malgré la peur, omniprésente, de voir le sien s'écrouler. Maintenant qu'il a grandi, il sait parfaitement quelle expression adopter pour décourager la moindre tentative de familiarité de la part des Boches qu'il croise, en particulier ceux installés à l'école des garçons. Il ne craint pas non plus les sarcasmes de monsieur Vannier ni les moqueries de ses camarades qui, depuis l'épisode de son altercation avec un soldat allemand, lui ont fait une réputation de héros. Éloi n'y est pas pour rien. Toujours est-il qu'il a un rang à tenir, maintenant. Et même s'il a aussi peur que les autres, comme en ce moment même au fond de cette cave dont le plafond semble sur le point de s'effondrer, il prend bien garde de ne pas le montrer.

Il serre fort la main de sa mère, dont il perçoit les tremblements nerveux qu'elle essaie pourtant de maîtriser.

— T'inquiète pas, maman. Je suis là.

La bougie s'éteint. Même si Gaspard ne peut pas la voir, Jeanne lui sourit dans le noir. Son courageux petit garçon…

Au bout d'un temps qui leur paraît infiniment long, Henri annonce que l'on peut maintenant essayer de sortir.

— Ne bougez pas. Je vais voir.

Ses pas résonnent dans l'obscurité. Gaspard compte les marches. Onze, douze, treize, quatorze… Il est en haut. La porte grince. Qu'y a-t-il derrière ? Un mur infranchissable ? Ou le néant ?

10

Henri plisse les yeux, mais il ne distingue rien dans le noir opaque de la nuit environnante. Un souffle frais sur son visage le fait frémir. Est-ce qu'il se trouve à ciel ouvert ? Leur maison a-t-elle été détruite pour de bon, cette fois-ci ? Il fait quelques pas sans rencontrer le moindre obstacle, ce qui est plutôt bon signe, puis il tâte un mur qui semble intact. D'où vient cette brise, alors ?

Ses yeux commencent à s'habituer à l'obscurité. En avançant dans le couloir, il comprend. Toutes les fenêtres du rez-de-chaussée ont été soufflées, comme à Hesdin. La porte d'entrée aussi est sortie de ses gonds, à moitié arrachée par l'explosion voisine. En poussant la charnière tordue pour sortir dans la rue, il réalise alors qu'un pan de ciel nouveau apparaît entre les toitures. La maison d'Alphonse et Yvonne n'existe plus. Elle s'est comme affaissée sur elle-même. Une poutre dépasse des gravats, tel un os indécent. La toiture a glissé, brisée en deux. Une fumée grise, lourde s'échappe des tas irréguliers de briques rouges qui formaient encore des murs il y a quelques minutes. Henri tousse, gêné par la poussière. Ce n'est pas la première fois qu'il doit porter secours dans les gravats, mais jamais encore il n'était intervenu aussi vite après une explosion, et surtout, jamais pour secourir des gens qu'il connaissait.

Le cœur serré par l'angoisse, il hèle Alphonse d'une voix hésitante. La probabilité de retrouver ses voisins vivants sous ces décombres encore fumants lui paraît improbable. Pourtant, n'était-ce pas ce qu'il enseignait à Gaspard, juste avant l'impact ? Il tend alors l'oreille pour essayer de repérer le moindre signe de vie, mais il ne perçoit que des cris lointains et le bourdonnement d'avions qui s'éloignent. Abasourdi par la violence de l'événement, il réalise alors qu'une fois de plus, le destin les a épargnés de justesse. À quel moment la roue va-t-elle tourner ? Peuvent-ils encore espérer sortir vivants de cet enfer ? Faut-il repartir sur les routes ? Mais pour aller où ?

Le maire recommande d'envoyer les enfants dans des camps scolaires ou des familles d'accueil à l'étranger. Des milliers de gosses du nord de la France sont déjà partis, paraît-il. Mais Jeanne ne veut pas en entendre parler. « On ne se sépare pas ! » Et il semble illusoire de retourner dans leur premier refuge, à Saint-Sébastien-sur-Loire. Nantes est peut-être encore plus bombardée qu'Armentières, maintenant… Fuir vers le sud n'est pas non plus la solution. À ce stade du conflit, plus aucun territoire n'est épargné : même des villes comme Toulon et Marseille subissent de plein fouet les attaques aériennes des Alliés américains, qui pilonnent les sites allemands dans tout le pays.

Henri presse un mouchoir contre son nez et sa bouche. Ses poumons le brûlent. Il ne peut pourtant pas abandonner ses voisins à leur sort ! Il escalade un tas de briques instable, trébuche, se raccroche à un pan de mur écroulé. Une photo s'envole, ainsi que d'autres fragments de vies brisées, fracassées par l'irruption d'une violence sans nom. Ça aurait pu être eux. Ce pourrait être leur papier peint qui flotte comme un vieux drapeau, accroché dans le vide. Henri reconnaît une armoire éventrée, le dossier d'un fauteuil sur lequel il aimait s'asseoir avec Alphonse pour écouter les messages du général de Gaulle à la radio…

Il trébuche encore.

— Alphonse ! Yvonne !

Le son de sa voix ne rencontre que le néant. Le vide de l'absence. Sont-ils morts ? Un espoir infime de les retrouver dans un abri voisin subsiste, néanmoins. On ne sait jamais. Mais n'en seraient-ils pas déjà sortis ? Le sol est recouvert d'éclats de plâtre, de verre, de briques pulvérisées. C'est la première fois depuis leur retour à Armentières que leur quartier est touché. Les deux autres maisons éventrées l'avaient été lors des premiers bombardements, en 1940. Où tout cela va-t-il s'arrêter ?

En retournant vers sa propre maison, Henri aperçoit une tache claire contre la porte d'entrée. C'est la robe de Jeanne. Il se précipite vers elle.

— Rentre ! Reste avec les enfants, je ne veux pas qu'ils voient ça…

— Henri, tu crois qu'ils sont morts ? Et s'ils étaient coincés sous les décombres ? On doit appeler à l'aide, tu ne peux pas faire ça tout seul…

— Les équipes vont bientôt arriver mais, en attendant, s'il reste le moindre espoir de les sortir de là, je ne peux pas rester sans rien faire.

— Tu as dit toi-même que c'était dangereux, les éboulis…

— Justement. Je te rappelle que c'est une des premières choses qu'on nous apprend, à la défense passive. Je vais y arriver. Rentre. L'alerte est passée, tu devrais te recoucher et montrer l'exemple à Gaspard et Apolline.

— Je veux t'aider…

— Non ! Fais ce que je te dis, c'est la seule chose qui m'aidera.

Pour adoucir son propos, Henri se penche vers Jeanne et lui effleure la joue d'un baiser. Elle le regarde encore un moment s'éloigner dans la nuit, puis elle tire la porte abîmée vers l'intérieur et la referme doucement derrière elle.

11

Une lumière vacillante apparaît au bout de la rue. Un halo tremblant, puis deux glissent le long des façades. Henri les hèle avec un grand soulagement. Même s'il ne regrette pas d'avoir demandé à Jeanne de rester avec les enfants, sa solitude au milieu de ce champ de ruines commençait à devenir effrayante. Une voix s'élève de l'autre côté du premier faisceau lumineux.

— Salut, Henri ! Ça va, t'es pas blessé ? Mon vieux, cette fois-ci, tu l'as échappé belle !

Henri reconnaît la voix familière de Fernand, son acolyte lors des rondes nocturnes. Il distingue deux autres silhouettes derrière lui, un brassard clair de la défense passive au bras, une pelle sur l'épaule et une brouette dans les mains.

— Je sais bien. Par contre, mes pauvres voisins…

— Ils sont là-dessous ?

— J'en ai bien peur.

— Tu devrais nous laisser faire. C'est jamais bon d'intervenir pour des gens qu'on connaît, tu le sais.

— Non, je dois vous aider. Tu penses vraiment que je pourrais aller dormir, comme si de rien n'était ?

— Comme tu veux. Mais, si tu trouves quelque chose, éloigne-toi. D'accord ?

Henri acquiesce. Ils ont beau être au beau milieu de la nuit, il ne ressent pas la fatigue. L'adrénaline est au maximum, comme chaque fois qu'il participe à une intervention de ce genre. Plus encore, même, s'agissant de ses voisins. Il essaie de ne pas penser à eux, à leurs corps probablement écrasés sous les briques. Il se sent reconnaissant de ne pas s'y trouver lui-même, de savoir sa propre famille à l'abri, et il manie la pelle que lui a prêtée Fernand avec la rage du désespoir.

— Tout doux, mon ami ! le reprend doucement son coéquipier. Tu connais les consignes…

— Y a eu beaucoup de dégâts, en ville ?

— Affirmatif. Les copains y sont déjà. Mais je t'avoue qu'on a eu peur en voyant que ta rue avait été touchée. C'est pour ça qu'on est venus en premier ici. Le gaz est bien coupé ?

— Je crois que oui.

— Jules ! Va donc vérifier les arrivées ! Et ça, là-bas, c'est pas un départ d'incendie ? Allez, les gars, faut qu'on ait fini avant le lever du jour…

Henri lève le nez. Une aube grisâtre pointe déjà au loin, révélant peu à peu l'ampleur du désastre.

— Vous avez eu de la veine de ne pas avoir été plus secoués chez toi, observe Fernand. Ta maison aurait pu y passer aussi.

Mais Henri ne répond pas. Après plusieurs coups de pelle pour déblayer les gravats, il se penche pour dégager des briques encore entières, et ce qu'il pense apercevoir en dessous lui glace le sang. Cette petite masse molle et claire, là, par terre, ne serait-ce pas une main ?

— Fernand…

— Quoi ?

Son copain repousse d'un geste vif son casque de protection en arrière, puis il comprend.

— Recule, Henri. Ça sert à rien qu'tu restes là. On va s'en occuper.

Henri a la nausée. La main arrachée d'Alphonse finit au fond de la brouette de Fernand. Les trois hommes s'unissent alors pour dégager un corps, puis un autre, auquel il manque aussi une jambe. Il n'y a aucun doute possible sur leur identité. Ce n'est pas la première fois qu'Henri participe à l'extraction de corps déchiquetés par les bombes, mais ceux-là... Son estomac se contracte à vide. Il détourne le regard lors de l'évacuation de ses amis, tout en refusant de s'éloigner. Il ne fuira pas. Il ne fuira plus jamais ses responsabilités de citoyen, de combattant de l'ombre. Au moins, on ne pourra pas lui reprocher de s'être embusqué pendant la guerre.

Désormais, puisqu'il n'y a plus de soldats français sur le front, lui aussi veut être en première ligne. C'est pour cette raison qu'il laisse certains dossiers en attente à la mairie ou qu'il classe une convocation dans la mauvaise chemise. Il semblerait d'ailleurs que ses petites actions de « ralentissement » soient arrivées aux oreilles d'un plus gros bonnet, car de plus en plus de gens viennent le voir à la mairie pour lui demander, le plus naturellement du monde, un certificat de résidence antidaté ou une attestation de travail « indispensable ». Rien de spectaculaire, mais Henri a enfin le sentiment de se trouver du bon côté de la barrière. Avec les justes, les courageux. Et il n'y renoncerait pour rien au monde.

Sa participation aux équipes de secours de la défense passive le conforte dans ce rôle gratifiant de protection de la population civile. Elle lui permet d'être aussi sur le terrain, comme un soldat. Comme son père l'a été, à cette différence près que lui n'a pas de fusil dans les mains, mais un stylo, une pioche ou un brancard. Et, d'une certaine manière, lui aussi sauve des vies. Parfois.

Malheureusement, cette fois-ci, il ne peut plus rien faire pour le pauvre Alphonse et son épouse, qui tenaient fort l'un à l'autre malgré les noms d'oiseaux qu'ils s'envoyaient à la figure. Combien de disputes Henri a-t-il dû arbitrer en leur demandant de bien vouloir être raisonnables, ou de baisser d'un ton parce qu'il n'entendait rien à la radio ! Il faudra qu'il trouve un autre moyen pour écouter les bulletins d'information non censurés et les messages codés pour la Résistance diffusés par Radio Londres.

« Les Français parlent aux Français... » Chaque fois qu'Henri entend cette allocution, il se sent pousser des ailes. En trafiquant à petite échelle ses dossiers à la mairie, il lui semble appliquer à la lettre les appels à la désobéissance passive du général de Gaulle et ses paroles d'encouragement qu'il s'imagine lui être soufflées à l'oreille. Tout cela finira bien par payer. Le vent est en train de tourner, il faut s'accrocher, tenir bon, ne pas se laisser démoraliser par la propagande anti-Alliés des Allemands… Henri en est maintenant persuadé : s'il n'a pas pu participer au conflit armé dans cette guerre, c'est qu'il avait un autre rôle à y jouer. Et ce rôle, il compte bien l'assumer pleinement, quoi qu'en dise Jeanne.

Cela dit, force est de reconnaître que Jeanne aussi a cheminé depuis le début de cette guerre. Même si elle continue de veiller sur leurs enfants comme une mère louve, elle ne perd plus son calme en cas d'attaque. Elle ne se plaint jamais du manque de confort, de vêtements et de nourriture dont pourtant elle souffre, et elle ne rechigne pas non plus lorsqu'Henri prend des risques pour leur dégoter un supplément de sucre ou de viande au marché noir. Mais surtout, elle approuve ses actions dissidentes à la mairie et, même si leur couple n'est pas un modèle de complicité, cela signifie qu'ils sont d'accord sur l'essentiel.

En ce qui concerne leurs relations intimes, Henri s'est fait une raison. Il a compris que Jeanne ne l'avait jamais aimé comme il l'aurait souhaité, pas même à leurs débuts, et que la « révélation » qu'il espérait ne s'est jamais produite non plus. Le séisme provoqué par la mort de leur premier enfant n'explique pas à lui seul toutes leurs fractures. Les fondations étaient déjà fragiles.

Il s'en est aperçu à Saint-Sébastien-sur-Loire, en surprenant la façon dont Jeanne regardait Benoît Colson, à son insu. L'ironie, c'est qu'il a presque deviné avant elle les sentiments qu'elle a nourris pour ce type. Elle est si naïve, si entière… À ce jour, il espère encore que l'autre n'en a pas profité. S'il doit se montrer tout à fait honnête, il doit cependant reconnaître que Colson n'était pas le genre de salaud à vouloir piquer la femme des autres. C'était bien ça, le problème, d'ailleurs ! Cela aurait été tellement plus simple de pouvoir lui coller son poing dans la figure, d'homme à homme ! Mais, comme Armand se plaisait à le lui répéter, l'instituteur, c'était un homme bien. Du genre à se mouiller pour protéger un enfant juif, et ça, il fallait le respecter. Alors, Henri avait pris son mal en patience, et, à la première occasion, ils avaient mis les voiles. L'intrusion insupportable de cet officier allemand dans leur quotidien était tombée à point nommé, finalement.

La suite lui a donné raison. Avec le temps, Jeanne a fini par oublier Benoît Colson, et par le retrouver, lui. Bien sûr, il a dû insister un peu pour qu'elle l'accepte à nouveau dans son lit, mais il est son mari, non ? Même si elle s'affirme davantage, en refusant parfois ce qu'elle tolérait auparavant, ils ont de nouveau des rapports physiques plutôt satisfaisants. Pour lui, en tout cas. Pour le reste, Jeanne est si pudique, si secrète, qu'il a renoncé depuis longtemps à la comprendre. C'est ainsi.

Une fois les corps d'Alphonse et Yvonne emmenés au loin, Henri se sent un peu mieux. Il réfléchit maintenant à la manière d'annoncer cette terrible nouvelle à Jeanne et aux enfants. Quand les halos de lumière de ses coéquipiers disparaissent au coin de la rue, il se retrouve à nouveau seul au milieu des ruines. Le jour se lève à peine, révélant sous sa lumière grise toute l'étendue du désastre. Un album photo est coincé entre les briques d'un pan de mur encore debout, étrangement épargné, comme le témoin silencieux de vies qui viennent juste de s'éteindre.

Henri escalade à nouveau les tas de gravats pour aller le chercher. S'il faut rendre un dernier hommage, ce sera bien d'avoir quelques photos, pour la famille. Au moment où il le ramasse, la fatigue et les émotions de la nuit lui provoquent un bref étourdissement. Par réflexe, il appuie une épaule contre l'unique mur resté debout. Il a à peine le temps de réaliser l'instabilité des briques qu'elles cèdent aussitôt sous son poids.

Il les connaissait bien, pourtant, ces fichues règles de sécurité…

12

Jeanne se réveille en sursaut. Quelle heure est-il ? Au vu de la lumière crue qui filtre à travers les rideaux, le jour doit être levé depuis longtemps. La nuit a été si éprouvante qu'elle a profité du calme du petit matin pour enfin s'octroyer quelques heures de sommeil d'affilée. Après les dernières alertes incessantes, cela lui a fait du bien. Elle tend l'oreille. Oui, ce sont bien des coups sur la porte d'entrée. La place à côté d'elle dans le lit est vide. Où est Henri ? Il n'est décidément pas raisonnable. Lui non plus n'avait pas encore dormi lorsque la dernière alarme les a précipités à la cave, et cela ne l'a pas empêché de passer le restant de la nuit à aider les équipes de secours pour déblayer, porter assistance aux victimes… Alphonse ! Yvonne ! Que sont-ils devenus ?

Une angoisse sourde lui étreint la poitrine tandis qu'elle enfile ses chaussures à la va-vite. Elle est déjà prête, c'est l'avantage de dormir tout habillée. Tout en dévalant les escaliers en prenant garde de ne pas glisser, l'image cauchemardesque des ruines fumantes passe en boucle dans sa tête. Cette maison similaire à la sienne, qu'elle connaissait si bien, a été rasée ! Anéantie en quelques secondes à peine, le temps d'un blast dévastateur, qu'ils ont ressenti avec effroi au fond de leur propre cave. Si le pilote qui a largué cette bombe avait appuyé sur son bouton deux mètres plus loin, ils ne seraient peut-être plus de ce monde. Gaspard… Apolline…

S'interdisant de penser à ses enfants, Jeanne se précipite vers la porte d'entrée, contre laquelle les coups continuent de redoubler. La charnière explosée ne permet plus sa fermeture complète, et les éclats de verre qui jonchent le sol rappellent à Jeanne la violence de l'explosion nocturne. Elle effleure du bout des doigts sa médaille miraculeuse avant de pousser le battant. *Merci, mon Dieu, de nous avoir épargnés, encore une fois...*

— Madame Delaunay ?

— Oui. Que puis-je faire pour vous ?

Elle contemple avec étonnement les deux hommes qui se tiennent sur le pas de la porte, un casque de sécurité sous le bras. Leurs visages graves ne lui sont pas inconnus. Ils sont couverts de poussière des pieds à la tête et leurs yeux rougis sont cernés par la fatigue.

— Je sais pas trop si vous me remettez... Je suis Fernand Valcke, de la défense passive. Je suis dans la même équipe que vot'mari...

— Ah oui ! Pourquoi n'est-il pas avec vous ? Et nos voisins ? Vous avez des nouvelles ?

Fernand grimace, mal à l'aise. L'esprit encore embrouillé par sa trop courte nuit, Jeanne réalise qu'elle ne leur a même pas proposé d'entrer.

— Venez donc boire un café ! Enfin, un café... c'est un bien grand mot, s'excuse-t-elle. Vous devez être épuisés. Je vais gronder Henri d'être resté dehors toute la nuit...

Les deux hommes la suivent jusqu'au salon, mais ils restent debout, embarrassés.

— Madame, commence Fernand, on n'est pas venu pour le café. Merci quand même. Je suis désolé, on a une nouvelle bien difficile à vous annoncer, et, comme Henri est un ami, je préférais que ça soit moi plutôt qu'un agent municipal qui vienne vous voir…

Jeanne comprend alors que quelque chose ne va pas. L'attitude accablée de ces deux hommes n'est pas normale. Ils ont beau avoir veillé toute la nuit, ils ne devraient pas être aussi abattus. Et maintenant, voilà qu'ils parlent d'une mauvaise nouvelle !

— Il a été arrêté, c'est ça ? Je le savais ! C'était trop dangereux, il n'avait pas l'habitude…

— Non, madame Delaunay, Henri n'a pas été arrêté.

— Alors où est-il ?

— Vous ne voulez pas vous asseoir ? intervient le collègue de Fernand d'une voix douce.

— Non. Qu'est-ce qui se passe, à la fin ?

— Eh bien, on l'a rejoint hier soir sur le site voisin pour assurer la sécurité des lieux et évacuer les… les victimes…

— Alphonse et Yvonne sont morts, alors ? murmure Jeanne.

— Malheureusement, oui. On avait pourtant conseillé à Henri de pas rester là, faut jamais intervenir chez les gens qu'on connaît, mais… faut croire qu'il nous a pas écoutés. Au lieu de rentrer chez vous après not'départ, il a sûrement voulu finir le boulot tout seul. Je… on l'a trouvé à l'aube au cours de la deuxième ronde qu'on fait toujours. Sous les décombres.

Il fait une pause pour laisser à Jeanne le temps d'assimiler l'information. Statufiée, elle pâlit légèrement.

— Mais… je ne comprends pas… Il… il n'y a pas eu d'autres alertes, la nuit dernière, chuchote-t-elle.

— Il a dû passer en dessous d'un mur instable, ou alors il s'est appuyé dessus, je sais pas. Toujours est-il qu'il lui est tombé dessus. On vient tout juste de l'évacuer.

— Il est blessé ?

— Madame Delaunay… Jeanne… Je suis désolé. Il est mort bien avant qu'on arrive. On n'a rien pu faire.

Jeanne reste muette. Sidérée, elle tente de donner un sens aux mots maladroits que vient de prononcer Fernand Valcke, mais ils s'entrechoquent dans son cerveau sans qu'elle y parvienne. La bouche sèche, elle tente alors de formuler une phrase, quelque chose qui puisse effacer ce qu'elle commence à entrevoir.

— Non… non, vous devez vous tromper. Ça n'était pas Henri. Il… il connaissait bien les consignes, il n'aurait jamais pris un tel risque…

— C'est moi qui ai identifié son corps, répond doucement Fernand. Y a pas d'erreur possible, je suis vraiment désolé. On pense qu'il est mort sur le coup, il a pas souffert. Vous voulez que je vous emmène le voir ?

Jeanne secoue la tête, terrifiée. L'image de Marguerite surgit d'un coup, son petit corps bleu, ses lèvres grises… Elle ne veut pas revivre ce traumatisme. Après tout ce qu'ils ont vécu, comment affronter cette immobilité sans retour qui fixe pour l'éternité le souvenir d'un visage aimé dont la vie s'est retirée ? À cet instant, Jeanne ne pense plus à leurs différends, ni à ses doutes, ni à rien d'autre qu'à cette nouvelle insensée, effroyable : le père de ses enfants est mort.

13

Armentières, 11 septembre 1943

Jeanne s'agrippe au bras de Fernand. Si elle osait, elle se blottirait contre lui comme une petite fille qui a peur du noir, mais elle n'est plus une enfant. Elle est une femme, une adulte qui doit affronter, une fois encore, cette épreuve écrasante. Après avoir refusé la confrontation avec le corps d'Henri, elle a finalement changé d'avis, sans vraiment savoir pourquoi. Malgré toutes ses peurs, elle veut lui dire au revoir une dernière fois, et, peut-être, se persuader d'une réalité que son esprit continue à nier.

La nuit dernière, quand sa main errait sur le drap à la rencontre du vide, elle a d'abord pensé qu'il était encore dehors, à ramasser des cadavres. Elle s'est assise brusquement dans le lit. Non. Henri n'était pas en train d'accomplir son devoir civique. Henri était mort. Mort.

Henri ne reviendra jamais plus réchauffer cette place à côté d'elle, pas plus qu'il ne se plaindra encore de Pétain, Laval et les autres… Il ne fera plus rire les enfants, il ne les grondera plus non plus. Le souvenir de sa voix grave s'estompera peu à peu. Ses traits se figeront pour toujours sur le sourire un peu crispé qu'il arbore sur le portrait que l'on accrochera sans doute, à côté de leur photo de mariage, sur un mur du salon.

C'est insensé. Tout cela est insensé.

Jeanne est trop jeune pour être veuve. Gaspard et Apolline sont trop petits pour grandir sans leur papa. Ainsi, même si Henri a pu rester à l'arrière, la malédiction familiale se reproduit : les pères ne survivent pas à la guerre. Le sien en est mort, celui de Jeanne y a perdu le goût de vivre. Et Henri vient, à son tour, grossir les rangs des victimes collatérales du conflit. Lui qui rêvait de tomber en héros… On lui aura même refusé cela. Au moins a-t-il eu le temps de défendre ses convictions avant de mourir.

La lumière à basse intensité donne un aspect fantomatique à cette petite pièce qui pue le désinfectant. Trois corps gisent sous un drap blanc, alignés tels des soldats inconnus les uns à côté des autres. Fernand dirige Jeanne vers le plus éloigné.

— Il est là, murmure-t-il. Je peux attendre dehors, si vous préférez.

— Non, restez. S'il vous plaît.

Jeanne essaie de ne pas montrer combien elle est terrifiée. À force d'être confronté à la mort, Fernand ne se rend peut-être plus compte à quel point la présence de ces corps sans vie est abominable pour elle. Elle repense à tous ceux qu'ils ont vus sur le bord des routes, plus ou moins recouverts par des manteaux, des couvertures, parfois sans rien d'autre que leurs propres vêtements maculés de sang.

— Ce sont des victimes des bombardements ? chuchote-t-elle.

— Oui. Il y en a beaucoup d'autres, malheureusement. J'ai insisté pour qu'Henri soit amené ici, c'est plus tranquille.

— Merci, Fernand.

Ils sont seuls. Un silence épais s'installe pendant que Jeanne s'abîme dans la contemplation de ce drap blanc qui recouvre le corps de son mari. C'est bien réel, alors ? Elle ne peut pas croire qu'il soit vraiment là-dessous. Au bout d'un long moment, Fernand esquisse un geste de la main.

— Vous voulez que… ?

— Oui, s'il vous plaît. Je n'y arriverai pas.

Quand la main rugueuse de Fernand soulève le drap, Jeanne ferme les yeux. Lorsqu'elle les rouvre, l'espace d'un instant, elle se sent presque soulagée. Ça ne peut pas être Henri. Cet homme au teint cireux, à la peau lisse et jaune, aux lèvres pincées, n'a rien de commun avec son mari. Même amaigri par les privations, Henri n'a jamais eu ces joues creuses et émaciées, ces yeux enfoncés dans leurs orbites. Un pansement grossier dissimule tant bien que mal une blessure qui semble avoir enfoncé une partie de son crâne. Fernand repousse alors le drap jusqu'à la taille du défunt, et Jeanne sent son cœur défaillir.

Le visage d'Henri est méconnaissable, mais ce corps-là, elle l'identifie sans peine. Le coude de sa veste porte encore la pièce bleue qu'elle a cousue l'hiver précédent. Ce bouton dépareillé aussi, c'est elle qui l'a remplacé. Et ses mains. L'ongle violet de son index droit, qu'il avait abîmé en récupérant du bois. Cette petite cicatrice en forme d'éclair à la base du pouce…

C'est Henri. C'est bien son mari qui est allongé devant elle, il n'y a aucun doute possible. Elle crache un sanglot qui monte comme un spasme violent, irrépressible. Si seulement elle pouvait le secouer, le réveiller, lui redonner cette vie qu'il a perdue si bêtement, pour rien ! Un profond sentiment d'abandon lui scie le cœur en deux. Elle est seule, maintenant. Seule avec deux enfants à charge, en pleine Occupation !

Elle tend une main pour la poser sur celles d'Henri, croisées sur sa poitrine, mais au moment où elle entre en contact avec cette peau glacée qui n'a plus rien d'humain, elle recule comme si elle s'était brûlée. Lorsqu'elle avait embrassé Marguerite pour la dernière fois, sa toute petite fille était encore tiède, douce. Si douce, oui… La sage-femme l'avait ensuite emmaillotée de façon à ce qu'elle puisse la porter sans entrer en contact avec sa peau. Mais ces joues froides, ce front trop lisse lui font horreur. Elle se raidit devant ce grand corps étendu qu'elle ne parvient pas même à effleurer, qui lui semble plus étranger que jamais.

— Je suis désolée, murmure-t-elle en pleurant.

Fernand remonte le drap par-dessus la tête d'Henri.

— Allez, c'est pas votre faute, tout ça. Vous avez pas à vous sentir désolée, bien au contraire. Je vous raccompagne.

Une fois dehors, Jeanne inspire à pleins poumons l'air de la rue. Gaspard et Apolline sont chez les parents d'Éloi, au moins le temps qu'elle accomplisse toutes les formalités liées au décès de leur père. Ils doivent être sa seule priorité. Tout comme elle, ils ont beaucoup de mal à réaliser ce qui leur arrive. Alors qu'Apolline pleure sans discontinuer ou presque, Gaspard s'enferme dans un mutisme qui n'augure rien de bon. Jeanne préfèrerait le voir crier, tempêter plutôt que ce silence qui lui ressemble si peu.

Elle se retient de ne pas cracher au visage des Allemands qu'elle croise sur le chemin du retour. *C'est votre faute, tout ça ! Ces catastrophes, ces vies perdues, tous ces enfants orphelins !*

Elle a hâte de retrouver les siens, d'oublier ce face-à-face terrible avec la réalité de la mort d'Henri, et elle presse le pas en se promettant de tenir bon.

Pour eux.

14

Armentières, 25 décembre 1943

Cela fait plus de trois mois qu'Henri est mort, et Jeanne se demande si elle a déjà connu un Noël aussi triste que celui-ci. Si ça ne tenait qu'à elle, elle se serait contentée d'aller à la messe de minuit et de prier, prier avec ferveur comme elle le fait maintenant depuis plusieurs semaines. Sa foi n'a plus jamais vacillé depuis les errements de l'exode. C'est peut-être même la seule chose qui la réconforte un peu, ces temps-ci.

Juste après le décès d'Henri, elle a sombré dans un abattement profond. Elle a tout remis en question. Ses choix de vie, ce mariage qui ne les a pas vraiment rendus heureux, ni lui ni elle, et dont pourtant sont issus deux merveilleux enfants qu'elle aime plus que tout au monde… Et sa brève liaison avec Benoît Colson. Tel un violent boomerang, sa culpabilité l'a percutée de plein fouet. Au fond, n'était-ce pas une punition divine ? Dieu ne lui faisait-il pas payer les moments d'extase connus dans les bras de Benoît, cet unique baiser et les caresses qui avaient suivi…

C'est un raccourci étrange, pour elle qui a toujours vécu une foi simple, dénuée de toute pensée expiatoire. Cependant, elle a tant besoin de donner un sens à sa douleur qu'elle en vient à imaginer que le sort s'est acharné sur Henri par sa faute. Elle n'idéalise pas davantage son mari qu'elle ne le faisait de son vivant, mais elle diabolise volontairement Benoît, cet homme qu'elle n'est jamais parvenue à oublier, malgré tous ses efforts. Elle a même essayé de le détester, pour voir si cela rendrait les choses plus supportables. Peine perdue. Dès qu'elle convoque les yeux bruns de l'instituteur et la lumière qui en émane, il éclipse ceux d'Henri. Que doit-elle faire de ces deux disparus ? Benoît n'est pas mort, du moins l'espère-t-elle ! Mais, c'est tout comme. Il est sorti de sa vie depuis trois ans maintenant, sans qu'elle ne sache rien de ce qu'il est devenu.

Quant à Henri, n'a-t-elle pas le devoir d'honorer sa mémoire, de maintenir son souvenir vivant dans l'esprit de ses enfants ? Plus les mois passent, plus l'effroi laisse place à une forme de tendresse qu'elle se souvient avoir éprouvée envers lui à leurs débuts. Elle oublie sa froideur et leurs incompréhensions mutuelles pour ne garder que le meilleur. Sa gentillesse lorsqu'il était de bonne humeur. Son courage, malgré le peu d'estime qu'il avait de lui-même. Au fond, c'est peut-être bien ce qui a eu raison de leur mariage, ce complexe d'infériorité qui finissait par le rendre agressif. Jeanne a mis longtemps à comprendre ce besoin de reconnaissance aigu qui l'a poussé à prendre des risques sur la fin de sa vie. Il s'agissait d'une blessure profonde, chez lui, presque identitaire. Pourvu qu'il ne l'ait pas transmise à leur fils. Gaspard, pour surmonter son chagrin, a érigé son père en héros, et Jeanne se garde bien de décourager cet élan.

Ses enfants ont dû grandir d'un coup avec le décès de leur père, une fois de plus. Après l'arrachement de l'exode, le traumatisme des premiers mitraillages et des bombardements, les morts, les agressions… Voilà qu'ils doivent vivre dans une ville à moitié en ruines sous la botte d'un occupant de plus en plus menaçant, et surtout, surtout… faire face à une vie nouvelle, une vie sans leur père. Apprivoiser la perte d'un proche lorsque l'on est enfant est déjà compliqué, mais d'un parent ! Ils sont nombreux dans ce cas, pourtant. Gaspard a plusieurs copains dont le père est retenu prisonnier dans un stalag, porté disparu ou travailleur « volontaire » emmené pour le STO.

Depuis fin novembre, les rafles se sont intensifiées dans les quartiers d'Armentières, au point que plus aucun homme en âge de partir ne peut espérer y couper sans se cacher. Entre cette perte de repères et les figures des héros de la Résistance dont les récits alimentent les cours de récréation, les enfants se construisent tant bien que mal une image masculine en creux. Ils comblent les absences en fantasmant des idées de vengeance, et ils rêvent de grandir vite pour rejoindre de Gaulle à Londres, leur héros absolu.

Gaspard n'échappe pas à la règle. Il n'est plus ce petit garçon insouciant qui aimait provoquer gentiment son entourage. Il a compris que la guerre, c'était du sérieux. Les Boches ne sont pas les monstres à grosse tête qu'il imaginait quand il avait cinq ans : ce sont des hommes ordinaires qu'il convient de combattre, et bien évidemment détester. Toutes les occasions sont bonnes pour s'en moquer et leur manquer de respect, sans se faire prendre, bien sûr, pour ne pas rajouter d'inquiétude et de chagrin à maman. Cette mère aux grands yeux tristes qu'il essaie plus que jamais de faire sourire. C'est sa mission, surtout depuis que papa est mort. C'est lui, maintenant, l'homme de la maison. Gaspard sait bien qu'il n'est encore qu'un enfant, mais, d'ici quelques années, il sera en âge de défendre sa mère, et il compte bien lui prouver qu'il en est capable.

Il s'est aussi rapproché d'Apolline, même s'il la trouve beaucoup trop sérieuse. Certains soirs, quand ils sont à table, elle a le même regard que maman, et Gaspard se sent obligé de faire le pitre pour les dérider. Ça fonctionne, la plupart du temps. Tout le monde pense qu'il est trop petit pour comprendre réellement la gravité des événements qui ont touché leur famille et le pays tout entier ces trois dernières années, mais Gaspard se cache pour pleurer. Il se réveille parfois, la nuit. Il ouvre alors grand ses yeux dans le noir et tente de se rappeler papa. Sa grosse voix, ses mains larges si rassurantes, l'odeur de tabac de son manteau, son rire tonitruant, ses colères mémorables… Et ses injonctions que Gaspard essaie de respecter chaque jour : « Un garçon, ça ne pleure pas ! » Mais si personne ne le voit, il en a peut-être le droit, non ?

Malgré les restrictions, le froid, la pénurie de charbon et le couvre-feu strict, Jeanne tenait à offrir à ses enfants un jour de Noël digne de ce nom. Cela fait plusieurs semaines qu'elle garde les tickets de rationnement, et, lorsqu'elle contemple sa table, elle estime avoir fait son maximum. Elle n'a pas réussi à trouver de sapin, même petit. C'est toujours Henri qui s'en occupait, aussi a-t-elle demandé à Fernand de lui dégoter une branche ou deux en guise de décoration. Il est parvenu à lui ramener en plus une poule, ce qui est exceptionnel, et lui a permis de préparer un festin auquel ils n'étaient plus habitués.

Les yeux d'Apolline et Gaspard brillent devant les mets joliment disposés sur la table. Jeanne a sorti la belle vaisselle et une nappe brodée qui ont échappé au pillage des soldats. Quelques bougies fixées avec de la cire achèvent de donner à l'ensemble un air de fête et, pour une fois, maman sourit.

Ce n'est que lorsqu'ils s'installent autour de la table que la chaise vide d'Henri leur saute aux yeux. Gaspard tourne instinctivement la tête vers sa photo accrochée au mur. Apolline pince les lèvres comme si elle allait pleurer. Plutôt que d'ignorer leur peine, Jeanne décide de la nommer. Avec le temps et les épreuves, elle apprend tout doucement à affronter ce qui fait mal, à ne plus l'enfouir sous le jeu des apparences. Quitte à contrarier son entourage, elle ne veut plus faire semblant d'aller bien. C'est ce qui a, en partie, abîmé son mariage et gâché bien des aspects de sa vie. Il n'en sera pas de même pour ses enfants. Elle brisera le cercle.

— C'est notre premier Noël sans papa. Vous avez le droit d'être tristes, mes chéris. Il me manque beaucoup, à moi aussi.

Aussitôt, Apolline laisse couler ses larmes.

— Faut pas pleurer le jour de Noël ! proteste Gaspard.

— Et pourquoi donc ? Tu crois que le petit Jésus préfère te savoir malheureux à l'intérieur ?

— Je suis pas malheureux !

— Tu en es bien sûr ? Moi, je le suis. Mais je sais aussi qu'un jour, nous irons mieux. Papa nous manquera toujours, mais on sera moins tristes.

— Moi, je serai toujours triste ! proteste Apolline dans un sursaut d'indignation.

— Non, mon ange. Et c'est normal. Mais papa restera dans ton cœur. Et c'est toi qui le feras vivre, à ce moment-là.

— Ah oui ?

Gaspard songe alors au ciel rempli d'avions. Si papa est là-haut aussi, maintenant, ils n'ont plus rien à craindre. Les Boches n'ont qu'à bien se tenir.

15

Armentières, 11 avril 1944

— T'aurais vu ça, mon vieux, c'était incroyable ! J'avais les pétoches, mais j'pouvais pas m'empêcher de regarder !

Jeanne tend l'oreille. Dans la cour où commencent à apparaître les premiers bourgeons des hortensias, Éloi raconte à Gaspard le « spectacle » de la nuit précédente, qu'eux trois ont passée presque entièrement à la cave. Obnubilée par le souvenir de la mort d'Henri lors d'attaques similaires, Jeanne a refusé qu'ils en sortent après la fin de la dernière alerte.

— Y avait des explosions dingues, ça pétait de partout ! J'ai même vu des fusées rouges et vertes illuminer le ciel, un vrai feu d'artifice !

— T'as de la chance ! répond Gaspard, envieux. Nous, on est restés enfermés comme des rats, j'ai même pas pu dormir dans mon lit…

Agacée, Jeanne se concentre sur les travaux de couture qu'elle vient d'entreprendre. Grâce au bouche-à-oreille et au retour progressif des Armentiérois dans leur ville, elle se refait doucement une clientèle dans le voisinage. Avec la pénurie de textiles, les familles recherchent toutes les combines possibles pour transformer leurs vieux vêtements ou retoucher et réparer ce qui peut l'être à moindres frais.

Jeanne perçoit une petite pension de veuve de fonctionnaire municipal depuis le décès d'Henri, mais son faible montant peine à assurer le quotidien pour elle et les enfants, sans compter les difficultés omniprésentes de ravitaillement. Aussi commence-t-elle à envisager autrement cette activité de couture jusqu'ici accessoire. Puisqu'elle rêvait de la développer, le temps est peut-être venu de voir plus grand… Bien entendu, rien ne sera vraiment possible avant la fin de la guerre, mais les choses sont en train d'évoluer. Entre espoir, impatience et inquiétude, les habitants d'Armentières voient dans la fébrilité de l'ennemi le signe indéniable de leur prochaine défaite.

Malgré tout, les dernières semaines ont été rudes. Les actes de sabotage se multipliant contre les installations ferroviaires, les Allemands n'hésitent pas à tirer à vue sur tous ceux qui oseraient franchir le couvre-feu après vingt heures. La semaine dernière, à la suite d'un attentat, Jeanne a appris que des SS avaient massacré de nombreux habitants sur la commune d'Ascq, pas loin d'une centaine. Malgré un rallongement du couvre-feu à vingt-trois heures pour neutraliser le scandale, les rafles et les arrestations ne font que s'aggraver ces derniers temps, sans parler du passage presque continuel des avions chaque nuit.

— Maman ! Fernand est là, appelle Apolline depuis l'entrée.

Jeanne se lève aussitôt. Depuis l'enterrement d'Henri, ce brave homme lui apporte un soutien précieux au quotidien, comme s'il voulait compenser la mort injuste de son ami. S'il n'avait pas été là cet hiver, elle aurait eu bien du mal à chauffer la maison et à nourrir ses enfants. Pour cela, elle se sent pleine de gratitude envers Fernand, qui les a pris sous son aile sans rien demander en retour.

— Ça a drôlement pilonné, la nuit dernière, hein ? J'venais voir si tout allait bien, de vot'côté.

— Merci, Fernand. On est restés à la cave jusqu'au matin.

— Vous avez bien fait. Y a eu de très gros dégâts dans le coin. La gare de Lille-Délivrance est en ruine.

— Mon Dieu… Et beaucoup de victimes, j'imagine ?

Fernand hoche la tête. Il essaie toujours de minimiser les rumeurs pour épargner cette pauvre Jeanne, déjà bien affligée, mais, cette fois-ci, il ne peut pas nier la gravité de l'événement.

— Je n'ai plus d'eau ni d'électricité, depuis ce matin, reprend-elle. C'est normal ?

— Oui, tout a été coupé. J'vous ravitaillerai au moins en eau si ça revient pas.

— Je me demande ce que je ferais sans vous, soupire Jeanne en souriant gentiment.

Le cœur de Fernand se gonfle de fierté. Elle est si jolie, la femme d'Henri, si douce. Il aimerait bien faire plus pour elle et ses deux minots, mais il ne voudrait pas être inconvenant. Et puis, il a bien quinze ans de plus qu'elle… Tout en tripotant nerveusement sa casquette, il lui annonce une débâcle en Russie et le débarquement des Anglais en Hollande. Même si ces informations ne sont pas strictement vérifiées, ça vient compenser les mauvaises nouvelles, et la lueur d'espoir qui s'allume dans le regard de Jeanne lui confirme qu'il a raison.

— On tient le bon bout, reprend-il, mais, en attendant, soyez prudente. Les Fridolins sont aux abois, mieux vaut rester chez vous en ce moment. Une femme seule, on ne sait jamais…

— Oui, bien sûr.

Une fois Fernand reparti, Jeanne fixe un moment son ouvrage avant de s'y remettre. Une femme seule… C'est donc ce à quoi elle est réduite, maintenant ? À l'aube de ses trente-quatre ans, elle s'apprête à rejoindre la cohorte des veuves de guerre ou assimilées, celles qui se retrouveront sans homme à la fin du conflit. Cela lui rappelle les pensées qu'elle a eues lors des premiers bombardements, quand le risque d'une mort brutale et prématurée s'est invité dans leur vie. Elle s'était alors juré de ne jamais refaire la sienne s'il arrivait quelque chose à Henri. Pour les enfants. C'était avant de rencontrer Benoît.

Cela ne fait que sept mois que son mari est mort. Elle n'a pas encore tout à fait apprivoisé son absence. Mais, dans un an ? Deux ans ? Dix ans ? Qu'en sera-t-il ? Elle serre le poing, pouce rentré vers l'intérieur. Elle restera seule. Comment pourrait-il en être autrement ?

Tout au fond d'elle-même, elle ne peut s'empêcher de convoquer cette culpabilité nauséeuse qui l'envahit depuis le décès d'Henri. Les mois passant, elle ne parvient pas à se défaire de cette conviction intime et irrationnelle, qui hante ses nuits d'insomnie plus encore que le hululement sinistre des alarmes de la ville : si elle n'était pas tombée amoureuse de Benoît, ils seraient restés à Saint-Sébastien-sur-Loire jusqu'à la fin de la guerre et le père de ses enfants serait toujours en vie.

16

Armentières, 6 juin 1944

— Maman ! Maman !

Gaspard et Apolline se ruent dans la cuisine, essoufflés par leur course.

— T'as entendu ?

— Non, quoi ? Pourquoi êtes-vous dans cet état-là ?

Jeanne repousse une mèche collée par la transpiration sur le front d'Apolline.

— C'est Éloi qui est venu nous prévenir ! rugit Gaspard. Les soldats américains sont arrivés en France !

— Les Anglais aussi ! piaille Apolline.

— Quoi ? Vous êtes sûrs ? Ce n'est pas une fausse alerte ? On entend tellement de nouvelles contradictoires, ces jours-ci…

— Oui, on est sûrs ! proteste Gaspard. Le père d'Éloi écoute Radio Londres depuis ce matin, y a eu plein de messages bizarres, et puis…

— C'était des messages codés ! intervient Apolline. Et après, ils ont dit que les Alliés avaient débarqué ce matin sur les côtes de France !

La première pensée de Jeanne va vers Henri. Lui qui espérait tant ce moment… Comme il aurait aimé lui annoncer en personne la Libération prochaine de la France, de Paris, de leur cher Nord natal ! Ensuite, comme à chaque bonne nouvelle, elle ne peut s'empêcher d'appréhender les représailles et les bombardements massifs qui ne vont pas manquer de s'intensifier durant les prochains jours. Tant qu'Armentières ne sera pas délivrée une bonne fois pour toutes de la présence allemande, ils seront toujours en danger, d'une manière ou d'une autre.

— T'es pas contente ? interroge Gaspard.

— Si, si, bien sûr…

— Alors, pourquoi tu souris pas ? T'es toujours triste, j'en ai marre ! Même quand papa était là, tu ne souriais jamais !

Stupéfaite, Jeanne ne sait pas quoi répondre à son fils. Devant son inertie, Apolline prend le relais.

— Gaspard ! On ne parle pas comme ça à maman !

— J'm'en fiche ! Maman nous a dit qu'avec le temps, on serait moins tristes ! Alors, pourquoi elle l'est toujours autant, elle ?

Sans attendre la réponse, Gaspard s'enfuit dans la cour et grimpe sur le mur. Il sait que sa mère n'aime pas qu'il s'expose ainsi, mais c'est le meilleur endroit pour être tranquille et observer ce qui se passe dans le quartier. Mitsou vient aussitôt à sa rencontre et se frotte contre son dos.

— Heureusement que t'es là, mon vieux, bougonne-t-il.

Depuis la mort de son père, Gaspard a régulièrement des sautes d'humeur, que ce soit à la maison ou à l'école, où il se montre de plus en plus indiscipliné. Le maître des grands est moins sévère que le détestable monsieur Vannier, mais cela n'empêche pas les punitions de continuer à pleuvoir sur sa tête. Jeanne constate qu'il manque une présence masculine à la maison, mais elle ne se résout pas pour autant à le sermonner autant qu'il le faudrait.

Elle y parvient d'autant moins que, cette fois-ci, les paroles de Gaspard viennent la frapper en plein cœur. C'est la toute première fois qu'il lui adresse des reproches aussi vifs. Apolline se dandine à ses côtés, comme si elle hésitait sur la conduite à tenir.

— Ma chérie, la questionne doucement Jeanne, j'ai besoin de savoir si tu penses la même chose que ton frère.

Apolline ne répond pas. Sa fille est trop tendre pour oser s'exprimer comme Gaspard, mais Jeanne comprend. À force de trop vouloir préserver ses enfants, elle a fini par en oublier l'essentiel. Ils étouffent dans ce chagrin silencieux qu'elle leur impose malgré elle. Ce chagrin dont ils ne sont pas responsables, et qui va bien au-delà de la mort de leur père. De quel droit leur fait-elle subir sa propre souffrance, ses regrets inutiles ? La petite phrase assassine de Gaspard lui retourne le cœur : *« Même quand papa était là, tu ne souriais jamais ! »*

Il a raison. Alors qu'elle-même a tant souffert des blessures muettes de son propre père quand elle était petite, de cette injonction au silence quand elle rêvait d'une maison pleine de rires et de joie, pourquoi leur inflige-t-elle la même punition ?

Sont-ils responsables de la mort de Marguerite ? De l'échec de son mariage ? De son veuvage précoce ? De son grand amour perdu avant même d'avoir pu commencer ?... Non, non et non. Cette chape de plomb, ce manteau de culpabilité qu'elle s'obstine à vouloir porter ne pèse pas que sur elle. Avec le recul, elle voit tous les efforts de Gaspard, la prévention tendre d'Apolline, et, pour une fois que le couvercle craque, elle s'en félicite. C'est bien beau d'affirmer à ses enfants qu'ils doivent exprimer leur chagrin au lieu de le refouler, encore faut-il qu'elle y parvienne elle-même.

Tout comme elle ne s'autorise pas encore tout à fait à croire en la fin prochaine de la guerre, elle sent combien elle peine à s'accorder un quelconque droit au bonheur. Peut-être ne parviendra-t-elle jamais à s'autoriser à être heureuse dans un monde qui n'a pas vu grandir son premier bébé ? Mais, pour ses enfants qui, eux, sont bien vivants, elle se doit au moins d'essayer.

Elle se précipite dans la cour.

— Gaspard ! Viens, allons dehors prendre des nouvelles !

Un grand sourire illumine le visage de son fils. *« Enfin, tu te décides ! »* semble-t-il lui dire.

Cinq minutes plus tard, ils sont tous les trois dans la rue, émus et heureux de participer à l'enthousiasme collectif. Les voisins courent de porte en porte, tous les postes de radio diffusent les mêmes messages depuis Londres par les fenêtres ouvertes, l'émoi est à son comble. Certains visages sont baignés de larmes, d'autres sont encore crispés d'inquiétude, n'osant y croire tout à fait, mais tous sont unis par cet espoir terrible de voir enfin ces maudits Boches quitter la France. Les détails arrivent au compte-gouttes. Apparemment, c'est en Normandie que le débarquement a eu lieu, tôt ce matin.

Fernand surgit à côté d'eux, hilare.

— Jeanne ! Vous voyez qu'on avait raison d'espérer ! Cette fois-ci, c'est vraiment plus qu'une question de jours !

— Vous êtes sûr ? rétorque-t-elle. Le temps qu'ils arrivent jusqu'ici pour nous libérer, il risque de se passer encore de drôles de choses, non ?

— On les aura foutus dehors avant la fin de l'été ! Croyez-moi ! Hein, Gaspard ? Qu'est-ce que t'en dis ?

— Oh oui ! On va leur botter les fesses, à ces cochons !

— Gaspard !

— Laissez-le dire, Jeanne, rit Fernand. Aujourd'hui, il a le droit ! Et puis, vous voyez un Allemand dans les parages, vous ? À croire que cette bonne nouvelle les a déjà fait fuir comme des cafards !

— Si vous pouviez dire vrai…

Fernand se rapproche alors de Jeanne pour ne pas être entendu des enfants.

— Entre nous, soyez quand même bien prudente, hein ? Je pense qu'aujourd'hui, c'est le calme avant la tempête… Vous me connaissez, je suis pas quelqu'un d'alarmiste, mais maintenant qu'ils ont plus rien à perdre, si ça se trouve, ils vont vouloir tout faire sauter avant de se sauver…

— Doit-on quitter Armentières ? s'exclame Jeanne, horrifiée.

— Le souci, c'est que ce sera pas forcément mieux ailleurs. Alors, en attendant, restez bien à l'abri. Et priez.

17

Armentières, 5 septembre 1944

— Vous entendez ? Vous entendez ça, mes enfants ?

Le visage de Jeanne ruisselle de larmes. De larmes de joie. Elle rit. Gaspard est aussi médusé par le son des cloches qui sonnent à la volée que par celui, merveilleux, du rire de sa mère, qu'il n'avait pas entendu depuis des années.

Il est environ dix-sept heures, et, après des années de terreur et d'oppression liées à l'Occupation allemande, Armentières est libérée. Cela faisait des jours et des jours qu'ils moisissaient dans cette cave, que Jeanne ne voulait plus quitter à cause des combats sans fin qui se livraient dehors. Même Fernand n'osait plus venir les voir, de peur de prendre une balle perdue.

Dès le 1er septembre, un convoi invraisemblable de camions remplis de soldats allemands inquiets, de voitures d'officiers et de véhicules aux conducteurs hagards en fuite a provoqué chez les Armentiérois un enthousiasme contenu depuis trop longtemps. Mais, comme l'avait prédit Fernand, ils faisaient aussi sauter tout ce qu'ils pouvaient avant de partir. Les usines, les dépôts, les lignes ferroviaires… De violentes explosions ponctuaient des combats acharnés entre les résistants et les Allemands dans les rues de la ville, tandis qu'un ordre d'insurrection générale était lancé à toute la population. Le lendemain, les drapeaux tricolores flottaient à nouveau sur la façade de l'hôtel de ville. Cependant, les rues étaient encore désertes, et les habitants barricadés dans leurs maisons. Durant la nuit qui a suivi, tous ont entendu passer les troupes allemandes qui battaient en retraite par les grands axes, sans oser sortir à cause du bruit incessant des fusillades. Gaspard a eu beau supplier sa mère, à aucun moment il n'a eu le droit de sortir de la cave pour aller voir ce qu'il se passait.

Ils sont donc restés dans l'incertitude la plus totale jusqu'au bout, guettant le moment où pourrait être célébrée la fin des combats.

Et, trois mois après le débarquement des Alliés en Normandie, ce jour tant attendu est enfin arrivé !

Jeanne, Gaspard et Apolline se précipitent dehors, tout comme les milliers d'Armentiérois qui se serrent les uns contre les autres dans un grand mouvement de liesse collective. Pendant un court instant, Jeanne se souvient de l'exode, de cette terrible débâcle où la foule était aussi dense qu'aujourd'hui, quand ils fuyaient, terrorisés, la menace allemande venue du ciel.

En arrivant au centre-ville, Jeanne aperçoit les blindés anglais sous les acclamations des habitants euphoriques. Littéralement pris d'assaut, les véhicules sont immobilisés par tous ces hommes et ces femmes qui voient en eux leurs sauveurs. Des ovations saluent les soldats anglais, qui rient sous les élans d'affection et de sympathie dont ils sont l'objet. On les embrasse, on leur envoie des fleurs, on prend la pose devant les appareils photo…

Depuis qu'elle a entendu le son des cloches annonçant la Libération, Jeanne affiche un grand sourire qu'elle ne contrôle même plus. Le départ, ce matin, de la dernière colonne allemande, et l'arrivée concomitante des Alliés à Armentières résonnent comme la plus belle des promesses : ils pourront à nouveau se sentir en sécurité chez eux, dans leur maison.

Parmi la foule qui l'entoure, ils sont nombreux, comme elle, à avoir perdu un ou plusieurs proches au cours de ces années noires, mais, pour l'instant, elle refuse d'y penser. Seul compte l'instant présent et la joie qui inonde son cœur comme un grand soleil retrouvé.

Apolline est restée auprès d'elle, mais Gaspard, comme d'habitude, en a profité pour lui échapper.

— Tu as vu ton frère ? Avec tout ce monde…

— Il est là, maman, regarde ! s'écrie sa fille, hilare.

Elle pointe du doigt un Gaspard euphorique, qui a réussi à grimper en haut d'un véhicule blindé et qui brandit vers le ciel le « V » de la victoire. Jeanne éclate de rire. Encore. La joie reviendrait-elle ? Elle ignore si elle est réellement capable de se l'autoriser, mais elle le souhaite. Oui. Elle le souhaite profondément.

Peut-être qu'elle aussi a droit à sa part de bonheur, après tout. Qui sait ?

ÉPILOGUE

Paris, le 10 juin 1945

Jeanne,

Je ne sais pas si tu souhaiteras lire cette lettre, mais il me semble juste de te l'écrire. J'espère, après toutes ces années, qu'elle te trouvera en bonne santé.

Je suis retourné à Saint-Sébastien-sur-Loire. Maintenant que nous pouvons enfin circuler librement et sans danger, j'avais besoin de remercier les Moreau pour leur accueil si généreux durant l'un des pires moments de notre Histoire. Ils ont été heureux de me revoir et d'avoir des nouvelles des enfants.

C'est ainsi que j'ai appris ce qu'il t'était arrivé, il y a bientôt deux ans.

Par respect pour toi, j'ai tout d'abord renoncé à t'écrire, mais le temps faisant son œuvre, je ne pense pas être inconvenant en le faisant aujourd'hui.

J'espère que Gaspard et Apolline se portent bien. Ils doivent être grands maintenant. J'imagine qu'ils seront contents, tout comme toi, de recevoir des nouvelles de leurs camarades de Saint-Sébastien. Je suis certain qu'ils ne les ont pas oubliés. Je crois que, pour nous tous, et pour diverses raisons, ces quelques mois resteront gravés à jamais dans nos mémoires.

Commençons par Germain, qui avait perdu sa famille sur la route de l'exode : une fois de retour à Paris, j'ai inscrit son nom dans un registre de la Croix-Rouge pour que ses parents sachent où venir le chercher, et j'ai réussi à le garder avec moi en attendant. C'est ainsi qu'au cours de l'année 1941, malgré les privations de toutes sortes, nous avons vécu un moment extraordinaire... Leurs retrouvailles ont été très émouvantes, et je leur ai rendu un petit garçon qui avait bien grandi, tu t'en doutes !

Joseph aussi a retrouvé ses parents, après un long périple. Avec la montée en puissance de la politique antisémite de Vichy, je n'ai pas voulu revenir à Paris avec lui. Je l'ai donc envoyé dans un internat catholique en Suisse, où il est resté jusqu'à la fin de la guerre. Ses parents, qui ont échappé par miracle à la déportation, ont pu aller le récupérer à la Libération. Je suis très heureux pour eux tous, surtout après avoir découvert l'horreur des camps de concentration.

Claude n'a pas eu la même chance que les autres : déjà orphelin de père, il a perdu sa mère en 1943. Il a été placé comme pupille de la Nation en province. Nous correspondons toujours et un de ses professeurs l'aide en ce moment même à obtenir une bourse qui lui permettra d'intégrer un lycée réputé. Je ne doute pas qu'il fera de grandes études. J'ai toute confiance en lui.

Émilienne aussi est restée en famille d'accueil. Cela valait mieux pour tout le monde. C'est elle qui a préféré couper les ponts avec ses parents et partir en apprentissage. Je me souviens qu'elle venait t'aider quand tu t'installais pour coudre, à Saint-Sébastien. J'ignore si c'est ce qui a inspiré sa vocation, mais elle est aujourd'hui apprentie couturière et c'est une élève modèle. Elle a appris à canaliser sa colère en grandissant !

Quant à Violette, elle est restée chez les Moreau. Je l'ai revue quand je leur ai rendu visite. Elle est à sa place dans leur ferme, et elle soigne les bêtes comme personne, à croire qu'il s'agit d'un sixième sens chez elle. Je l'ai encouragée à poursuivre ses études après le certificat, car j'ai senti chez elle de vraies capacités quand elle était petite, mais je ne crois pas que ça soit matériellement possible. Au moins a-t-elle trouvé un équilibre auprès d'Armand et Angèle, ce qui n'est déjà pas si mal.

En revanche, je n'ai malheureusement pas eu besoin de leur demander des nouvelles de leur fils Michel, dont la photo encadrée de noir ornait le grand buffet de la cuisine. Pauvre Angèle ! Elle qui attendait son retour avec tant d'espoir, tant de ferveur. J'ignore s'il est mort au front ou dans un camp de prisonniers, mais je peux te dire que la photo de Pétain, elle, avait disparu. Tout comme le lieutenant Bauer et Madeleine, que je n'ai pas osé évoquer. Les pauvres avaient bien assez de peine comme ça avec le décès de leur fils. Si tu les avais vus, on aurait dit qu'ils portaient toute la misère du monde sur leurs épaules... Heureusement que la petite Violette vit avec eux, maintenant. C'est devenu, pour ainsi dire, leur fille d'adoption.

De mon côté, j'ai repris l'enseignement à l'école de mon quartier, et j'envisage pour mon avenir proche un poste de directeur d'école, sous réserve d'une mutation en province. C'est en cours de discussion avec l'inspecteur d'académie.

Jeanne, tu sens combien je tarde à en venir au fait ?...

Les années ont passé et je n'ai jamais cessé de penser à toi. Ce n'est pas de la nostalgie. Je me rends simplement compte que, quoi que je fasse, tout me ramène à cette évidence.

Je ne t'aurais jamais demandé de choisir. Mais la vie en a décidé autrement, et je ne veux plus faire semblant.

Prends le temps qu'il te faudra pour me répondre. Après plus de cinq années passées à t'attendre, je parviendrai encore à patienter un peu.

Sache seulement que je suis là pour toi.

Avec tout mon amour,

Benoît

Postface

En 1992, alors que j'avais dix-sept ans et que je m'interrogeais sur l'exode de 1940 et les années de guerre, ma grand-mère m'a écrit cette lettre, dans une parole juste et vivante, pour répondre à mes questions.
Je n'ai rien modifié à ses mots, tant ils me semblent transmettre, à eux seuls, la réalité de ce qui a été vécu.

Lettre du 27 juillet 1992 (extrait)

Tu as certainement vu des films où des réfugiés sont sur les routes avec tout ce qu'ils ont pu sauver, eh bien c'est cela que nous avons vécu.

Le 18 mai 1940 (le jour des quatre ans de Jean), nous voilà partis sans savoir où aller et en laissant notre maison. Sur le toit de la voiture, nous avons mis notre matelas, le vélo de Charles et dedans tout ce que nous pouvions y caser.

Sur les routes, c'était infernal. Nous roulions au pas sur trois files, avec les camions militaires en sens inverse.

Arrivés à Hesdin, nous avons été jetés dans un fossé. Des soldats nous ont sortis de là et nous avons passé la nuit à quatre dans la voiture, en voyant au loin les lueurs des incendies et des bombardements.

Le lendemain, arrivés à Abbeville, nous avons été bombardés. Il a fallu se réfugier sous des camions. Tu devines la peur de mon petit bonhomme de quatre ans…

Ensuite, nous avons passé dix jours à Lisieux, mais avant cela nous avions fait un arrêt à Neufchâtel : nous logions chez la garde-barrière où nous étions très en danger, car les Allemands bombardaient les trains.

Sur les routes, il y avait aussi des cyclistes, une couverture rouge attachée derrière leur vélo. On les appelait « la 5ème colonne ». On disait que c'étaient des espions venus démoraliser les réfugiés.

Tu ne peux croire comme c'était triste cette longue file de gens à pied, en vélo, sur des brouettes, en voiture. Beaucoup n'avaient plus d'essence et restaient au bord du chemin. D'autres sont morts sur les routes, car les Allemands bombardaient les files de réfugiés.

Puis nous sommes arrivés à Saint-Sébastien-sur-Loire. Là, nous nous croyions en sécurité. Nous avons campé plusieurs jours au bord de la Loire et trouvé une chambre chez un artisan peintre prisonnier. Sa femme avait trois enfants et nous a accueillis gentiment.

Nous avons mis notre matelas à terre, celui de Jean également, et parfois, la nuit, une petite souris passait sur nous…

…

Presque toutes les nuits, on entendait les avions anglais passer au-dessus de chez nous pour aller bombarder l'Allemagne. On entendait les bombes, on voyait les incendies. Quand ils ont bombardé la gare annexe, pas loin de chez nous, la maison tremblait.

Quand cela a été terrible, c'est en 1944. Bon-papa, qui était au jardin, m'a crié d'aller chercher les enfants. Il voyait les bombes tomber au bout de notre rue.

Nous nous sommes mis tous les quatre sous cet escalier et je crois n'avoir jamais aussi bien prié de ma vie.

Tout cela nous faisait vivre dans un climat de peur. On s'attendait à tout...

Quand enfin les Anglais sont arrivés, ce jour-là, je n'ai pas vu Jean de la journée. Il a même fait sa photo sur un de leurs camions.

*

J'ai conservé cette lettre pendant des années, jusqu'au moment où elle est revenue à moi pour accompagner l'écriture de ce récit de fiction, né de mon histoire familiale et de celle de tant d'autres.

LISEZ LA SUITE !

TOME 2 – NOS CHEMINS PARALLÈLES

TOME 3 – ET DANSE AVEC LE FEU

Et découvrez ce que le destin réserve encore à Jeanne, Gaspard et Apolline…

Remerciements

Un immense et sincère merci à vous, mes chers lecteurs, pour votre confiance et vos magnifiques messages, qui me portent depuis le tout début ! Plus le temps passe, plus j'ai l'impression que la connexion est forte avec vous tous, et j'en suis infiniment reconnaissante…

C'est en retrouvant cette précieuse lettre écrite par ma grand-mère en réponse à mes questions d'adolescente, il y a plus de trente ans, que j'ai ressenti le besoin d'écrire ce roman. À travers l'histoire de mes courageux grands-parents, j'ai souhaité raconter ce que tant de familles ordinaires ont alors traversé.

Bien entendu, si le contexte historique est directement inspiré des traumatismes qu'ils ont vécus, tout le reste n'est que le fruit de mon imagination…

Je suis néanmoins convaincue que le séisme de la guerre, quelle que soit l'époque ou le pays concerné, laisse partout des traces semblables, et continue de résonner à travers les générations suivantes, bien au-delà de ceux qui l'ont subi.

Si vous avez aimé ce roman, auriez-vous la gentillesse de bien vouloir me laisser un petit commentaire et quelques étoiles en ligne ? C'est si important pour moi !

Merci du fond du cœur,

À très bientôt pour d'autres aventures,

Victoire

victoiresentenac@gmail.com

DÉCOUVREZ LES SAGAS FAMILIALES ADDICTIVES DE VICTOIRE SENTENAC

JUSTE APRÈS L'ORAGE – 6 Tomes
Une magnifique histoire de résilience

TOME 1 – JUSTE APRÈS L'ORAGE

TOME 2 – NOS VENTS CONTRAIRES

TOME 3 – LE SOUFFLE DE NOS VIES

TOME 4 – QUAND REVIENT LA TEMPÊTE

TOME 5 – LE MIRAGE DE NOS PEINES

TOME 6 – ET NOUS AVONS GRANDI

À FAIRE VOLER NOS ÂMES – 3 Tomes
Une saga familiale bouleversante

TOME 1 – À FAIRE VOLER NOS ÂMES

TOME 2 – ET ENTENDRE TON RIRE

TOME 3 – ET REGARDER LA VIE

Ce roman s'inspire de faits historiques réels et de récits transmis. Les personnages, les situations et les dialogues ont été librement romancés. Toute ressemblance avec des personnes existantes, en dehors du contexte historique, ne saurait être que fortuite.

www.ingramcontent.com/pod-product-compliance
Lightning Source LLC
LaVergne TN
LVHW090548110826
845146LV00001B/63

* 9 7 9 1 0 9 8 3 6 4 1 1 2 *